新しい女は瞬間である

尾竹紅吉／富本一枝 著作集

足立元 編

皓星社

はじめに

尾竹紅吉の振る舞いについて書かれた文章は、数え切れないほどある。大正時代の『青鞜』に触れた小説やドラマの類では、彼女が魅惑的な端役としてしばしば登場する。

にもかかわらず、彼女が書いた詩、小説、童話、随筆、評論などをまとめて読める書は、これまで存在しなかった。彼女は、主体的な芸術家としてではなく、他者による表現の対象としての役割に、没後ずっと縛り付けられてきた。

彼女を今日の芸術家としてよみがえらせたい。本書は、尾竹紅吉こと富本一枝が書いた文章を、容易に手の届くかたちで提供することを目指して、編まれた。日本近代美術史・文学史における再評価をこえて、彼女の存在や声がより身近な存在として現れるように。

目次

第Ⅲ部　評論　新しい女は瞬間である

第I部 創作

私は太陽《ひかり》をみてゐる

屏風絵　上：《陶器》(1912)、下：《枇杷の実》(1913)。《陶器》は第12回巽画会展で三等賞、《枇杷の実》は第13回巽画会展で褒状一等を受賞した。

息の動き

女の膚《はだ》に打つぶして息するよな、
朝から、ずつと昼にかけた
　私の氣分は、
真赤な血液《ちしお》が大理石をぶち砕いて
その菱目《ひしめ》、菱目《ひしめ》に
こう、ヂイツトくい込むで行くよな、
　それから、
九つの黄実《レモン》を銀皿に列べて
七番目のレモンを簪《かんざし》で突きさした
その痛さのやうに。

浅草から帰へつて（らいてうに）

あの円まつこい
赤い、大きな観音さまの提灯から
鳩のお葬式《とむらい》が出たんだよ
　今夜だよ、今だつたんだよ、それが、
　そう、六時だ
　観音さまが真白い着物きて
　チヨコチヨコ走りで
　鐘楼に上つたつけ、
　　そうだよ、六時だよ
　　六時。

送り手合いが面白いや、
どれもこれも、真赤い衣きて
二銭銅貨を沢山つながせて珠子にして
左手にぶらさげてゐる
若い女、
おい、若い女ばつかりだよ、
　俺《おいら》を捨てて逃げた女の幻が
　おいらの肩につながつて、
　　あれだよ、
　　銘酒屋女つてのは、
おつと合点、真実だね。

幻の奴、
あいつ可愛いい奴よ
おいらが逃げられた女のことで

涙を溜たつてこと、知るめいと思つたら
つんでのこと見破つて、
　いいよ、いいよ
　私がついてゐる以上
　心配することはないよ、
と親切実意のある言葉。

「おいらは
あめいの有るばつかりに…………」
「て手を合せておがむだら
やつめ、紅提灯の陰から
　馬鹿め、アハハと
笑つてゐたが…………
　ああ、おいらは死にたい
　あの鳩のように、
と聞かせてやつたら
青い顔して走つて来たが、
おいらを抱いて、
ワツト泣いた、
おいらは　偽はつかねいや。

一枝による『青鞜』表紙。
右:「太陽と壺」(1912.4)、
左:「アダムとイブ」(1913.1)。
「アダムとイブ」の下絵は富本憲吉がデザインし、一枝が版木を彫ったと見られる。

断章五つ

こともなげに君は笑へど
…………………
君の心にあまゆれば
魅せられたやうに生傷はうづく
欷泣くよな音たてて
たつた一人で泣いてる様に
しみじみと抱かれた夜の
泌みでる男の心細さ、やるせなさのやう。

×

危き剣
女に所持された危き剣
ぐりぐりに生肉を切る
その剣危き剣
われは所持する、そを知る
女、その女。

×

噎びつつも怖々にわれなる子供を見る
精霊に生胆とられて…………
死骸《むくろ》むくろを透かして色彩られたよな
われ、われと云ふちつぽけた児、
顔のいろ蒼ざめて
泣くも疲れも呪詛《のろい》のなかに數へて見るよな

われ、一夜ごとにきざまれて行く
われ、われと云ふ幼《いと》けなき児《こども》。

×

山王の森に日が落ちる
山王の森に日が落ちる
日は暮れるのか
心は暮れるのか
ただよう心か
沈んで逝く今日の日なのか
日が暮れる
心が暮れる
あかしもなうさぐりて帰へる
心の淋しさみじめさ。

×

けふもまた
こはごはしう凝視《みつ》むれば
君は同じようにKOMEKAMIを
おさへたまへり
またも、あたまのなかば圧へられてものうし
と、のたまう
病めるおももちの君の二つの目をとめどなく
みてあるうち
われのただ一つの心は
さまざまにおののきて色変へて行く。

――パウリスタの夜――

私の命

太陽《ひかり》をみるとき
私はそこに大きなそして力強い勇気と
それから謙譲な心持とそれに酔ふような幸福を自
分のなかに求めてゐる。

私が太陽をみるとき
いつでも私の生に対して、仕事に対してありとあ
らゆる絶対の命をその上に求めてゐる。
太陽が私の床のなかに私の稚《おさな》い肉体《からだ》と私の命をの
ぞいてゆくとき
私の頬に、私の唇に、私の双《ふたつ》の眼にはどんなとき
でも苺酒や宝石のやうな心地よいそしてうつくし
い色が流れてくる。

私の仕事ができてゐてもゐなくても
私の心はいつでもおとなしく太陽をみてゐる。

私は太陽をみてゐる
いつでも太陽をみてゐる。
自分が生れてきた憂愁のなかに自分を浸してゐる
そのときでも
そしてどんなに自分を自分で恥ぢてゐるそのとき
でも
私はいつも太陽をぢいとみる。

太陽のなかに私の命がある

私の命は太陽にはぐくまれてゐる
私はどんなときでも私の命と私の成長を見守つてゐなければいけない。

力強い勇気と謙譲な心持は
どんなときでも太陽をすべつてぢいつと私の生のなかに
太陽をみた刹那《とき》しみてゆく。

私は太陽のなかで働いてゆく
私は太陽をみてゐる
私は生きてゆかねばならない
私の命をもつて私の仕事もしなけりやならない
私の仕事、私の労働、私の成長、そして私の生活、私はこれらの上に絶対の命を求めてゐる。

草と小鳥と魚と神様

深い山——最も自然な——を通った。だれひとり人間の歩まない。

そこには美しい花が都会の花園でみるよりも、温室や露台《バルコン》でみるよりも、ずっとずっと生々している美しい花が緑の色も強く咲いていた。みられる事にも飾られることにも無関心で、ひとりびとり立派に咲いていた。

大きな自然にどこから何処まで充分に育てられて悦ばしげに咲いていていた。

咲くときがくれば力いっぱい咲いて、しぼむときがくれば未練もなく根こぎから奇麗にしぼむ。

彼等はみんな自《みずか》ら尊重している。かけがいのない自の「生」を貴んでいる。地がみていいようがいまいがそんな事には頓着しない。

大きくなるだけ大きくなる。

力のあるだけ力を出す。

自然と運命はいつでもじいっとそれを見守って心から嬉しそうに微笑でいた。

深い森——神の始めに創造《つくられ》たままの——を通った、だれひとり人間の眠らなかった。

そこの深い森の樹々には世にも強い優しい巣のいくつかがあった。みんな美しい衣裳をつけた小鳥ばかりだ、まだ都会ではみたことのない。
それらの唄う声、さえずる唱の節の面白さ美しさ清らかさ、ほがらかさ、
青い鳥も紅の鳥も黄色の鳥も紺青色の鳥もみんな楽しげに声をそろえて唱っていた。
自然の緑の蔭に巣を造つてゐる私達
なにもかも生々した根と茂みをもつ私達
新鮮な空気と
自由のさへずりと
力いつぱいの働きのもてる私達
けふも愉快な寝床につきましよう。
自然と運命はいつでもじいとそれを見て心から嬉しそうに「おお可愛い児《こども》よ」と微笑だ。
その森のなかの泉にいくつ色でももっている奇麗な魚が跳ていた。森の緑を透して投げる黄金の日をあびながら、益々奇麗に跳ている、眩しい光りのなかに煌く魚のどれもこれもはみんな深い感謝と悦びのために跳ているのだ。沈黙《だまって》いるけれどみんないっぱいに悦びと感謝を神様と自然の泉にささげているのだ。
自然と運命はいつでも森のかげからそれらをじいっと見て「なんと云う好ましい児《こども》だろう」と心から愉快げに微笑だ。

五月十日旅をして

可成り大きな山を頽《くず》している人間の一群に出逢った。

その山は赤土の山でそこに太陽がギラギラ眩しく輝いていた。

人間は男だった。人足だった。工夫だった。土地の百姓であった。みんな極《ご》く汚れたシャツを着けている。ズボンだけであと裸でいるものもある。素裸で破れたきれの帽子をさかしまに頭にのせて汗ばむ顔に赤土をつけているものもある。どれもこれもそれらの群の男は張り切った肉体をもっている。そして皮膚は真黒だ。気持よくキュキュとはちきっている背や胸の筋肉を太陽《ひかり》が一層強く射っていた。

一生懸命で腕いっぱい全体から力を呼び起して山の土をうんと堀る。赤土の山の麓はそんな力で充ちていた。

旅人は思った。

この人達はなんと云う幸福な人達だろう、なんと云う愉快な人達だろう。力いっぱいに山の土を堀っている。そしてすぐにこの山を頽してしまう。力ばかりの仕事だ、力ばかりの労働だ。この人達は裸になって、こんなに力いっぱいの労働をしている。なんと云う羨ましい事実だろう、そしてこれらの人達は決して社会の不公平なことを恨んだり怒ったり呪ってはいない。

みんな満足して安心して汗にまみれているのだ。今の社会制度になんの不平も有《も》ってはいない。都会の人間で今の社会制度に不平をもつ特志家が仮《かり》にここに来合せて彼等に随分危険な話――その都会から来た人間だけの話――をきかせたら理もなく只騒ぐだろう。併しそれもすぐ消える。その騒ぎもすぐなくなる。彼等山を頽す為の人達はすぐに作られたさかしげな智恵から覚めてまたこの山の麓に集って、力の限り働くだろう。山を掘って汗を流して暮すだろう。それが彼等の最も安全な真実な生活なのだ。

人夫や工夫は時々高らかに笑い興じて同じように山を掘っている。鶴嘴はキチンキチンと歩調をそろえて太陽《ひかり》のなかに光ってゆく。

旅人は二度も三度も幸福な人達だなあと思いながらこの群から離れていった。

五月十二日旅して

青く生々と麦が育っていた。

その麦畑はよく晴れた空にそって限りなくつづいていた。雲雀はかけずり廻っている。ピイピイと高く低くよく啼いていた。

私はその田舎道を歩いた。荷車のあとについて歩いた。元気よく歩いていた。その路ばたに親鶏が沢山のひよっ児と遊んでいた。こまかい芽草を嘴でつつきながら遊んでいた。ひよっ児は麦畑のなかを愉快げにくぐりぬけて悦んでいた。

荷車は可成りひどい轍の音をたててそのひよっ児の群のなかを通りかけた。私はひよっ児が驚いて怖がって逃げるだろうとすぐ思った。

けれど田舎のひよっ児はちっともそれを怖がらない。もとよりずっとずっと愉快げにはしゃぎ出した。

私は何故ひよっ児が怖がらずにそしてちっとも驚かなかったのに不思議がったり感心しながら又荷車のあとについて麦畑のそばを歩いていた。

五月十四日旅にて

信心家に出逢った。

その人は女だった。初め出逢ったのはある田舎の観音様の堂だった。私はその人は観音を信心する人だと思っていた。その人は可成り長い時間そこでお詣していた。私はよくよく信心家だと思った。

その次には稲荷の堂で出逢った。その人は初め逢ったとき詣《まい》っていたと同じ程度でお詣していた。そして今度はおみくじまで引いていた。私はこの人は稲荷様も信心しているのだなあ。ひどく信心家だと思って別れた。

それから五六度、それぞれ違った神様や仏様の堂でその人と出逢った。私はその人のもっている「信心」をすっかり疑《うたぐ》ってしまった。

五月二十七日

夕暮ある町はずれで私は五六人の貧乏人の子供の群のあとについて歩いていた。その子供は女の児が多数だった。みんなワイワイ汚い言葉で話していた。なんでも「金持」の事を話していたらしかった。

やがてその内の女の児のひとりはその一列より前《さき》に出て「金持の家の奥さんの歩き方だよ」といって妙にすました姿をして歩いた。

前の顔はみえない。後姿だけは汚い衣物の陰から――それでも何処やら金持の奥さんらしいと見させる皮肉な姿がちらと見えた。

あとの貧乏人の児の連《つれ》は、ワイワイ手をうってうれしがった。

その女の児はことに得意だった。

五月十二五日夕方

貧しき隣人

一

その朝は特別にうつくしい朝だった。野が金色《こんじき》に輝いて濃い藍色の影が地上におちている。光にむかって手をのばしてみるときもちよくあたたかで、ひかりにそむいたところに、きれいな色のかけがあった。樹にまばゆく光っている露のふしぎなかがやき、火のように燃え七彩にちらばってゆく。誰かが「貧しいものの宝石」といったが、本統にそうだ。これこそ美しい宝石なのだ。

秋になってから、春とはちがった情の深い優しい花をみせてくれる薔薇が露のためにずい分きれいに見えた。私は鋏をもって庭に出た。

どの木もどの木も、美しい花をみせている。マダム・エドワード・ヘリオットが朝日のようにぱっと咲いていた。キング・ジョージーは恋するものの熱情のように深く濃い紅の花を露で飾ってけさから咲きはじめた。フローカール・ドランスキーは澄みきった朝の空気にふさわしく真白い花をキング・ジョージーの濃紅《のうこう》の唇にしずかにふれさせているし、ラ・フランスは今朝も好ましい伯爵夫人のような姿で、露までその香いでつつんでいた。私は何もかも、すっかり忘れた。そしてなんと云うしあわせな朝だろうと思いながら何かしら花達に言葉優しく囁いて、じっとみいって唇をつけた。甘い匂いと、甘くつめたい露が唇をくすぐったくさせ、好ましい快感がしずかに身体に浸みわたった。

私は鋏をもったまま、快よいそのよろこびにすべてをまかせきった。この花一つ一つを、その美しい枝から、ぶっつりと鋏切ることは、可哀想なことだ、可哀想だが、それよりもっとあんまりきれいでそのままにすることにはもう我慢しきれなくなった。まず、キング・ジョージーをぷっつりはさんだ。恋人の唇からはなされたように、心をひかれてしばらく顫えていたが泪のように露がはらりとこぼれた。ラ・フランスもマダム・エドワード・ヘリオットも私は甘い気持で次々に鋏をつかって枝からはなした。

なんと云う幸福な美しい朝だろう。くずれるように柔いどっさり花を持った私を、太陽は鮮かに照してくれた。

全く透明な蒼い静な円《まる》天井に生々とした草木の輝きを見、素直な心で自然の深い愛を詩のように感じておれる純な自分の心持、私は心からしあわせだった。

けれどその私のしあわせな眼が不図《ふと》右手の野道に進んだとき、私の明快だった気持が、いちどに胸騒がしくなった。重苦しいものから急いで逃れねばならぬあせった心持が、意久地ないまで私を弱々しいなさけない眼にさせた。

しめったその野道からこの家をさして歩いてくる彼女の姿は、いままで私をつつんでいたあの美しいいろどりある幻を私から追いのけてしまった。私はいちどに不愉快とも当惑ともつかぬ、見苦しいまでに乱れた気持で、彼女を見つけるなり、急いで良《よし》を呼んだ。

「亦、お篠婆が来たから、草履ならまだ沢山あるから次にしておくれって云うのですよ」そういったまま座敷にかけあがって不快な沈黙で□□《判別不能》をかくした。

彼女の味のないひきずるような草履の音が玄関で止まった。私は息づまるようにかんじた。良は無頓着な声で私の云いつけた言葉を彼女に伝えている。

私は、自分が何故お篠婆をこんなにまで避けたのか、考えれば考えるだけ不愉快になった。何か彼女について私はかくれなければならないような悪い事をやったのだろうか。彼女を苦しめ困らせ、彼女から逃れるようないけない事を犯しているのだろうか、私は決してそうでない事がわかっているのだ。それが自分の心弱さから来る卑怯さであることを気づけばきづく程、私は自分に腹が立った。身体が汗ばんでくる位い力をいれて室《へや》の隅で、じっと彼女を避けている見苦しい気弱な自分を思いながら、しかもそこからどうしても跳ねあがる事は出来なかった。自分を弁護するような気持は益々自分を苛立たせてゆく、それでも私は尚も自分にいいわけしながら無理にも自分をこらえさせていた。

良の声はだんだん当惑そうに聞えてくる。お篠婆のくどくど云う声が哀願と強情さを交ぜて聞える。自分が出さえすれば、もっと早く仕末がついたのだろうが、しかしそうしては自分の気弱さにまたまけてしまうことになるのは知れきっている。

きょうこそ彼女に勝ってみせよう。どんなにいっても、きょうこそ、草履のために困っている事を彼女に知らしてやらなければ、私はそんなきもちを憎悪しながらも、心でかたく決めていた。

良は、とてもだめだと云う顔をしてもどって来た。草履の代りに草箒を二本持たされて困った眼で私を見た。無言ではあったが私の眼は良に「また!?」ときいた。良は
「どうしてもだめでございます」と固い表情で答えた。

「くどく申しますので、しまいには私の申すことなど、ちっとも聞かずに知らん顔をして腰かけてしまいました」

まだ小娘である良はとても彼女の相手ではなかった。

それまで、自分を苦しめていた私は、急にむかっとした。俄かに火が燃えあがったように心が熱くなり草履をもったまま玄関に走り出ようとしたとき、彼女は庭をつたって、私より早く私を制したような形で縁側によった。

「このごろはさっぱりつまらんのでなあ、緒太の草履いらんなら、この箒でも買うといておくれな」

彼女のショボショボした、しかし貧乏故の狡そうな眼、顔中皺でひだどれている蟹のような角ばった陰気な暗い打沈んだ顔を真正面《まとも》で見合せた時、私は再び羞恥のようなよりどころない当惑を感じてしまった。

たったいま、むかっとして起ちあがった自分のあの血のこもった気持が、もう一遍ほしかったが、それ

は全く跡もなくきれいに溶けきってしまっていた。

「また躓いた」そう思ったが、あわれにも私は彼女の予期してかかった通り、いつもの優しい微笑で、彼女の草履を買いとる気弱い情無く意久地ない人間になっていた。

「婆さん、草履はまだ沢山あり過ぎて、当分使い途ない位い困っているので」

「そんならほうけ三本こうといて」

草箒だって何十本あるか知れないのに、彼女にあの山のように買いだめてしまった草履や箒の押入をみせてやろうかと思ったが、結局、全く弱い心になってしまってやっぱり彼女に笑いながら答えたり相手しながら彼女の手に二三拾銭の銀貨を渡してしまった。

私はほっとした。彼女は決まった事が決まったようになったと云う風にして汚れた風呂敷をしめ直した。


いつもいつも、自分達の好意につけ込んでやってくるお篠婆を可哀想だと思いながらも、なんとなく面《つら》憎く思った。そして不快《いや》な気がした。断られることは決して無いと信じてかかってくる彼女に、一度は強い調子を見せてやろうと思いながら、弱い人間である自分には、とても悪くて出来なかった。よしやったにしても、その後に自分に襲いかかってくる弱弱しい後悔が、如何に自分をしめっぽい不愉快なところにひきずってゆくかはっきりわかっているだけ、そんな事は出来にくいことだった。生《なま》じそんな事をやりかけると、今日のように、却って自分を卑怯に陥すことになる。やっぱり彼女には、間接にただ、当惑した顔附を見せることと、本統は断りたいのだと云う意志をそれもわずか、仄めかすだけで、いつでも片づけられてゆくのであった。

けれどこれが自分のとる、一番自然なやりかただと思いもした。お篠婆にしても、無理に強情ばって売ってゆくのが一番適切な無理のないやりかたなのだ。彼女の商いの仕方が、どんなに不愉快なやりかたであっても、いま素直な態度で商いを強いるのは自分の間違いである。これ以上お篠婆が忍んでゆける理《わけ》はないのだ。

私はそう思い直した。そして、あたらしい親しみをあらわして彼女をよびかけた。

「まだまだお婆さんが働いてゆかないとだめなんですか、ずい分大変でしょうね」

お篠婆は狡そうな眼つきをして笑った。そして汚なくよごれた、あかのためにぴかぴかに光っているよれよれの財布の口に紐をぐるぐるまきつけながら「年をとって動くのはなかなかしんどうてな」と如何にも疲れたようなかすれ声でいった。

見れば見る程彼女は疲れている。そして貧し過ぎる。粗末な装を越して実に汚れて泥々である。どうしてこれが着物だと云うことが出来よう。それは身体をわずかに隠しているぼろぎれだといった方が自然であろう。つづくれるだけつづくりをほどこし、身体に纏える限り纏わねば他に代るものがないからだと云うまでに憐れにも薄くすりへらされ絣の部分が生地の藍に近い色をしてしまっている。彼女が動くたびに、胸をつくような臭気は、まるで煙草の煙がかるくかたまって動き過ぎるような感を与える、非常に悪い事もせず、毎日毎日生きる事一つの為に、口銭《こうせん》をとられた草履を仕込んで雨の日でも、風の日でも、いつでも売り歩いている憐れなこの老いたまずしい隣人の姿を、心いれて見入る時、私はやっぱり自分を憎んだ。そして老いたる貧しき人の前にわびる自分を鮮かにも見なければならなかった。

おのれの身体の二倍もあるように思える重い荷を背にのせて、厚いざらざらの掌に少しばかりわけてやった葡萄のうつくしい房を、楽しむように見ながら湿った露深い野道をとぼとぼと戻ってゆく彼女の後姿をみて、いつものことだが私はもろくも亦泪をいっぱいためて、気のすむまで見送った。

再び朝日にまばしく輝いている幸福な薔薇を見やった自分には、しかし二度と、さっきの甘い美しくはりつめた感情はもどってはくれなかった。マダム・エドワード・ヘリオットの濃紅色な花にも、ととのってうつくしいオフェリヤのうす桃色な花弁にも、自分と同じ気持の陰が、痛ましくさしているように思えた。

二

お篠婆は、この村の北による小さいH山の麓のK村と呼ぶ割方大きい特殊部落の者で、その村でも殊に貧しい家族の一人であった。家族といっても、年中病身で、わずかに室内で真似ごとのような手仕事さえつづけては出来かねる程哀れな彼女の息子と二人暮しだった。みよりといっては他にない、さびし過ぎる位いさびしい気毒な人達だと云うことも、私がここに住むようになって聞いたことだ。どこでもあることだが、私達の村の人々も、K村の人々を無暗に嫌がっていた。小学校の生徒達がその部落の子供にゆき会うたびに「穢多《えた》」とよばずには過ぎなかったし、ことごとにK村と私達の村人は小さい事にでも争いあった。だからK村のお篠婆が、こうした私達の村に来る時は、いつでも、気を弱くしなければ商いが出来ない。村の人々は「穢多」と云う事を念頭から離さずに彼女に対している。どんなに売買いしたといったところで、草履の一足二足を、糞粕に値切り倒されて買ってもらうだけだ。まして温い言葉ひとつだってかけてやるものがある道理がない。

そんな中に、気弱い、私達が住み、くるたびに彼女を温い気持でよびかけ商いが出来ると云うことは、彼女の大きな満足と、少しではあろうがよろこびであったに違いない。

彼女は一年中、長くて七八日、早くて四五日目には必ず、あの大きな重い、よごれた包を屈《まが》った背中にせおい一本の竹の棒にその重さを耐えさせながら、よぼよぼした姿を見せていた。もう長い間になるが彼女はその重荷なしで歩く姿を私達に見せた事はなかったし、亦途中で出逢う時さえ彼女とその大きく重い包が別々になっていた事はただの一度もなかった。

私とお篠婆は、もう知りあってから八年になる。夫はここが生れ故郷であるために、もっともっと早くから彼女を見知ってはいたが、その時分の彼女と夫は、只顔を見知っていると云うだけだった。

私達が母達と別れて家を持ってから、なんといっても彼女との交渉がはじまったと云うのが自然であろう。

それだけに夫も彼女に対していつも思いやり深い心持をもっていた。

「草履やのお篠婆がやって来た、なにかやるものがないのか」と、よく遠くからやってくる彼女の姿を眼早くみつけて私を仕事場に呼ぶのも謙造だった。

そのたびに私は、急いで押入をさがし、あり合せた菓子を――それはたいてい子供達と共に、午後の茶に使うものであった――手にあまる位い握って彼女のくるのを待ったものだ。

彼女が生れてから見たこともないような洋菓子を、なんにもないので出した事もあった。謙造は「そんなチョコレートなんかやったってだめだよ、かえって味無《まず》く思う位いで」と、そう云いながらも、自身で銀紙をめくって彼女にその喰べかたを示したりした。

家をしめて一月近くの旅行でもしたら、彼女は「ここの家が戸じまりされて白い幕がぐるりにかかっている間は本統にさびしかった。顔をみると安心だ」と彼女も偽《うそ》ではなくはなしていた。そんなことをきくとやっぱりうれしかった。

私達は、彼女がこの家にくる一筋道を、大きな重い荷を背にのせて歩いてくるのを見付けるたびに、それは決して破ってはならない約束のように、亦約束を果す気持になってお篠婆を待った。いつの間に私達が彼女と無言のままにこんな約束を結び守ったのか、それは本統に私にも謙造にも解けにくい事であった。好意ではない、まるきり憐憫とも言いきれないこの深い心持はどこから生れてきたのだろうか。

ただ、彼女の大きな重い荷と、老いて貧しい彼女のしょぼしょぼの狡そうにも見えるが、しかしあわれな、つかれた眼をみさえすれば、私達は容易にこの約束にしばられて仕舞うのだった。

恁那《こんな》にして両方が行っているうちに、気がついた時は、いつの間にか彼女が私達より遥かに強い態度で、時によると私が圧迫を感じる位いに、私達の弱い心につけ入って仕舞っていた。

「こっちの気持や親切に、すぐ馴れて仕舞うんだな、仕方がない奴だ」

謙造は不愉快そうにそんな事をいった。

「甘い顔を見せ過ぎるからだ。おまえの方が俺なんかよりよっぽど安っぽく甘いからだ」、そんな事までいった。私はそんな事をいわれて可成りいやだったが、謙造の云うように全く安っぽく甘過ぎるところが無い事もなかった。

しかしお篠婆は相変らず、その重い大きな包を心持おしつぶされたような背中にせおって、同じようによぼよぼと歩いて私達を訪ね、そのたびに私達は余り有過ぎて弱り込んでいる小山のような草履や草帚の上に、更に新しい草履を幾足かずつ加え、加えつつ困惑を感じる事をつづけていった。

「今度こそ、今度こそ」と思って彼女をむかえ、亦しても彼女のために雑作なく負けてゆく自分をずい分あきたらなく思いもしたが、けれど考えて見れば、自分達も貧しい仲間ではあるが、草履の十足二十足の金は未だ未だ苦しまずに得られもすれば、わけなく分ける事も出来るのだ。しかし、お篠婆にとってその六七十銭から一円近い金がどの位い大切な金であり必要であるかと云う事を考えると、私達は考え込むことなどするわけがないのだ。自分達が彼女のように困る時がくるまで、私達はやっぱり彼女にこれ位いのことをしてもよいはずだ。そう思えば、彼女にもつ反感を無雑作に失すことが出来るし、亦本統に雑作なくそんな反感や不快さがもろく壊れてしまう。そうすることがこの地上に等しく生れ育てられている人間達がお互いに感じ合う義務であり、責任であると思った。

自分達は、その日その日の米代を稼がずともその日は勿論のこと、その次の日も、その次の日も、そのわずらいさえ知らずにゆける。しかし、お篠婆はそうではない。その日喰う米代を、とにかくその日一杯に稼がなければ、さしあたり困ってくる。食べることにつまってくることは、命をささえてゆく事をおびやかさずにはすまさない。

どんなにつかれていても、疲れたためによろめいていても、それでもやっぱり重い大きい草履の荷をまがった老いぼれた背にのせて大道を日一日歩き廻らなければならない。もし彼女が、それを嫌に思って拒めば、米代と、生きてゆくことに必要なすべては、遠慮なく彼女をつきはなしてしまう。今の世の中は、そう云う風に造られている。人達も、それを当然に思って不思議がりはしない。

どんなに困っているからといって、盗みする事はゆるされない。盗みたくなる程窮迫していても、人の物を盗む事はゆるされてもいないし心がゆるしはしない。盗みしなければどんなに飢えていても、人の物に手をかける事は、たとえ半片《きれ》のパンでさえ罪になるのだ。

子が飢えて泣き、親がうちのめりそうになっていても、盗みすることは悪いと何からともなく教えられているのだ。

「貧しきはよろこびなり」と教えられた。しかし彼女にとって貧しきは苦しみであった。悲しみであった。富める者を羨み、富める者を妬むことは恥であると言われても、彼女達にとって富める者はつねに心憎かった。腹立しいものであったに違いない。

それを思えば彼女がどんなに自分達の好意につけこんでしまっていても、やっぱりそれは心よくゆるして行くのが本当であろう。貧しい人々を心で憐れんでいるだけではなんにもならない。

助けてゆくことも悪いことではない。しかし彼女が人の好意とか愛につけこんで不快なことをやってくるその気の毒な気持を思ってゆるしてゆくことはどんなに大切な、温い心であるかもしれない。何よりもそれが貧しい隣人につくす自分達の心でなければ偽《うそ》である。

お篠婆が、私達の家を安全地帯のように思って、ここにさえくればとにかく当分の米代位い間違いなく得られると思いこんでいるその心根を考えてやると、やっぱり理窟をなくして、入用のない草履と箒を買いだめてゆくより仕方がなかった。

そのうちに、上から上にと積んでゆく草履は、一つの物置を塞いでしまった。それだけでなく、鼠のために幾足かの草履の緒が噛みきられて役立たないものになり、その緒が和紙で巻いてあるために、鼠が巣を造るのにこの上もない調法なものになった代りに、その紙が方々に搬ばれて、とても汚ない押入になってしまった。

その物置の板戸を開けることを皆が困り嫌がりはじめた。

ことに困ったのは年若な良であった。

小さい良は、雨傘や提灯を出すのを何より弱った。草履をどこかに置代えることを何度か提議した。しかしそれは急にどうにもならなかった。

或夜、謙造は急いで提灯に火をとぼすことを良にいいつけて外で待った。良は物置に走ったが、数分間ひどくがたがたいわせていて中々出てこなかった。

私にはそのわけがすぐ解った。あまり背の高くない良はその時も提灯をとるために弱っていた。草履の上にのしかかって手をのばしたのだが、それは小山のように積れているお篠婆の品物のためにそう手早くとれないのだ。

気短な謙造は、もう苛々しはじめた。そして余計にせきたてるので可哀想な良はかえっていらだって困った。私は良のところにいった。私もあんまり楽でなくその提灯を釘からはずした時、謙造の怒ったようなどなり声がきこえた。

「愚図い奴等だな、もういらない、闇だって落込みなんかするもんか」

物置の中の事なんか夢にも察しないような無理な事をいって、ぴっしゃり柵を閉めたとき私は思わず、

「ひどすぎます」といった。

私は草履を恨んだ。謙造の思いやりのない苛立しさに軽い反感をもったのだ。

「良が悪いんじゃありませんのに、あなたのようにおっしゃると良が可哀想じゃありませんか、なんといったって草履があり過ぎるんですのに」

私はすぐつづけてそういった。云った後で、はっと思ったが、もうそれは遅過ぎてしまった。

「俺のした事がいけないと云うのか」と、小さい事にでもすぐむきになる謙造は顔色を変えて後にもどった。

「草履を買いだめたのが俺一人の責任で、俺が安っぽい偽善者だと思っているのだろう。そうか、よしっ!!」そう云ったなり謙造は手に持っていた帽子やマッチをヴェランダに投げつけた。

「だれがそんなことを……」

「どうせそうだよ、俺なんかにはバイブルの事もわからなければ聖人の心なんかわかるものか、俺はおまえのように偉くなく思いやりなんかがないんだからな、糞!」

謙造は全く無茶になってしまった。

二人は、ふれあってはならないものに触れてしまったのだ。お互いにそれを感じつつ、もうそこから逃げる事が出来なかった。癇癪強い夫は、ともすると思いがけない事に心をまげて怒り出すのだ。その性質をよく知りつつも、うっかり小さい事に気持を悪くして触れてしまった。謙造の眼が平常《ふだん》とまるで変り、親みも情もなくした、冷い憤怒の眼になってゆくのを暫く私は黙ってみていたが、その眼を見ているうちに、私の心も露骨に、そのわけのわからない夫の腹立たしさに悪意を有《も》ってくるのをはっきり感じた。だんだん熱をおびて来たこの感情は遂々《とうとう》行きつくところまで行き着くなり、見事に破裂してしまった。

「どうでも勝手に思って下さい。私はあなたの思っていらっしゃるような事を今迄は思っていなかったですのに、そんなにおっしゃるなら、そりゃ、責任があると云えばあなたの方が私より甘過ぎたのこそ本当でしょうに」、そういったものの私の言葉は偽だ。本統に責任があると云うなら、それは私と謙造と半分ずつに分けられるのだ、そう思いながらも、その場合は、腹立ちのために殊更心にもない事をどなってしまった。

「よろしい、俺にそんな責任があり、俺が偽善者ならそうして置く、糞！ なんだ、そんな邪魔な草履ならどこへでも放り出してしまえ」そう云うなり謙造はいきなり下駄を振りきるように脱いで私を突きのけ物置から草履や箒を手当りまかせに投げつけるように放り出した。

私達の争いはいつもこうした小さい事に糸口を置く。そうして、そこから、おそろしい力で燃えあがり、すっかり燃やしつくすまで焔を立てて荒狂う。それを承知していながら亦そのなかに陥こんでしまった。

今更それは止めたくても止まるものではなし、むしろ黙って見ているより手段《てだて》がないのだ。

「オイ、良、何を愚図愚図しているんだ、早く来てこんな草履を捨てちまえ」と、謙造はどなった。良はおどおどするばかりだった。自分の提灯の出し方が遅かった為に、主人達が物恐ろしく喧嘩しているのでおろおろと途方に暮れていた。謙造の傍に行けば私に悪く、といって黙っていると其上どんな手荒い事を謙造がはじめるかも知れないので、壁にぴったりよったきり、泣き出しそうにしていた。

謙造の滅茶苦茶なあばれ方は、段々、謙造自身の怒気を増してゆくばかりだった。投げつける草履と箒が硝子戸に当ってかまわず不安な音を続けていった。

私はとても我慢しきれなくなった。出来るだけ落着いていようとつとめても、それは余計圧迫されるだけでどうしようもなかった。どうにでもなってこのまま二人が制限なくあばれつくすか、あばれて両方の乱暴さで何もかも粉微塵に砕いてしまうかそれとも自分だけをぐっとささえて何処までも我慢しきるかその二つの一つを早く選ばなければ到底いけないとこまで進みきった。そしてやっぱり謙造の怒気を静めるのが一番善い事だと思った。この因を思えばよいのだ。私は謙造の気持を思って、おくればせながらも、和《やわら》ぎたくなった。

そう思ってすぐに謙造の傍にいった。次々に放り出してゆく草履を、私は拾いかけた。

「いけない！」謙造は頑固にそういって私を突きのけた。

力が強いので私はよろけた。あぶなく硝子戸を破りそうだったのでよろけながらも障子の桟にしっかりつかまった。私の眼は一度に熱くなって、こぼすまいと思って喰いとめた泪が、思わず流れてしまった。力まかせに私を突きとばしたために、謙造の憤怒は下火になった。重苦しく険悪だった気持から離れたらしく、それでも憎悪の眼で私をにらみつけた。

私は泪をためた眼でじっと謙造を見つめた。不気味な沈黙が暫く続いたが、お互いは無駄な亢奮《こうふん》から少しずつ離れてゆくのを感じ合った。そんなしていながらもお互いはまだ何処迄も意地悪く、少しの隙間もない位い、そのままでお互いの気持に変化を、鋭敏過る位い鋭敏に出来上っている神經で調べあった。沈黙は続いた。しかし謙造の激しい眼の光はだんだん元にかえっていった。そのやり場のない鋭い眼をみたとき、私は急に泣き出した。

謙造は一寸驚いたようだったが、

「やるならいくらでもやってこい」乱暴にそう云ったまま表へ出て行った。

三

その翌朝、お篠婆は亦やって来た。

薄ら寒い日で、曇った空には温さがまるでなく、時々にぶく雲がさけても、陽は光りを惜むもののようにあつぼったいあかりだけみせて、すぐ隠れてしまう。

私と謙造は、昨夜の不快な出来事に未だこだわって、ぎこちない気持にかたくくっついていた。二人とも必要な言葉さえなるべくさけ合い使わずに、困ったあげくは、良や子供達を仲に立てて用を足した。啞のようにおしだまったままヴェランダで良のいれた朝の茶をすすりながら新聞を読んでいた。何の記事を読んでも、よんでいる途中で昨夜の謙造の荒い言葉になったり自分の気持をそこにみつけて知らず知らず思いがけない文句になったりして余程変だった。といって新聞を手から離してしまえば嫌でも謙造の顔を見なければならないだけでなく、あてなくぼんやりしている自分の不快な気持を謙造に見透されるのも具合悪い事だ。

仕方なく、今朝さいた薔薇を、見ようとして椅子の位置を南に向きをかえると、それは全く不意にあのききなれた足音なく、柵の外に、お篠婆が立って、竹の棒を持ちかえ柵の把手に手をかけているところだった。

私は妙にどっきりした。昨夜の不愉快なあの争いが再びのしかかって来たように感じた。

私はとっさに新聞紙を両手で拡げた。そうして、故意に彼女の来たことを知らぬふりした。

柵の把手は気持よくピンと響いた。なんとなく秋だなと思ったが、その気持よい感じは、瞬間消えて、彼女のひきずった湿っぽい草履の音がヴェランダの前で止まった。

謙造は軽く動いたようだった。しかし彼もやっぱり、彼女の存在を気付かぬ者の如うに、そのまま新聞に顔をよせた。

しかし彼女は、はっきり自分の来た事を私達に承知させてしまった。

彼女の、いつも決って先ずやる、「えへへ」と云う、だみた、低音の愛想とも嘆願とも挨拶ともつかぬ一種くせのある嫌な声を、しかも幾分媚るように私達にあびせた。逃れようのない立場になった。しかし私は謙造をうかがった。どうかして自分より先きに彼女に答えてもらいたかった。昨夜の気持がこんなにこだわっているにつけても謙造に何か言わしたかった。それは苦しい我慢だったが、私の心はすっかり意固地になって、身動きひとつしなかった。謙造は私の執念深いのに一寸呆れたようだったが、遂々新聞をぱさぱさ音させて折り返しながら彼女を見た。

お篠婆は、いつもに変った私を不思議に思ったらしく、ことさら私に近い縁側に近づいて亦、あの「えへへ」を云った。気の弱い私は、ふと顔を出したようだったが、私は謙造の言葉が何よりききたかった。

しかし謙造のぶっきら棒な言葉を聞いたとき私は全く彼女に対して大きい悔いを感じなければならなかった。そうして謙造があらっぽく「まだある」と云いきったなかに、わざとそんな言葉を私のために使っているのだと感じた時、あぶなく笑いかけた。が、ぐっとがまんした。自分より、ずっと善良であり、素直な謙造の性質がそこに感じられた。

それに、お篠婆がなんのこたえもせずに、遠慮なく大きい風呂敷をいつものように椽におきかけたので謙造はあわてて、

「まだある」と云った。彼女も私もその大きい声にびっくりした。私は子供っぽい謙造の困ったあげくのその気持にすっかり可笑しくなって、つい忘れて笑ってしまった。気持のいい笑い方をした。笑いながらも泪がこぼれた。謙造は私をちらと見たが、遂々謙造も微笑して見せた。それだけで私達は全くたあいなく仲直りが出来た。さすが間が悪そうにしていたお篠婆も、つりこまれたようにして笑った。しかしそれは気の毒にもわざと笑いであった。媚であり嘆願であった。謙造に露骨に断られた彼女は、しばらくまごついたようだが、そのままに戻ってゆく事をしなかった。素直に大きいその荷をそのまま背にして出てゆ

くには彼女は貧し過ぎた。苦しすぎるのだ。彼女をひきとめるものは、やっぱり彼女に強情とあつかましさを教えた。

彼女はとっさに、その苦しさから逃げて、

「きょうのは皮ばかしの草履じゃからな、五足だけでも買うといてな」そう云って、「な、いつもよう買うておくれて気の毒なんやがなあ」そんなことを云い背中の荷をおろし手早く拡げた。

畜生の匂いと草土が腐って蒸っぽくなった匂いが、頭へ圧えつけるようにひろがった。

謙造は素早く私を見た。私は笑いながら見かえした。謙造は両臂《りょうひじ》にぐっと力をいれのびをしながら笑って立った。

「婆さん、きょうは本当にいらないんだ。どんなに沢山あるか見せてもいい。いつもそう思うんだが」と、そこまで云いかけたが後を云う事は彼女に悪いと思ったらしく、

「まあ当分いらないから、今度こそ婆さんを呼ぶまでしばらく寄らないでくれ、な」

立ちながらこんな事を云った。彼女はそれでもにたにた笑いながら、その草履を五足列べて、「今日はこんだけ買うてもらおと思ってな」今にも商いが出来るような落着いた声を出した。私達にかまわず、自分の要求に私達を従わすつもりだった。私達はすぐそれにまいりかけた。しかし不思議に頑固に自分達の云い分を通した。

草履がどうしようにも一寸仕末がつかなくなったと云うだけで、これはお篠婆を困らせる。けれどこの

上草履を買う事は、もっと自分達が困る。

金銭の問題ではない。金を惜むのではない。私達はいつも草履と金を離れて彼女を案じ彼女を思っている。しかし、彼女にとってそんな人の真心とか愛なんかで自分を思ってもらう事は直接なんの役にも立たないのだ。

金をもってこなければ、飢えてしまう。金がなければ寒さに慄えなければならない。誠心や愛は、うれしいにはうれしい。しかしそのまごころより彼女にとって一枚の銀貨がもっと嬉しく有難いのだ。一枚の銀貨より人間の真心や愛に心ひかれてゆくことは、彼女とその病身な息子の生命をおびやかすことになる。彼女にとって愛やまごころが、たとえ欲しく思っても、それを楽しむことが出来ないのだ。彼女をたのしくさせ、彼女を何よりも安らかにさせるものは少しの金より他にない。だから、どんなに私達の好意がわかっていても、今、五足の草履を私達が買わなければ、彼女は当然心のどっかで私達を憎み、私達に困らせられた事を意識しないまでも、感じるに違いない。

彼女だって、愛やあたたかい真心をよろこんで受けたいのだ。それを勢よくいつも邪魔するものが金であることも、彼女は知っている。といって、老いたる貧しい彼女は、金だけを私達からもらう事は、どんな事があっても承知しなかった。

働いただけの金、それは当然うけとれる。しかし働きもせず、品物も売らずに、ただ金を受けるなら、それは乞食である。如何に貧しくても彼女は乞食ではない。

「乞食でない」と云う考えは彼女にあくまでも苦しい働きをうながし、恥をかいても、何んと思われても自分の賣物を相手に確実に買わせてしまうより他に方法がないのだ。「自分は乞食でない。」その為に八十近くになるまで労働している彼女のしわ深いたるんだ顔や色の悪い唇をみていると、私は淋しくなって泪が滲んだ。この人達は実に善良であるのだ。貧困の限りをつくしながら、それでも正当な働からだけ自分達の生活に入用な金を得ようとしている。

こんなにあきらかに彼女の心持を察しながら、その日は遂々彼女の草履を、そのまま汚れて臭気のたまっている大きい風呂敷包の中に仕舞わせてしまった。

わざと愚図愚図しているように見える程、彼女はその包の口をしめるのに手間どっていた。失望したようなその様子をみていると気の毒な気がしたが、どうする事も、もう出来なかった。「今度こそ勝った」何故かそんな不快な心持がふと頭をかすめた。私は嫌だった。本統にそんな気持が自分にあるのだろうか、変に胸がつかえて、惨めな感じをいっぱいたたえとぼとぼと表へ出てゆく大きい重荷を背負った彼女の後姿をみていつまでもひどく心が惹かれた。私はやっぱり悪い事をしてしまった。自分のやった事はこれでよかったのだろうか、草履がたまる事と彼女に対して自分達のつくしてやりたい気持がどんな理窟をつけてみても別々のように思える。責任を果しきらなかったと云う気まずい気持と、妙な約束を破ったと云う心持がなにかの滓のようにだんだん重く心にたまって行く。またしてもこんな考え方にとりつかれてしまう自分を我れながら腹立たしく意久地なく思った。

心が弱いと云う事はなんと云う不幸であろう、「最も憐れな人間は自分である」そんなことを考えた。いろんな思いが私をますます混乱にひきずっていった。

そこへ謙造が来た。

「やっと帰えったね」謙造は私よりずっと楽そうな声だった。私はそれが羨ましかった。

「なんだか悪い事をしたようで、気がすまない」

「馬鹿だな、自分の気がすむすまないでされているのか、迷惑な話だ」

私は痛いところにさわられたようで、どきっとして顔があつくなったが、かえって、気がすっとして不思議に楽になった。

「本統にそうですね」

「馬鹿だよ、お篠婆はそうおまえの思っている程、こまかく愚図愚図思ってなんかいるものか。もっと強くならなきゃ自分が損だ」こう云って謙造は笑った。

二人はしばらく貧乏について話した。自分達にくらべてこの地方の地主階級の人達が、如何に自分の事ばかしより考えていないか、善とか正義についてどんなに鈍感に出来上っているか、亦、殊更それに鈍感をよそおっているか、貧しい人々をどんなに自分等と区別しているか、そんな事も話した。

いつだったか、道でやっぱりK村の下駄直しに出逢って、私も朝の挨拶を返えしたのをかげで笑った地主の事まで思い出した。

「なんといっても、未だ未だお篠婆のことを思ってやれるだけ自分達はしあわせなんだ。自分達だって、そう彼女とちがってたいした富める人間ではないのだ、むしろ小さい田地があるために困っている。もしも自分達が彼女程まずしくならなくとも、もっと生活難に苦しめられてくると、どうして彼女の事が思ってやれよう」謙造はこんなことも云った。

しかし、何んといってもその日は一日中お篠婆を断った事が頭をはなれなかった。無理にそこから逃れようとする程かえって醜い自分がさらけだされ、自己弁護すればするだけ、具会い悪くなるばかりだった。謙造はしまいに相手にもしなくなった。「神経衰弱だな」そんな事まで云った。

夕飯がすんで、あかるい電燈の光りをみんなが受けながら、一つの卓によって、美しい葡萄の皿をめいめいかかえよせて食べている時でも、自分ひとりはその幸福ないろどりから、やっぱり心だけは離されて妙にさみしかった。味のないたべかたをしている自分に気がつくたびに、自分も不快だった。謙造は「困った奴だ」と云う眼をして時々私を見て眉を顰めた。

「いいかげんにするんだな」

ハンカチで口をふきふきそういった。謙造がだれにともつかずにそういったので子供達は葡萄の皿から顔をはなし、不思議そうに父親をみた。

「母さんは馬鹿だね」そう云うなり隣りにいる子供の頬をチュッと吸ってこころよげに笑った。私は余計にさびしくなった。

四

それから四五日、両方の仕事がいそがしかったので、私もお篠婆のことを気持よく忘れていた。うっかり、何かのはずみで彼女の事が頭を過ぎたようだが、それにも心をかけたことがなかった。あんなに変にひっかかって苦しんだことが、案外気楽になったので、本統に謙造のいったように神経衰弱だったのかも知れないと思った。それにしても、彼女の問題からはなれて暮しておれる事は本統に有難いことだった。

それが、謙造の仕事も一段落つき、自分の用事も荒方おえて、心に落着が出来てみると、不図、お篠婆が暫く姿を見せないのに気がついた。いままであんなに暦のように正確に自分達をたずねていた彼女が、あの大きな重いきたなくなった包をまがった脊にせおって柵の把手に手をかけてくれないのが妙に気がかりになった。それでも、そんな事を謙造に話すことは、如何にも下らなく思われそうで、ひとり気にしていた。

そのうちに一週間も過ぎた。十日もたってしまった。しばらくの間にヴェランダにそったポプラの並木がしげしげ黄ばんだ葉を親木からはなすようになり、秋の深さが一寸した草一本にも、空の色にも感じられるようになった。

ものあわれな気持が、いろんなものに感じられるにつれて、私はお篠婆のことをいっそうひどく気にかけるようになった。近くの百姓達にきいてみても、みんな彼女の姿を見かけないと云う。自分の気持は変に落着を欠いてしまって、とてもじっとして居れない位い気になり出した。

「もしも彼女が、あれから後、急病で死んでしまったのだったら」ふと、こんなことが頭にきた。その考えかたは私をますます淋しくさせてゆく。私はあの婆に冷い気持をもった事が本統になかったろうか。知らずにいても冷くしていたことが多くはなかったろうか。彼女に邪慳《じゃけん》であった事はなかったか、彼女を心で軽蔑したり、恥ずかしめたことはしなかったか。

とっさの間に私はそれをいろいろ反省してみた。けれど一つもそんな事を思いつく事が出来なかった。そしてそう思いきめたことに今の場合愚図愚図拘泥していることはなんとなく恐ろしかった。どうぞ、彼女についてなんにも悔いる事がないように願った。

突然、その私をはねとばすように、忘れていたある出来事が鮮に眼前にうつった。彼女に心すまない事をしていたことを忘れていた。きづいてはならなかったものを、遂々気づいてしまったように、私はすっかり不愉快になり重苦しく自分にせめかかってくるその記憶から逃げようとあせったが、それは無駄だった。

彼女は、商いがすんだあと、いつも入用がなくなった布《きれ》やちょっとした古着を草履と代えてくれといつも頼んでいた。私も、ずたずたに着古したものや役に立たないものを、なんとかの利用だとか、やりくりするのだとかいっていつまでも納《しま》い込んで置く事が嫌だから、彼女のその頼み位い、草履なんか別物にしていつも承知しておいた。彼女は来るたびにそれをたのみ、私はそのたびに心易く返事を与えていた。しかしその頼まれ事を、私は一体、何辺彼女のために果してやったか。十度に一辺もそれは行われていまい。さすがに草履を売りつける時の態度とまるで違って、いつも間際になって忘れたからこの次にと云う私に、彼女はいちどもさからった事はなかった。いつでも素直に次の機会をたのんでもどって行く。

私のいいかげんに、「亦こんどに」、と云う言葉に彼女は充分信頼し、その上ことばだけでもよろこんでもどるのがつねだった。

私は自分の良心にかけて言う。私は古着や小布《こぎれ》を彼女にゆずるのを惜いとも思わなかった。困りもしなかった。ただ、その古着や小布を方々から集め出すことが邪魔くさかったり、つい忘れてしまったのだ。といってめんどうだといってすまして居る事は出来なかった。心だけはいつも彼女の頼まれごとに同意し、それを探していたのに、彼女の頼みはいつまでたっても少しも果してもらえなかった。それでもその為に彼女の嫌な顔をみたことは一度もなかった。私は余計に苦しかった。私の出鱈目なその場だけの言葉をきはずかしく思い彼女の顔をみるのが苦しかった。

約束を守る事を私は尊く思っている。それでいて、貧しき彼女との約束は、なんと云う容易さで破ってゆくのだろう。

しかし、或時、めずらしく私は彼女との約束を果した。そのために大変不愉快なことが起ったことまで私は思い出した。

　自分がいい加減着古した浴衣二三枚と、全く寸法が短くなって間に合わぬ子供のシャツや靴下、そんなものをひとまとめにして彼女のくるのを待った。その小さい包を彼女が満足して受けてくれることを考えてみるより、自分達には、そんなに必要でなくなったものより彼女に包んでやらない自分の心に愛想をつかした。

「自分の如く隣人を愛せよ」、もし本統にこれが行えたら、どんなに心が平和だろう。自分のように隣人を愛している人が私をみたら、何んと思って私を憐れもう。私は自分の如《よ》うに自分の家族、好ましい友人、美しく賢き人々を容易に愛せる。ある時は自分以上に愛する事も出来た。けれど彼女の如うな、汚れきった衣を纏い、老い衰えた貧しい隣人といだきあってよろこんだり悲しむことは出来なかった。好ましい人々には自分の尊い宝さえ与えて惜みはしない。しかし彼女には、ただ役に立たぬぼろぎれだけ与えようとしているのだ。私の心は迷った。しかしやっぱり自分をゆるしてくれる心に同意した。

　あくる朝街道を歩いているつかれきった貧しい彼女をみつけて、私はその包をもって走った。

　私の思ったように、彼女はよろこんだ。満足した。うれしそうな微笑をささえきれずにしわしわな口辺からたえまなくこぼした。彼女は節立った指をからませたり、といたりして何度か私に礼をいった。私を親切だといった。情け深いといってくれた。私はかえって嫌だった。可哀想な彼女は、私のきたない心持を少しも知らずにいるのだ。彼女の前に立って彼女の感謝を受けている私が、そのたびに自分を責め、はじ入っていた事は、どうして彼女にわかろう。

彼女はその代りだといって草履を十足出したが、私は怒るようにいって、それをやめさせた。私は彼女に手伝って、その貧しい包を彼女の大きな重い風呂敷包の底にいれた。今日一日に到底売りつくすことが出来ないと思う位い沢山の草履を彼女は再びよごれた臭気の強い包にしまった。私はそれを彼女の背にのせながら、うつくしすぎる泪を感じた。

私は本統に恭々しい心でいた。恭々しい態度で彼女に接しておれた。彼女は当惑と驚きに近い顔で私を見上げた。二人は笑って別れた。私は道をあるきながら、

「貧しきものは貧しきが故に多くのよろこびを知り、富めるものは富めるが故にその喜びを知らない」と云う言葉を思い出した。そして、「貧しきものは貧しきが故に多くのよろこびを知らず、富めるものは富めるが故に多くの喜びを知る」とつくりかえて見た。

しかし、私の心持はそれから間もなくみじんに砕かれてしまった。そのために私は今だに彼女の頼みをはたさずに過ぎていたのだ。これはたしかに彼女にも悪いところがあるのだ。

私のやった古布のお礼だといって、翌日彼女は赤砂糖を半斤そのきたない風呂敷包から取り出した。私は困った。彼女は心からよろこんで礼にきてくれたのだ。しかしそれを受けたくてもうけることがつらかった。私は心で感謝しつつ、わびつつ彼女に袋をかえそうとしたが、彼女は私を中々相手にしてくれない。嗄れ声で笑いながら砂糖袋をどうしても私に受取らせようとした。

「あなたの志だけで私達は充分うれしいのだから」そういってもだめだった。

こんなことをしてくれるのなら、これから彼女の頼みをきくことが出来ないといった。

私は正直に自分の前からの気持を説明してみたが彼女は何度でもその袋をつきもどし、

「子供になめさせてやっておくれな」こんな事を云いながら彼女のそばによって来ている犬の頭をなでていた。

これ以上その志をしりぞけるのは彼女にとっても快い事ではあるまい。私は彼女の好意を忘れて、彼女がこのために大切な金を少しでもへらした事が気の毒だった。

私はその袋をもって謙造の仕事場にいった。

謙造も困ったような顔をした。

「一円程つつんで渡しておくかな、あいつらから物を貰いぱなしにするのは困るし」そういって一寸考えたが、

「そう、やっぱりそうしておけばいいな。」

と云ったまま仕事をつづけた。

私は大きい五十銭銀貨を二枚紙に包んだ。

「ありがとう、もうこれから本統によして下さいね。こんどだけでね」

お篠婆は、私の手から紙包を受取る時、二枚の銀貨の重さを素早く感じた。たあいないよろこびが貧し

い彼女をつきのけて真先きに彼女の顔に湧いた。私に気取られないように太い親指を動かして、もう一度重い銀貨をいじってみた。私はわざとそれを知らないような顔をした。

金だけは決して受取らない正しい彼女も、こうして何かの理由が少しでも附いていれば、やっぱりその金を避けることが出来ないのだ。

それだけの金でこんなに沢山、彼女がよろこぶのを見ているうちに、私はすっかり淋しくなった。貧しさが彼女をこんなにまで気の毒にしてしまったのかと思って変に嫌な気もした。この憐れな人間に対して私はどんな不快な眼に逢っても、どうかして暖い心を失したくないと思った。憎むことがあってもそれをゆるしてゆきたいと思った。しかしその心持はさびしくも長くはつづいてくれなかった。

それから少し経った、或る午後、私は良と二人、謙造の冬の靴下をつづっていた。あたたかい毛糸の深い靴下に、手を突込んでいて丁度位いの寒さだった。良は毛糸を編みながらお篠婆の砂糖をあんまり使いたくないと云った。私は間違ったその気持をしかった。特殊部落の人達と自分達と何処が違っているのかきいてみた。良は「あれは穢多で御座いましょう」といった。

「おまえの云うことをきいていると、穢多と云うのは獣のように聞えて可笑しい」

「でもあれの先祖は牛や犬でございます。」だれから聞いたのか、良はそんな馬鹿な事をいって私を笑せた。

私があんまり笑ったので良は黙ってしまった。そしてひとりでいつまでも、くすくす忍び笑いをして止まなかった。私は特殊部落の話をしたが、自分だってその人達をやっぱり何かきたないもののようによけていた事を思い出し、急にだまってしまった。そこへお篠婆が落ち窪んだ眼に狡さと弱々しいにぶい光りを交ぜて、笑いながら這入って来た。私は、話を聞かれたかと思ってどっきりした。しかし彼女は耳も遠いし、それにきこえたようでもないらしく笑ってばかりいた。私は変だと思った。彼女の来方があまりに早過ぎる、何か別のことがありそうに思えた。いつもとちがって彼女はいかにも下品で露骨にいやしい心を出していたようだ。

「何かあるな」私はお腹でそう思いながら、彼女の言葉を待った。

「この間はたんとやっておくれたなあ、えらいすまんことやったな」こういって彼女は泥々によごれている懐から大切そうに小さい紙袋を出した。

「これな、小さい子にでもやっておくれ、なんにもないよってな」しわしわの厚い掌を揉みこすりながら、少しばつ悪気にそういった。

私はその言葉で、全く突きのめされた。

私は彼女の言葉の裏が――そう思うことさえどんなにいやだったろう――解ってしまった。彼女が更に笑顔を作って何か云いかけたが、私は意地悪くそれをはぐらかして、彼女をまごつかせた。そんな事をとめる心にもうかまってはおれなくなった。我慢すればする程仕舞がつかない程私は興奮してくる。

「私はそんな約束をしなかったでしょう」気がついたがもうおそかった。私の語気は荒かった。彼女はたしかに味をしめたのだ。少しの品物とその価の四五倍もある金と得な取引きが出来ることを覚えたのだ。

しかし私は未だ思った。どうぞすべては自分の邪推であってほしい。むしろ彼女をはずかしめるものが自分であってほしい。そう思って彼女の眼をもういちど見返えしたが彼女の眼はいけなかった。いけないものが隠されていた。私はこの直感を正しく思った。

私があんまり頑固に出て動かなかったので彼女はそれを芝生でころがって遊んでいた子供にむけた。小さい方の子は何もわからずにすぐ婆のそばに寄った。

私は困った。すぐその子を強くよんで、怖い眼をしてみせた。子供ははじかれたように別の方にいった。

彼女はそれでもまだおちついていた。その袋を所分するまでは、家から出ようとしていない風に。

私はものを云うのもいやになった。そして弱った。そんな菓子の袋をうけとるより、草履を買って彼女をはずかしめないですませたかった。その方が両方のきもちをよくしてゆくと思ったから。（そう思いつつどうぞ自分の邪推であるようにいのった）

私は自分の云うことだけ云って、草履を買った。それだけの金を彼女に渡した。その袋はどうにでもなればよいと云う気で。

彼女は玄関にひとり残されて、私からもらった金を音たてて数えていたが、しばらくしてから、

「こんでええのかいな」

ひとりごとともつかず、私に云うでもないその声は私の神経にぐっとこたえた。

私は彼女を疑りはしていなかった。私の邪推ではなかった。彼女だ、彼女だ、彼女がいけないのだ、とりかえしのつかない白けた気持が私と彼女の中にひろがってしまった。彼女は菓子袋を得心して私が受取ったと思い、そのチップが今払われた金の中に加えられていると思っていたのだ。その思い違いは彼女をこんなに醜くさせた。ずっといやしい人間にさせてしまった。

が、私はもう彼女に寛大でおれなくなった。後で如何に後悔しても、私はもう我慢出来なくなった。彼女を憎むのではない。私は彼女の悪い卑しい心根に腹が立った。

なにか不足気にしている彼女をそのままにして仕事場にいった。何もしらない謙造にがみがみと事の成行をはなした。

謙造は仕事を邪魔された不愉快さと、話の性質の面白くない事に腹を立てたらしかった。すぐに出てお篠婆の顔を凝っと見たまま、

「ばあさん、僕等はいらないと云ったら本当にほしくないんだ。欲しい時にはその通り云う。だから僕等だけにには、そんな無理な事をしないでおくれ。その菓子をもってかえっておくれ、な」

そういって謙造は、彼女がその汚れた大きな包に小さい紙袋をしおしおとつつみこむまで番でもしているようにじっと傍に立っていた。

雨をかためたような黒い雲が、山の背《せなか》から徐々に動いて来てだんだん空にかぶさってくるなかを、彼女は見るから憐れそうにとぼとぼ歩いてゆく、私はそれを見てとても平気でおれなかった。

彼女が味をしめるようになったその因《もと》は誰が教えたのか、自分達ではなかったか。それに、彼女をはずかしめてそのままに帰えしてしまった。弱い心をあわれまれるもよい、私はすっかり悔いてしまった。豊にみのって黄金色に波うっている稲田に、背の低い彼女がずんずんかくされてゆくのをみてすまなくて胸がつまった。

この記憶がはげしく心を嚙んだ。

もしも彼女が、悪い予感の通り、急病で死んでしまっているのだったら、これからさき死んだ彼女に対しどんなに心を責められ、心にとがめて暮さねばならぬだろう。彼女は死際に、私達を恨みも憎みも、愛しもせずに死んだろう。けれど、もしも彼女が死際に、うつつであの菓子袋の事を思い浮べたら、どんなにさみしく思ったろう。万一彼女が私達をゆるしたとしても私達があの小さい出来事のために、怒って彼女をはずかしめた事は、自分の心がゆるさない。どうぞ彼女が生きていてくれるように、またあの重い荷を背負って私達をたずねてくれるように、そうすれば私はその時こそ彼女を本統に愛そう。憐みとか、彼女を助けたいとか云う小さい気持にみっともなくこだわったりせずに、貧しい隣人として出来るだけあったかな心で愛してゆこう。彼女を愛したい。純粋に愛してゆきたい。自分が困るまで、よろこんでわかちあい、ない時は正直にそれを告げて、あたたかい心で乞食の手をかたく握り、

「友達よ、ゆるしてくれ、今日はもう、すっかりになってしまったのだ」と言ったロシヤのなつかしい一

詩人の心になりたい。どうしても自分はトルストイのやりかたになりやすい。乞われるままに分《わか》つつもりでポケットに入れた金を、遂々やらずにもどってさみしがったトルストイの心持もよくわかった。

愛はつねに素直で、いつまでたってもすなおでなければいけなかった。

人を愛すことに理窟をつけてゆくことは、ポケットの金を失さずにもどってくるトルストイの気持だ。人間には真心と美しい泪があればそれでよいのだ。彼女に対して今迄もっていた自分の考えは、本統に間違いきっていた。彼女をいやしくさせたのは自分だった。彼女よ、どうぞ生きていてくれ、病気でないように、どうか、何かの都合で商いを休んでいる彼女であってほしかった。

私はこんな気持を謙造に出来るだけ隠そうとした。十日も過ぎた。十五日も過ぎた。時間は私に遠慮なくたってゆくのが本統であった。私の気持は沈みきった。良や子供達まで彼女がやって来ない事を不審がるようになった。

それは、いかにも秋らしい雨の降る朝だった。大きい姿見の前で髯をそっていた謙造が「おい、お篠婆が来たよ。今、桂木の家を出てこっちにやってくるようだ」と云った。

「本統ですか」左ういって私は椅子から立ちあがった。夢中で立ったので卓にぶつかり、薔薇をさしたカットグラスが水を少しこぼした。彼女だ。やっぱり彼女だ。いつもの姿で、いつものようにとぼとぼ歩いていた。謙造はあごの石鹸《しゃぼん》をタオルでふきながら出て来た。良のわたしたあつい湯気だったタオルで剃刀をあてたところを気持よげにふきとって
「ずい分気にしていたようだね、実は俺もだ」如何にも無関心な調子でそういったが、私には謙造が黙って彼女のことをそれまで心にかけていたことがよく感じられた。そして謙造の眼が子供っぽくよろこんでいるのを見てなんとなしにうれしかった。私は謙造によりそって、彼女のくるのを待った。

彼女は間近によった。

「どうしたんだ、どっか悪かったのか」謙造はあたたかい声でまず彼女によびかけた。

彼女も嬉しそうな眼をした。しばらくの間に彼女は変った。あの狡そうに光った眼は、弱々しい光になって、始終泪がたまってくる。

「息子がえろう悪かったもんでな」そう云いながら彼女は、親しいものの傍にいるように、縁側に大きい荷をおろして、しんどそうに二三度背のびして腰をたたいた。彼女がそんなにしたことは今迄なかった。

私の古浴衣が彼女の風呂敷になっているのを謙造がさきにみつけた。私は無事で自分達のそばにいる彼女をみて、ものが云えなかった。ただ、なみだぐんだ気持になっていた。私と謙造は彼女をはさんで腰かけた。代る代る彼女からその後の事をきいた。彼女の低い嗄れ声をきくだけでもうれしかった。

「しばらく顔をみんと寂しい」突然彼女はこんな事を云った。私達は泪を感じた。

お世辞でないその言葉はどれだけうれしかったろう。胸がつまって困った。本統に有難かった。うれし

かった。

「商いを休んだので大変だったでしょう!?」

「薬は役場から書いたものが来たので島雄先生からただで作ってもらったが、喰うことが苦しいんでな」

「役場から出ている書附は済生会じゃないか」と謙造はきいたが、彼女は済生会を知らなかった。

「こんなんじゃ」そういってふところから丁寧に二つ折にした洋紙を出してみせた。やっぱり済生会だ。彼女はこの書附をもって隔日に隣村の島雄医師に薬をもらっているのだった。

謙造はその書附をみて彼女にもどした。

「こんな人を働かせて、働かねば喰う事が出来ないようにしておくのはたしかに間違いだ」むっつりとした顔をして謙造はそういったが、彼女にはその意味がまるで解らなかった。ただ黙っているのが悪いらしく「えへへ」と淋しく笑ってみせた。

済生会とか、何々会とか、慈善を標榜してたっている団体の仕事が大きな目の網で小魚をすくうようなものである事を承知しながらも、やっぱり腹が立った。わずかに働きに堪えていると云うだけの人々を思った。こんな不正なことを何故人々は気づかずにすましておれるのだろう。こんなに老いぼれ、衰えつかれている彼女にいつまでこの労役をつづけさせてゆくつもりか。生が彼女に別れを告げて、死が彼女の枯木《こぼく》の如うな身体をうけとる時か。

楽みはとにかく、喰う保証だけでも村役場からするのが当然だと思った。そんなことを彼女のそばで謙造にはなした。

「そんな事をされることは不名誉だと思っているのだ、それを不名誉だと未だ思わせるところに間違いがあるのだ。有難く思え、お前を助けてやるぞと云う横柄さは、いくら無神経な奴にだって癪にさわるからな」謙造はそういって煙草の煙をぷうっと吹いた。湿った空気の中によい香いをさせた紫の煙が低く舞って行くのを彼女はながめていたが、

「ええ煙草やな」そういってうまそうな感じでそこいらを匂ってみた。

謙造は笑いながら彼女に二三本煙草をやった。彼女は大切そうにそれをしまった。

「婆さんは煙草をのんだのかな」

「わしとちがう。息子が飯より好きやがな、そんなもの買うことが出けんでなあ、いつも村の若衆がよって一本二本とおくれるんで」

そう云いつつ手拭いを巻いた頭に指をいれて掻いた。

「おや、ばあさんは髪の毛をそったな」

謙造は手をのばして彼女の手拭をずりあげてみた。

いつ坊主になったのか、彼女の頭は灰色の地に銀色の毛を植えたような、ざらざらな坊主頭に変っていた。彼女は男のような顔になった。さびしい気がした。「のぼせるので」と彼女はいった。私達は彼女の頭の話や草履の問屋の話をきいたりした。いつかの砂糖袋や菓子袋は全くあともとどめず私達からも彼女

からも消えてしまっていた。そして私達と彼女は新しい関係であたたかくむすばれてしまった。

まずしい彼女も亦、多くの貧しき人々の如うに決して怠惰ではなかった。まずしいもの程怠惰ではおれないのだ。彼女のその装がどんなに泥々によごれていても、彼女は怠惰ではない。

日毎にやってくる生きることの難苦は彼女の背をますます曲げてゆこう。彼女達が甘《うま》いものを欲し充分の飯菜を得ようとすれば彼女はこの上もっともっと働かねばならない。

働かずに食べる事を考える時が彼女に一日でもあったら彼女等はすぐに米を失ってしまうだろう。美食にあき、遊ぶにあいて怠惰である富める人達が、もしも心もどって彼女等をみるとき、自分の芳醇な高価な洋酒一瓶と彼女の二ヶ月に渉る生活費が平均されるのを見てとても不思議で信じられまい。

彼女等にとって幸福は遠い天地である。幸福と云う言葉さえ彼女には入用のないものであろう。

自分達のつねにさがし求める幸福、口癖に出るその幸福は影でも彼女にはささない。私は、彼女をみる事が苦しくなりひとりでうなだれてしまった。

自分達は幸福だ。非常に幸福だ。この二人の幸福な人間にはさまれて腰かけている気の毒な老いた隣人は、それに比べてなんと云うまずしさだろう。貧乏のどん底、社会のどん底にいて、ただ生きてゆくだけにあえぎつつ苦しみつつ幸福を知らず、よろこびを知らずに生きているのだ。

彼女はよきよりどころに休息しているようにぐったり安心しきっていつまでも私達と話していた。私は心でわびながら彼女と微笑しあった。

しばらくして、私達は二十足の草履と草箒五本を彼女の包から出した。ことさらに釣銭の多くいる紙幣を一枚わたして

「これは次の注文の分だから」そういったら彼女はよろこんでお辞儀をした。

よろこんで帰えってゆく彼女を謙造はよびとめた。

そして畑に走って色のいい茄子と豆をポケットいっぱいにしてもどって来た。

彼女はそれもずい分よろこんでくれた。謙造は彼女がそれを風呂敷にいれるまでやぶれた彼女の番傘をさしかけていた。

霧のようにこまかい雨のふっている道を振りかえりふりかえりしてゆく彼女の挨拶に、謙造は笑ってこたえていた。

私達は、好ましい友人を見送っているような気持だった。

「俺達はいつまでも貧棒なわけだなあ」左う云いながら謙造は私を見て淋しく笑った。

（千九百弐拾弐年十月五日夜脱稿　安堵村にて）

神さまが腹をたてた話

いまから、とおいとおい大昔、動物も空とぶ鳥も、水にすむ魚も、木も草もくだものも、みんな、神さまがこしらえるものと思われていたころの、これはお話です。

天にすむ神さまのなかで、いちばん位の高い日の神の子どもに、穀物をみのらせ、草木に実をむすばす力をもつ、みのりの神という神さまがおりました。

みのりの神のおかげで、地上にすむ人間も、動物も、鳥も、魚も、たべものに困らず、みんななかよく、くらしておりました。

ところが、そのうちに、自分だけ、ものもちになりたい、と考える人間が、はびこりだして、よわいものをいじめ、その人たちが、せっせとはたらいてこしらえたものを、おしかけていって、力ずくで、とり上げていきました。そして、そんなあらそいが、ますますひどくなってきました。

天で、このようすを見ていた、みのりの神は、ひどく腹をたて、

「なんという人間どもだろう。わたしが、どれほど小麦をみのらせ、くだものをゆたかにならせ、ヤギをふやしても、すこしもありがたいとおもわず、人間どうしであらそってばかりいる。わたしが姿をかくせ

ば、どんなことになるか、ひとつ困らせてやろう」

と、ふいに天から姿をかくしてしまいました。

さあたいへん、とたんに世界じゅうがとんだことになりました。木という木は葉をはらはらとおとして、はだかになるし、野は、枯れ草でおおわれてしまいました。麦つぶは、地におちても、新しく芽をふかなくなり、一つぶのぶどうも、熟さなくなりました。

困ったのは人間だけではありません。ヤギもヒツジもウシもウサギも、ロバもリスも、鳥も、魚も、たべるものがだんだんなくなってきたので、よわってしまいました。そのうちに、ウサギは穴にもぐったまま、メウシもヤギも、こどもをうまなくなるし、ウマはのろのろとしか車をひかなくなってしまいました。

こうなっては、天の神さまたちの力をかりるより、しかたがありません。そこで、まっさきに、ものもちが、神さまの好きなものをささげて、高い山の上にたっている神殿にあつまりました。

たくさんのヤギとオヒツジの皮をささげたものもいました。つぼからあふれるほど、ぶどう酒と、おいしいミツをそなえたものもいました。青や、むらさきや紅い宝石をちりばめた上着や、ヤギのふわふわの毛を、金銀のお皿にもりあげておねがいするものもいました。しかし、なんのききめもみえず、たべるものはなくなるばかりです。

そこで、日の神は、神さまたちをあつめて会議をひらきました。水の神、地の神、穀物の神、知恵の神、数の神、美の神、愛の神、そのほか、たくさんの神さまが、そろってやってきました。

神さまたちは、あまいミツをなめ、ぶどう酒をのみながら、みのりの神をよびかえすそうだんをしました。日の神はみんなに、

「穀物がみのらず、けものたち、鳥たち、魚たちが、いなくなると、せっかく栄えた世界がほろんでしまう。そんなことになると、神の国のものも、ささげものがなくなって困るだろう。みんなで、みのりの神をさがし出してきてもらいたい」

と、たのみました。

神さまたちは、てわけをして、みのりの神をさがしに出かけました。山から山へかけめぐった神、さばくのはてのはてまでさがしあるいた神、谷から谷、丘から丘を走りまわった神。けれども、どんなにさがしまわっても、かくれたみのりの神の姿をみつけ出すことは、できませんでした。

そのしらせをきいた日の神は、こんどは、よく見える目をもつ、天のワシをさがしにやりました。

ワシは、胸をはり、つばさを強くのばすと、まっすぐに、かがやく大空にとびかけっていきました。雲をさいて、山のいただきを飛び、谷にかけおり、流れにそい、海の上をくるくる舞いながらさがしましたが、ワシも、みのりの神をみつけ出すことができず、がっかりしてかえってきました。

神さまたちが、またあつまってそうだんしているところへ、風の神がやってきました。

「そんなことなら、わたしがさがしてきてみせる。わたしがほんきで吹きまくれば、どんなすみっこにかくれていてもどこもかしこも、いっぺんに吹きあげて、みつけてみせる」

そういうと、たちまち、さばくの砂を吹きあげ、岩をとばし、木という木を、かたはしからへしおる勢いで、さがしまわりましたが、風の神も、みのりの神をみつけることができず、ふきげんな顔でもどってきました。

どうしたらよかろうか、と、日の神がかなしんでいると、小さなミツバチがとんできて、なにか、ものいいたげに、日の神のまわりを、くるくるととびまわりました。日の神は、ふっと、

「そうだ、このミツバチにいいつけてみよう」

と、おもいつきました。

「ハチよハチよ、小さなミツバチよ、わたしのむすこ、みのりの神がどこにいるか、みつけてきておくれ。小さなおまえは、どんなに深い穴のなかでも、どんなすみのすみでも、くぐってゆくことができるのだから。みのりの神をみつけたら、おまえのその針で、みのりの神の手足の指を、ちくりとさしておくれ。そして、針のあとには、わすれずにミツをぬっておくれ。おまえの針は悪魔を追いだし、おまえのミツは、悪魔がもどるのをふせぐ力があるのだから」

ミツバチがとびさると、風の神は、日の神にきこえるように、

「あんなちっぽけなハチめに、さがしだせるものか。わたしたち神々の、知恵と力でかかっても、だめだったことを、どうして、あんなやつに、さがしだせよう。だめにきまっている」

と、あざけりました。

ミツバチは、小さな羽をふるわせて、暗い林のなかを、ひろびろとした牧場や沼べりを、谷間を、けものの眠るほらあなを、ぐるぐる、いっしょうけんめいにさがしました。

けれども、みのりの神のすがたは、いくらさがしても、みつかりません。ミツバチは、それでもあきらめずに、さがしつづけているうちに、ひっそりと静まりかえった森が目につきました。

ミツバチが、まっしぐらにとんでいってみると、あんなにさがしたみのりの神が、あおむけになって、いかにも気持よさそうに眠っているではありませんか。

ミツバチは、そっと、みのりの神のそばによると、日の神にいわれたとおり、ちくっ、ちくっと、手と足の指をさし、すばやくミツをぬりこむと、全速力で、日の神のところへかえりました。

「日の神さま、みのりの神がみつかりました。わたくしが道あんないをいたしますから、つばさの強い大タカを、おつかわしください」

日の神が大タカをよぶと、大タカは、雲をひきさくいきおいで、すぐにやってきました。そして、つばさを大きくひろげて、ミツバチをのせると、サッと空にまいあがりました。

しらせをきいた神さまたちは、高い山のいただきにあつまって、みのりの神をむかえるしたくに、とりかかりました。いくつもの酒がめに、あふれるほど酒がそそがれ、ミツのかめにも、あふれるほど、あまいミツをつめて、みのりの神をのせた大タカのあらわれるのを、いまか、いまかと待ちました。

やがて、大空のはるかむこうに、ぽつりと黒雲がわいたとみるまに、ぐんぐんちかづくその黒雲から、いなびかりが走り、天も地もひきさくような、おそろしい音がとどろきました。

神さまたちが、こわさに目をとじてすくんでいるうちに、黒雲は、いつのまにか、つばさを大きくひろげた、あのタカとかわり、ミツバチのこまやかなうねりが聞こえてきました。

みのりの神はつれもどされました。しかし、みのりの神は怒ったままです。つれもどされたことで、まえよりもっと、ぷんぷんに怒っているのです。みんながなにかいいかけても口もきかず、ならんだごちそうに目もくれません。

そこで、日の神は、音楽師たちに、音楽をかなでさせました。タテゴトのいとがかきならされ、フエやショウが吹きならされました。それでも、みのりの神は怒ったままです。

つぎには、美しい女神があらわれ、音楽にあわせて、うつくしい声でうたいはじめました。神さまたちは、うっとりして聞きいっていましたが、みのりの神だけは、こわい顔のままです。

やがてうたがおわると、入れかわりにすらりとした女神たちが、音楽にあわせておどりはじめました。

みのりの神は、いつかそのおどりにひきこまれ、はらだたしい思いも、だんだんにやわらいで、しらずしらずのうちに、すすめられるさかずきもかたむけ、ミツもなめているのでした。

そのようすをみて、穀物の神、くだものの神、草木の神、いきものの神などが日の神とみのりの神をとりまき、よろこびのさかずきを高くあげました。祝いの席は、きゅうににぎやかになりました。

みのりの神は、うれしそうにさかずきをもって立つと、

「穀物よ、地に落ちて、新しい芽をふき、みのりゆたかに。
枝よ、よくしげり、高くのび、空のもろもろの鳥、その枝に巣をくみ。
野は、みるかぎり、やわらかな緑に。
もろもろのけもの、子をうみ、牧場にヒツジむれ立ち、ハチはミツをあつめ、ヤギの乳は、ほとばしり、つきず」

と、うたいました。

このよろこびを聞きつけた人間たちはみな、さきをあらそって外に出ました。お日さまは、あたたかく地上をてらしています。灰色だった草原に、みどりの色がかかり、ヤギもヒツジも、みんなうれしそうに、ないています。

空を見あげると、金色にそまった雲がふわりと浮かび、山々の雪も、とけはじめていました。みんなは、いちどに元気になり、みんなで、神さまにささげるお礼のうたをうたいました。

——世界でいちばん古い物語の一つ

第II部　随筆

私は——やっぱり女です

結婚式の富本夫妻（1914）。一枝の振袖は、日本画家の父・越堂の図案。

1930年代前半、東京・祖師谷の窯にて。
左より 富本憲吉、壮吉、陶、一枝、陽。

告白

異性と――私を思っている方が多い様です。けれど私は――やっぱり女です。私の特種な形をした囚われない文字と、私の放縦性を帯びた一種の我儘な文句を異性と思わせるでしょう。けれど――それは全く、根のない考えだろうと思います。とにかく、私は変りものです。然し自ら、変り物たらんと、勤めてはいない私は――強きものよ、汝は女なり――と、之れの好い解釈に作られつつ有る女と思って下さい。私には、個性と、自然と奮闘より外ナッシングの女なのです、そして私は、此の三つの生々しい字格のうちから芸術品を見出そうと思っているのです。それを見出す為に、私は、油画も描いたり、焼画もしたり、木版もしたりエッチングもやりかけています。――私はこうした女に作り上げられて行くのです――日本画と云う私の生立は二人の伯父によって守られて行きます。――私は、とにかく、女と云うものです。――

或る夜と、或る朝

九日の夜る――

時子の今朝の手紙が気にかかって仕方がない。――拾九日の晩迄には、健さんと、会わねばなりますまい、私の命は短くなった、けれど私は貴女の為めに、真実の私の心、母より、子供より又、私の、夫より貴女を想っていると云う、その心が、通じる時本当に、本当に通じる時が、もうそこに来た、そこに見える、と思うと私は、涙も出ません。……死、……勿論私は、私の想像していない、不幸ないやな場合が来たら、私は死と云う手段より離れません。けれど貴女は、死なせやしない。誰か貴女を……けれど健さんは、一体なんと、云って話をするでしょうもし、おとなしく素直に、家に又帰えりたい、今迄は私が全く悪い、お母さんにも又、子供にもお前にも本当に済まない、赦して下さい、悪かった、計し言い出して、安全な落着ばかり願うような男だったら……ああもういや、いや、私はその男を殺してやります。

全く、殺してしまいたい。

私は罪人になる、……けれど私は、貴女だけと住める事なら、……噫紅さんも一所に殺したい、私は、私は、高潮しきっています、……「死と生」……私の肉軀は、ずたずたに、裂れそうです。――

今夜、とにかく逢って見ないと、いけないと、思って煙草を懐に入れて、マッチを探がしてた所時子が来た。青い顔して大きな眼を座えたまま室の前にだまって、立っている。

「お入り、どうしたの、」と手を引張る刹那、いきなり首につがみ着いて泣き出した。じめじめする涙の跡に、ホツレ毛のかかる気持悪さをどうすることも出来なかった。

一体、ありゃどうする気で来たんだろう。一口も話もせず只泣いを、帰えってしまった、あの狂態お正は、心配して散髪屋の先まで追いのけて行ったが、足が早いので追い付けないと云って、帰えって来る。

さんざ、馬鹿にされた様な厭味な、口惜い様なおかしさをこらえて、すぐ手紙を書いて送る。――今の狂態はありゃ何事ですか、私はああしたあ芝居気たっぷりのものを、無料《ただ》で見せつけられるのは大嫌い。気味の悪い、すごい、青い血走った貴女の今夜の様子は、どれもこれも、みんな厭気をました計りです。

貴女に、今、色々書きたいがよします実は今夜私は、今朝の手紙を見て心配と、不安だったので、出かけるつもりでした。とにかく貴女には、まあ当分、会わない、逢いたくなりました。――ああした女でもなかったが、……今迄やって来た面白かった私の仕事が毒血の中に吹い込まれてしまった。私はシストランの女でも情婦にしたい。

九時過ぎていた、けれどふみにしられた感情のつぐないに浅草に行く。銘酒屋の女と、自分の女が一つに合った様な気がしたから、廻らずに仲店に出た。カラコロロロカラと面白い声を出す、おもちゃを買って、鳴らし乍《なが》ら小間物屋の家をたずねた。

祥ちゃんの恋してる、娘は火鉢をかかえて、小説物を読んでいた。ジイット立って視線の合うのを待っても見たが、ひょっと馬鹿らしさがこみ上げて、引かえした。

雑居屋の、くすぼれた三階の明りが、妙になつこくなって上る自分独りの勝利を願って。十一時帰える。女から電報が来ていた、――カヘツタ、ナイテハイナイ――

とろんとした眼を恐ろしそうに、気づかわし気にお正はのぞく、いいの、お苦労だったね、さあ、お休みと云って障子を閉め切って電気を消した。一度に、まさまざまの妄想に襲われた。暗い枕元の棚から手探りでウイスキーを下して飲んだ――疲れの出るのを待って眠る。

十四日の朝さ――

死ぬ迄、自分自身が悦んで、嬉しがって書き残す日は、来ないだろう。私も来てほしくはない。日記と云う物がもっと秘密にしたわせい、そして堅実なものなら、私は昨夜の凡てを書きたい。けれど今凡を書くに、私は、あまりに臆病だ。あまりに、初心だあまりに、子供らしい。

自分の日記にすら自分の今のこの楽しい、この嬉しい、勝利の凱歌をしらせるのが、いや。私はこの日の続くかぎり日記はつけない。人と話もして見たくはない只――何処迄も何処迄もこの温味がこのぬくみが、このささやきがこの胸の痛ましさが……噫、暗い夜の真暗な室のささやきどれだけ初心な私を心を痛ました？　けれど黒い捧真黒い線が消えかかりそうなＭＡＢＯＲＯＳＨＩの上に引かれたら……私は、どうしたらいいのだろう。抱擁接吻それら歓楽の小唄は、どんなになる事だろう⁉　こうジイット胸を押えて思出しても、私の血は煮えくり返えって、盛んな音をたて狂い廻う日記に落すインクのおびけたこの顫え、はにかむ様な、このじたたり。何処から何処迄も血が走っている血管のふくれた、うなりの……噫、顫う、事の激しさ、

私の心は、全く乱れてしまった、不意に飛出した年上の女の為めに、私は、こんなに苦しい想を知り出した。少年の様に全く私は囚われてしまった。疑いをはさみながら、異しさを味いながら、私は、見えている暗い所に、だんだん引きずられて行く、けれど赤い花が咲いている毒の有る赤い花、ああ私は毒の有る花を慕って、赤い花の咲く国を慕って、暗い途を、どこ迄歩ませられよう。不意にあらわれた、年上の女、私は只それによって、生きて行きそうだ、又、行かねばならぬ、冷たいと思わせて泣かせられる時も来るだろう、けれど私は、恋しい、私は如何なる手段によって私自身の勝利が傷けられても、その年上の女を忘れる事が出来ない、DOREIになっても、いけにえとなっても、只、抱擁と接吻のみ消ゆることなく与えられたなら、満足して、満足して私は行こう。この立派な私の仕事が消えずに続かる迄、私は日記を捨てる。血の動かずなる迄、私が私の凡を忘れている迄。そうして私は逢えない年上の女に、さまざまの日記をつけて置く。

(十四日の朝終りの日)

拾一日

銀の小壺に、露西亜更紗で袋をこしらえた。灰色の壁に張りつけていた木版画を今朝から東の窓ぎわの壁に移す。

富本氏よりお祝いに下すた黒い壺（木版）は、古代模様の絹しぼりの中に留めつける。

和蘭陀時計の歯車が動かなくなった、一つ一つ、丁寧にとりはずしてアルコールでふく。午後三時、永井さんがウイスキーを持って訪ねて来れた、十八日の晩に瀬澤準吉氏と京都に立つといって。ＳＡＬＯＮの好い奴も沢山もって。五時帰宅。

夕食をすまして、「読売」の切抜を始めた。未明の「魯鈍な猫」は赤い硝子の箱にしまった。

木下李太郎氏の「予感及模索」を読みかえして、少からず、氏に対して感服する。

松井さんから手紙が来た、有楽座の「舞台稽古」について。九時頃Ｈ氏來訪。ウイスキーとベルモットを交ぜて飲む。「読売」の「好きな女」「嫌いな女」で大分話がはずんだ。拾一時少し過ぎて帰える。富本憲吉氏と、らいてう氏に手紙をかく。

拾二日
今朝、室の真中に黒い毛染《モーセン》を引いて横になって煙草を飲んでいた。

すると酒倉の様に思わさす隣りの家の屋根に、黒い烏猫が朝の淡い日当りに目を細めて私の室を、のぞき込んでる。

銀の小壺をぶつける真似をした、はずみに内の煙草の粉がこぼれて眼に入った。

八日
プリムダの花とシネラリヤの紫を買った。

十日

読売の文芸欄の「故郷」の合評に、ベンリシグトン夫人の評が出ていた。

東儀氏のケラー博士について、「日本の俳優が外国劇の役柄を表わすには常に困難を感じているのだが氏の望はそれと好く調節されて居る」この点は、同感だったので朱点をつけて置く。

拾四日

拾二時にRとHとY氏が帰える。

Rが「朝飯の時刺身がないとお馳走らしくない、そしてお飯もおいしくない」といっていた。十五分程前に気ついていなけりゃ、とんだ不機嫌な所を拝見しなけりゃいけなかったのに。……歓楽の跡の淋しみは、非常につらかった。

ミーチングで疲れたのに、一晩眠むらなかった為め、げっそりしてしまった。

今朝起きて、眼が痛いとかはれたとか、云って大さわぎやっていたのは、R氏と自分だった。エマーソンを読み乍ら二時半迄寝る。

三時過ぎ万年山に行く、薄暗い本堂でR氏が青鞜の研究会の掲示をしきりと張っていた。今朝あれから帰えったら、家の人に、非常に疲れているらしい。目がやせたなんていわれたので眼鏡をかけたと云う。

疲れた、弱々しい眼を据えて、いつになく、はにかみなくR氏と話合う事が出来たのも、どうやら黒眼鏡のおかげらしかった。

青鞜社研究会の看板は中々見事至極神妙にかかれていた。

R氏が書いたと云う事だけでも人が知ったら見物人が沢山有ろうよ、と云って笑った。

午後五時終る。

Canto III And as a man Whom Sleep bath sezed I fell. 迄。

今日青鞜社の門標を打った。萬年山の住職の名札はその為めに位置が違った、R氏は、なんだか気毒になったと今更らしく優しい事を云い出した。追分町で別れて帰える。

N氏より葉書が来ていた。

早速返事をかいて出して来た。

　真赤い八百屋のトマトオをいくつもいくつも、あんまり手心のよくない包丁で立ち破った様な集りで、本当におもしろく思いました。

人から、よく伺っていた貴女に始めてお目にかかって、やっとはっきり致しました。貴女が私を好奇心で見て下さいました通り、私は好奇心でいくらかお待ちいたしておりました。

けれど私自身が聞いた貴女は「太平洋」に出ていました「雛雛さまと絵団扇」を見て作ったNさんでした。私は、なによりお目にかかって少しでも貴女を見せて頂いた事について大変に嬉しく考えています。『支那の馬』はやっぱりお忘れになりましたね、私、もしやと気づかっておりました。

「馬」は芙佐男さんに渡して置きました。

大阪から荷物が着いたら「虎」をもって行きましょう「おかきになった或所には青草をかんで吐き出した様ないやな所も有りますが……」私は、ここらですっかり敬服してしまったらしい。

いずれ近い内に紅吉として伺います。

十五日

苺を買って、ビールを抜く。

私は今日一日、黒いテーブルの前でおとなしい仕事をした。

六日

妹を恋していた、とK氏から大きな声て葉書をよこした。そして、妹も又僕を嫌いでもなかったと云う意味も、ほのめかして。

K氏をよんで、さんざ毒づいて、冷笑して、そして切りさいなみたい様な気持にもなった。

目の色迄にごらせて女を恋した、信実男よ、

私は限りなくお前がいとしい、可愛いい、と小さな紙切れに書いて、捨てた。

信実男から恋をものされていた、妹から、また金糸鳥の卵のかえらないこと、と目白が今脳で死にそうになってる事を、きづかわしそうに知らせて来た、この妹にあの男がと思うと、大きな声でマグダ様に笑いたかった。

南湖便り

らいてうは拾七日の午後に茅ヶ崎に来ました、そして南湖下町の良助と云う漁師の家に一間を貸りて勉強しています。表の畑は南瓜《かぼちゃ》畑で裏の畑は芋畑です、独歩の死体を搬んだと云う家はすぐ傍の松原の内にあるのです。

毎日五時頃から紅吉は遊びに行きます、食事と診察と深夜《よなか》だけ病院にいて、あとは、みんならいてうの家で邪魔ばかりしている。

紅吉の病気はだんだんよくなって行きます。九月か拾月には全治退院が出来そうなんです。注射もどしどし進んで行きますし、目方も増して行くのですもの、けれど神経家の紅吉は時々いらない心配をしだしていけない、一番恐ろしがっているものは検痰日なんです、その日の来る前の日から青い顔して一日心配しています、そしていよいよ検査が済んで温度表にBナシと記されたら吐息をして生きかえったような顔つきをするのです。もう紅吉が入院してから一ケ月と五六日たってしまったのです。入院してから今日迄に飲んだ玉子の数は四百四十四個で、牛乳一斗八升五合も飲んでいます。自分乍ら恐ろしがっています。

毎日海岸に寝ころんでいるものですから真黒になって丁度「ぐるみ」の様になっています。来る人毎になんともいい様のない処から申合せた様に、おじょぶそうですとか羨やましいとか、いらないお世辞で逃げ出すので紅吉は途方にくれています。

らいてうも紅吉のおかげで大変日に焼けました、東京に帰えったらきっとみんなが驚くでしょう。今こんな暑ついのに毎日一生懸命に一葉全集を読んでいます、その内になにか書くつもりなんでしょう。

五六日前荒木さんが見えたのです。

それで白雨とらいてうとKと紅吉とで鳥を料理してお馳走しました、白雨が鳥りばっかり拾っちゃったもんですからお客さまは玉葱ばっかり暑つそうに食べていました。

その翌朝でした、生田先生と一所に弁天さまの境内で写真を写つしたのです。漁師の子供がうじゃうじゃ出て来て、いろんなことをからかうものだから紅吉は本気になって怒り出したのです、そんな時パチンとやられたもんだから紅吉は不良少年のようにとれたのです。

らいてうは、毎日不良少年、不良少年って呼んでいます。写し上った、らいてうはまるっきりロセッチの描く女の様です、白雨は一番叔母さんらしくすましこんだのです。

写真を写すとすぐ馬入用に出かけました。

あっちこっちの岸に舟をつけて釣りをやったのです。荒木さんは鰻ばっかり釣り出すので、その度に紅吉は蛇だ蛇だと云って真青になっていました。いつも釣れそうになったり、魚が集りそうになったら紅吉は水を動かしたり場所をがたがた換えて仕様がないことをやり出すのです。「はぜ」が一匹はねたといっちゃ、ばたばた動くのでみんなが大弱りしていました。

この日一日で生田先生もらいてうも、叔母さんも荒木さんも真赤に焼けてしまいました。

近頃は叔母さんも東京に立っちゃったものですから舟遊びしても淋しいのです、船頭も「オンリョウ」さまが御不在だから面白くないと、いっている。「オンリョウ」ってのは茅ヶ崎で一番大女のことを呼ぶ名前なのです。なんだか神様の名前のように思えます。

らいてうも近い内に一度東京に帰えってくるそうです。茅ヶ崎も又淋しくなるでしょう。

私達が茅ヶ崎を歩むと云うことが随分目玉を光らさせているんですもの。

留守になった叔母さんの家の西瓜はだんだん大きく育って来ました、後二十五日程すればどうやら二人位いで食べられるでしょう、勝ちゃんもそれ迄に来たらいいのにと思っています。

田村さんが茅ヶ崎にいらっしゃる様な、らいてうの話でしたがまだいらっしゃいません。

茅ヶ崎の夏も逝きました、涼しい風の間から南湖院の風車が心持よく廻ってカタンカタンと可愛いい音をたてています。

東京はまだまだ暑い事だろうと思います。

前列左より　生田長江、平塚らいてう、一枝、後列左より 荒木郁子、保持研、木村政、生田長江夫人 (『青鞜』1912.9)。

群衆のなかに交ってから

世間と云うものを見ずに今日迄生きて来た私には意識と理解力がすっかり欠けていました。私はついぞ今迄私の行為について只の一度でも反省したことがないので御座いました。

その為めに私は卑劣な人間、偽つきな人間、そして自己弁護の上手な人間として或る友人から注意を受けました、私自身は、全くなんにも知らない人間で御座いました、意識がまるっきりないのですもの、全く無理もない事で御座います。私はこれから新らしい修養をせねば生きることの出来ない人間に突出されてしまいました。私自身はじめて、こんな風になってしまったので御座います。勿論意識と理解のまるで欠いていた今迄の私の行為は不真面目であったに相違御座いません。

私自身いくら偽を知らない幼稚な子供で済ましていましも、到底人がそれを許して来れなくなりました。私は世間に、こうして追々突き離されて、そして人間らしく仕上られて行くのかと思いますと、心細くて、恐ろしいので御座います。人と名のついてしまう以上は全く自分とは別の物に相違はありません。いくら友人でも、いくら恋人でも、いくら両親でも、兄弟でも、みんな、人なのです、別の人なので御座います、どれもこれも工業的に機械的に化学的に科学的に作り上げられてしまった人で御座います。そのなかに交って、いくら自分を愛してくれ、自分を知ってくれと叫んだって、これはその終極迄は届く道理が有りません。それを知らないでいくら声を枯して呼んだって身体を悶えて待っていても、到底期待している返事の来る筈もないのです。

私は今迄その馬鹿者だったのです、そんな人の沢山、も沢山一ぱい居る内に立って、そうです群衆のなかに投げ込まれていて、そして大きな声で呼んでいた馬鹿者です、返事の来ることを待っていた馬鹿者だったのです。

人はその内にどしどし私一人をいつ迄も同じ地点に立たせたまま、遠慮なく過ぎて行きました、私はそれも気付かず只岬に立っている灯台の様に、違った舟の入ったり出たり過ぎて行くのばかり見ていたのです。

けれど私も群衆のなかに飛込んで一所に動く時が今やっと来たのです。

私は、自分の叫に対して返事の来ないのを逐々怒って動揺し出しました、そして、他の方面に助を求めていました、私の激した気分だけで。それがそれが、時のすぎた今になってやっと、解ったのです、その返事も同時に来ました、私は、一人遅れた子供になって、今これから動くので御座います。私は今迄、至極子供だと思っていました、正直な、偽をつかない子供だと思っていました。けれど私が動揺していた毎に、私は大変汚ない手段で自分を慰めていたのだそうでした、私は友を売っていたのだそうでした、偽つきだったそうです。

私はこれらを適切に自分の前に拡げられた時本当に、眼をつぶしたく思いました。

私は、全く意識と理解力のない子供で御座いました、その為に沢山の人を非常に困惑な位置に立たせて置きました、私は、そうです、全く意識しないで、沢山な偽を平気でいっていたのです、いつの間にか卑劣な行為を作上げていたのです、私の後には、もう冷い悪魔がつき廻っていたのです。私はそれも知らないで尚も自分を正直な偽つきじゃない子供だと思って紹介しておりました。全く今になって考えて見ますと、どんなにか私は自分の悪くなって来たことを気付いていなかったのです。

こんな盲目的に自分を見ている人が恐らく私以外に有ると思っていらっしゃいますか。

私は今、あらためて私を紹介します。私は偽と知らずに偽を知っていた人間でした、正直だと思って不正直なことをしていた人間でした。まるっきり責任と云うものを考えて見ない、人と云うものを見もしない、僭越な、我儘な奴だったので御座います、私は修身を全く知らない子供で御座いました。意識力の欠けている理解力の欠けている人間だったので御座います。私はそれだけよりない子供で御座います。

それで今度十一月号の編輯が終ると同時に私は青鞜社を退社致すことになりました。

この事は最初から終り迄私一個の心なので決してその間にちっとの無理だって挟まってはおりません。

私が入社してから荒々九ヶ月、春が過ぎて夏と秋が過ぎて、もうあの寒い冷たい思ってもいやな冬が来ようと云う時、私は、青鞜社から帰えって逝きます。

可成り長い間で御座いました。

編輯室の隅っこから、我儘な唄を歌い出して、あばれたり泣いたり、大変面白く暮しておりました、社の為になることは只の一つもなく、なりそうなことはいつでも予告で済していつもいつも迷惑なことばかり致しておりました。その御詫びも出来ない内に私は遂々社から帰えって行くので御座います。

これから青鞜もだんだん育てられて行きましょう。朱にまじわれば赤くなると申します。全く不真面目な分子のいたと云うことは青鞜にとって大変悲しいことで御座いました。

私はこれから元気で正しい道を歩む様に腐心しております。只正しい道を行くことです。そして自分を充分反省することが出来たなら、自分自身を全く意識と理解で動かして行くことが出来て来たなら、再びお目にかかる時も来ることと信じております。

この月の編輯は小林氏と二人でやる心組で御座いましたが、校正間近で私の心に少し変動が起きたものですから不責任なことを沢山やりました。今度の青鞜は小林氏の熱心な働で出来上ったことを私は感謝して置ます。

この青鞜は私にとって最終の編輯にあたったので御座います。私は何故か涙ぐまれてなりません。立派に出来上って私の眼にふれた時もう私は青鞜社から帰えってしまった時で御座います。私の眼はもう涙で曇っています。私は、涙と光りでこの原稿をかき終えます。じゃ左様なら、私は今もう帰えって行きます。左様なら、さようなら、お山の日も暮れて来ました、私の友達はみな枯木を拾って里に、村へ帰えって行きます、私一人危くあとに残されそうです、さようなら、さようなら。

どんどん流れる私達のあたりに、私もこれから廻って流れて行くのです、さようなら

編輯室にて

編輯室ではなにひとつ書きとめて置くことが出来なかったので私は校正室でなにかを書いて置きたいと思う。

何処から見ても凡の事に経験のない、智識のない私達が集って自分達の成長の為に雑誌を作ろうとしたのは去年の暮のことだった。

そのときは丁度松井さんが帝劇でサロメを演っていた時分でよくみんなでサロメの化粧部屋に集ってこれから仕様としている仕事についての可成雑談をしたように記憶している。

それからすぐに春が来た。郷土に戻っていた小笠原さんと神近さんは帰って来た。そこでいよいよ創刊号を三月一日に出すと云う事を真当に決めてしまった。

だけど偖《さて》仕事を始めようとすると、みんながそんなことには実際無経験で手段も方法もどう働かせればよいのだか困ってしまった。

けれど幼い者それだけの力で出来るだけ正直に真面目に謙遜に仕合って働いてさえゆけば、そんなにまで貧しいものは出来ないと思って、みんな一緒に色々の準備をめいめい分担してやり出してみた。

然し私達の仲間は六人とも自分の仕事や職業をそれぞれ有っている。だからみんなが一緒にまるっきり雑誌の用事だけにかかり切ると云う事が自然出来なくなってくる。

その頃松井さんは海の夫人の上演が終ってそしてすぐ「復活」の稽古で無中だった。

原さんは「連隊の娘」の上場間近でやっぱり多忙だった。

そこで編輯上の打合せなんかは比較的時間のやり繰りのつくあとの人達が原さんの事務所にいってやったり、松井さんの室にいったりして出来るだけ時間を上手に使って相談していた。

番紅花《サフラン》と云う名前のついた日は一月の十八日でその日は松井さんの室で集っていた。


私は雑誌を作ると云う事で自分が絵をかかなければいけないのだと云う大切な私自らの仕事をその前後まるで離してしまっていた。そしてそれが為に可成自分に対して恥じていた。

私は雑誌を作ると云う時に、私のする用事は挿絵を見付けると云うこと美術に対して関係のあるものの紹介、それと表紙や裏絵、扉絵、カットの好み、それに雑誌全体の色彩や意匠、そんなことだけを私のする仕事だと思っていた。

ところがいよいよとなってくると自分も自分いっぱいに働いたり動いていなければどうしても安心してじいっと落付いていることが出来なくなってしまった。

やっぱり妙なものだと思った。そんな理由からして個人展覧会の作品についても予算がはずれてしまった。次号からは私も私の仕事をして、そして雑誌の自分の責任だけを終えて、とっとと勉強したいと思っている。

とにかく幾度かみんなで集って色々と相談したり打合せたりしていよいよ創刊号を出すと云う間際にまで漕ぎつけてしまった。

今更活字になってくる自分達の見苦しい創作の姿をどうしようかと泌々なさけなく思う。

予算はくずれ易い。

しかも私達のような人間の作り合う予算は真当に上手に搬ばれてはゆかない。そんな事は解りきっている事実だけれど、それにしても私は他の人のことは知らないが自分だけの仕事に対しての予算や期待が随分消えてしまった。

だけれど私は悲しまない、私はきっと今に私の信じているだけの仕事を造ってみると云うことを堅く信じきって見守っている。

之は私ひとりではない、恐らく、きっと信じている大きな力を自分の手で自分自らが動かしてみせると云うその事は私達みんなの等しく思っていることだと思う。

然し私達はその大きな力のくることをただ空しく待つものではない。

私達はめいめい不断に自分自身の生活を努力し、練磨してそうして自分自身に不足な力、不足な智識、不足な健康を保維し作りつつゆかなければならない。

私達はみんなそれらの道程にそれぞれ仕事を有って立っている。


それから私達が雑誌を出すと云うことについて世間では少数の人達だけであるけれど可成意味を狭くして神経を使っていられるようだけれど、私達がこの幼い仕事をやると云うことに就ては決して量見の狭いことが理由しているのではないのです。

ただ私達少数のものが、そして比較的お互いの仕事なり人間を理解仕合っている人だけが集ってお互に勉強して自分を育てあってゆこうと云う事だけなのです。

そしてのち、そこに始てめいめいが勝手な希望を有ちおうて出来るだけ自分達の好きな仕事をしたり、好きな、価値のあるものを作ったりしてゆきたいと云うことだけなのです。

そして私達は番紅花をこれからさきずうっと純芸術雑誌として大切に育ててゆく決心でおります。

私達は自分達の力の及ぶだけのことをしてゆきます。そして何処までも自然に育ててゆく様に注意しております。

柔な匂いのあるものでありたいと思っています。

決した涸れた艶もうるおいもないようなものにはしてゆきたくはないのです。（午前十一時）

雑誌に挿入してあるロートレエクの絵は五枚とも原画は武者小路氏から拝借してきたもの。あのなかの「座せるルル」と「下化粧」と「Elles の内より」は三色版だったのだけれど少し都合があったのでみんな写真版にしてしまって惜いことをした。いずれあらためて同じ人の三色版の他の絵を紹介する時のくる事を信じている。

ロートレエクの絵の画題も武者小路氏が調べて下すった。そしてみんな「Elles の内より」としておけば間違いがないと話して下すったのだがあとで解ったのだけはがきで知らせて下さったからそれを目次にかき入れることにした。

「Elles」と云うのは彼女等と云う意味だそうです。それから下化粧とやったところは武者氏のはがきにはこうかいてありました。「下化粧（?）朝の化粧をする前に身体をふいている処です。いい言葉を知りません」

とにかくこうした事で随分武者氏の御仕事の邪魔をしたことを済まなく思っている。

ロートレエクの絵を紹介したことは私がロートレエクの人も生活も感情もそうしたことについてはまるで智識がないけれど非常にロートレエクの絵が好きだからなんです。少し前にロートレエクの特種な性格についての話を知ってから一層その絵が私を力強くひきつけてきました。

それで私はこの人の絵を挿入しておいたのです。

（プチニーの歌劇を再校したとき）

ロートレエクについて何か紹介してほしいと思って、（然しそれはあまりに我儘なことだったかも知れなかった）高村光太郎氏にお願いしてみたところが折悪くなにか御自身の御仕事の最中だったので遂にかいて頂くことが出来なかった。

いずれ私達のうち、だれかが調べて近い号に紹介するようになる事と思う。

復活の舞台面や登場人物の写真をもう二枚挿入するつもりでいたが印刷所の都合と時間の都合で見合すことになった。これも次号には劇評と一所に挿入するつもりでいる。

歌劇の写真はこの次から大変珍しい、よいのが紹介される。

今度のMadam Butterflyの舞台面二葉はプチニーの歌劇を紹介するについて挿入したもので、別に日本で最近上場したものだからと云う意味のものとは全く違っている。

表紙は富本憲吉氏にお願いした。

氏は陶器の小展覧会の作品を作ることで御多忙なときだったけれど折返し私達みんなが等しくよろこん

だものを送って下すったことを私達は大変に嬉しく思っている。

裏絵も、別にいいのがあったけれど、あとから送って下すったのを遂々真当の裏絵に使うことに決めた。

時がもう少しおくれたなら木版もやって頂けたのに、と欲の深いことを私は希った。

この次にはもっともっとよい表紙を作って頂く約束がもう出来ている。


扉絵とカットは小林徳三郎氏にお願いした。扉絵の模様は黒色を使ってあったけれど表紙があれだけに強いものだから反対に柔い弱いものをと思って甚だ我儘だったけれど色を随意に使ってしまった。くれぐれもそのことを御詫びしておきます。表紙がよくなったのと扉絵が大変によいものだったので私は大変によろこんでいる。

その時分小林氏も「海の夫人」と「熊」の舞台装置で御多忙だったのに、すぐにして頂いたことを私達は心からよろこんでいる。


（春の歌の校了後）

それから原稿について少しかいて置きたい。私達の雑誌に森鷗外先生と武者小路実篤氏の原稿を頂いてきたことについて世間のある一部の人達は不思議なことを言い出すかもしれないから一応それに対しての事実をかきたいと思う。そのことは森先生なり武者小路氏に対しての言葉である。

森先生の原稿を頂くように御願いに出たのは私だった。そして先生によい時間を伺って先生に教えられた通り絵図面をみながら陸軍省にお訪ねした。

その時私は始て先生を知った、そして先生を始て見守った。私が伺った理由は「私達はみんな何事に於ても幼い無智なものばかりですからどうぞ何分よいように、解らないことや、まごまごしているところは、指図をして頂きたい、そして私達は勿論出来るだけ力の及ぶ限り勉強いたしますから先生もじいっと私達の生立を見守っていて下さいますよう。」

こうした勝手なことを勝手な時間に勝手な方向から私は持ち出してきた。そうして御願いをした。

先生は心持よく私の話をきいていて下すった、そうして我儘な私達の願いを受けて下すったのだ。

その後私は「新潮」で妙な文章と云うより随分不行儀な言葉を先生にまで捧げている人のあることを見出して、私達の雑誌に先生のものを出すと、又そんな解らない人達がなにか先生に投げつけやしないかと云うことを非常に心配しだした。

私が此処に殊更にこんなことをかくのも、それの為である。

くれぐれもその辺のことを承知していて、そして後凡のことに眼を通して欲しいと思っている。

武者小路氏も私から御願いしたことだ。

実篤氏の房子さんと私はちょっと仲のよい友達（これも私だけがそう思っているのかも知れない）なの

で今度自分達の雑誌になにか書いてくれまいかと話をした。そのとき「もし房子さんが出来なくなったら、それじゃ実篤氏にきっとかいて下さい。それでかいて頂くなら美術の方に今度なんにも出すものが有りませんから、絵についての実篤氏の感想でもかいて下さい」

全く美術について私がなにか調べてかいてみる筈だったのにさっきいった様な理由からして雑務に過半そがれて間に合う様な容子もなかったので無理耶理に御願いして、そして遂々我儘を通してしまった理なのだった。

みんなこんな事実のもとに立たれているのだから正直に見守って置いてほしいものだと思っている。

私の弱い、くだらない神経質な性格が遂々こんなことまでかかしてしまった。私はこんなことがどんな場合でも気懸りでたまらない。

（少し憩んだときに）

松井さんが少し長い創作か、感想をかくつもりでしばらくの間は両方が安心していたけれど、いよいよと云う時になって私の方がすっかり不安心になって、松井さんがすっかり忘れてしまった。あの人は芝居が始るとまるでなんにも忘れてしまうので、今度は実際にぶつかっただけに弱ってしまった。

なんといっても創刊号は勝手が解らなかったのと仕事に馴れない為で可成雑務にばかり大切な時間や精

力を失うてしまったのでよいものを作ることが出来なかった。

然し次号からはみんなうんとめいめい自分の立場を完全に作ってゆけるような方法を考えてやっているから、きっと創刊号よりずっとずっとよいものが出来ることを信じている。


私はノア・ノアを読んだ。そしてノア・ノアのなかに出てくるテフラ（Theura）と云う女がひどく好きになった。

私はテフラを愛している。

二号で「ノア・ノアのテフラ」についてなにかを書くことに決めている。

をだけ・かづゑ

松井さんは次号に「楽屋より」で劇についての感想や自分の立場なんかをかく筈。

原さんは佛蘭西の歌劇か伊太利亜の歌劇の紹介をすることになっている。

小笠原さんは二人の女（小説）をかいている。随分長いものになる。

哥津ちゃんはおその久美次と云う小説をかいている。おそのは町家の娘、久美次は女役者。そのふたりの淡い物語をかいている。これもながいものだそうだ。

神近さんはF夫人（小説）をかいている。

私はノア・ノア、の「テフラ」をかくつもり。

四月には音楽会をする。番紅花の創刊紀念祭のような心持で。プログラムは今作っている。

私達の生活

一

秋が来た。朝起ると霧がたっている。稲田一面にかかっている霧が朝日にきらきら燿いてきだすと、光った霧が山の中腹に集ってくる。どこの山を見てもみな澄みきった色をしてすっきりした姿だ。夜明けからひきつづいて鳴いている虫がだんだんやみかける。そして止む前のひとしきりの鳴きかたは至って静かに心にせまる。その静な中に朝がくる。自分達に幸福な朝が。

ひやっこい風が吹いてくる。だんだん高い秋の空が見える、百舌が鳴く。私はいい気持で暫くじっとしている。小さな二人の子供も、自分のするように椅子にもたれたまま、いつまでもじいっとしている。美しい霧の中に太陽が昇ってくる。子供達はお日様だお日様だと云ってよろこぶ。毎朝、晴れた日にきまって見ること乍ら、子供達は少しも変らず太陽を待つ。太陽をよろこび迎える。太陽が美しくめざめない朝に限って、子供達は不機嫌だ。ことに雨の朝や曇った朝は、じめじめとよく泣き顔になる。

私とこどもは話しながら顔を洗う。小さな子は一番小さい歯ブラシを玩具のように持って楽しみながら磨いている。子供達の洗面がすむとヴェランダに来て朝の食事をする。まだパンが焼けない時は一緒に唄ったり、短いおとぎ話をしている。まとまりのない短い話は子供もする。みた夢のはなしもする。話ながらパンをかじる。下の子は（この十一月に三つの誕生日がくる）六つの姉の真似をなんでもする。話を二重にきく時自分の左と右の耳がよく交ってしまう。いつでも二人は、私の右と左に椅子をもって来る。二人とも「自分の母」にしたいのだ。

小さい手を私にのばして見て自分の手のとどく範囲にさえいれば満足する。少しでも手がとどきにくくなると「母さんのお隣り、母さんのお隣り」といって騒ぐ。私は自分の手を両方に拡げて、「そら、とどくでしょう陶《とう》ちゃん（下の子）も、陽《よう》ちゃん（上の子）も母さんのお隣り」そう云うと二人とも安心してパンをかじり出す。富本は時々朝が私達より遅れる。子達は大きな声で寝室に声をかける。

「お寝坊のお父さん。お寝坊のお父さん。」それから足をとんとん踏みならしたり卓をとんとん拍いたりする。父親はふざけて大きな声でうなり出したりすると、子達は随分よろこんでもっともっとと相手になる。

「家中で一番お寝坊は?」わざと大きな声で私は聞く。子達はすぐに「お父さん」と云う。三人でどっと笑う。父親は牛や虎や雷の音をさせ乍ら起きてくる。

こんな朝はみんなが幸福を感じる。私と富本が不愉快な心持でいる朝は、私もだまっているし子達もだまりがちだ。

だが私は、自分達のきまずい感情をなるたけ子達に見透されないように努めるのだ。そのために自分の感情を無理にでも圧しつける。けれどつねに子は自分達より更に敏感である。殊に上の子は気づかわしい位い私達の心持を感じるのだ。

何処となく私がじっと見詰めながら紅茶をすすっている時、「母さんは何故そんなにむずかしい顔をしているの」とすぐにきく。私は無理しても、直ぐに笑う。笑って子にきかせる。

「母さんは蜘蛛が巣をかけているのを見ているの」子供にはそれが偽《うそ》の言葉だと云う事がすぐ解る。「偽、偽、陽ちゃんは、ちゃんとよく知っている」そう言い乍ら、のびあがって私の見ていたと云う「偽の蜘蛛の巣」を探そうとする。淋しい中から不思議な可笑しさがこみ上って来る。子達が驚くほど笑いつづける。

私達には愉快な日もある。不愉快な日もよくある。この大空がいつもいつも美しく晴れて澄みきってばかりいないように私達の心も曇ったり輝いたりしている。


自分達の生活はたしかに幸福だと感じる、自分達の生活は幸福でないかも知れない。恁う思ったこともあった。この違った心持を繰返えしながら暮して来た。しかし之は非常に厳密に自分達の心持を考えて見て正直に云う場合だ。人間はつねに自分達の心持をお互いが不満に感じ合ってもある時が過ぎさえすれば忘れて仕舞ったり、だまされて仕舞って、また元の平安や楽しさの中に戻るものだ。だから本当に幸福ですと云うことも幸福ではありませんと答えることも出来にくい。

けれど私達の生活はたしかに幸福かも知れない。とにかく決して不幸だとは思わない。ただ、この幸福を更に純粋に、出来る限りの努力で真の幸福、疑なく幸福にひきあげる為に私達はこの生活をつづけて来た。

私達は自分達の生活を出来る限り純粋なものにしたく思う。その為にはこの生活をなるたけ簡単にする方法を採った。私達の住む家も至って小さく、あんまり美しい飾は持たない。先ず自分達の生活から一切の偽を抜き去ろうと決めた。一切の偽を抜いて正しく生きたいと思った。腐った肉に錦を纏い黄金を光らしたような寂しい生活は考えてもたまらない。私達は正しく生きたい為に働きたいと思っている。また、本当にその為に正しく働き、正しく暮して来た。ともすれば燃えあがろうとするさまざまの欲望を二人して代るがわる押えて来た。私達は世の多勢の人達に信じられている程決して金を持っていない。私達のもつものは本当に極少なもので決して安心して呑気なことはしておれないのだ。

よく人が言った。「あなた方はお家は豊かだし、その上好きな事を道楽としてやっているのだからこれ程楽しみで幸福な事はないだろう」と。私達はその人達にすぐ答えた。「私達は貧乏です。決して呑気なことをしておれないのです。陶器を焼かないと可成り今より苦い生活をしなければならないのです。本当にそうです。」しかしこの答えはいたずらに貧乏らしく云うことによってこの言葉を更に私達が楽しんでいるのだと、丁寧な解釈をつけられて笑われるばかりだった。そのたびに私達はよく苦笑した。「困った、困った」と云った。自分達の祖母が三世相をくりひろげて、「二人とも福相で、金には一生不足はしないし、もし不足しても、不足した時分には必ず何処からとなく、金が這入ってくる相だ」とずっと以前話したことがあった。「しかしあんまりこんな相はよくないね。金がないのに金が有るように思われるのは困る」私達はよくそういって笑った。そしてこんなことで一々いいわけをしている人間も少ないと思った。

私達は沙《すな》を集めて塔を建てたくないと思う。私達は偽《いつわり》をかためて美々《びび》しい生活を送りたいとは決して思わない。よし金を持っていて安楽に生活が出来過ぎる境遇にいても私達は受けてならない金を所有しては決して平気でおれないと思う。私達がほんとに少しの田地をもって米で唯小さく生活していることだけでも苦痛で仕方がない。すまない事と思う。それに全く、私達は陶器を焼かずには生活をこのままつづけてゆけないのだ。だから自分達も一生懸命で何かをしようとする。ことに富本はよく働く。少しでも自分達の働いたことで受けた金は本当に嬉しい。安心してよろこべる。

自分達が出来る限り偽をひき抜いているように、私達は私達の周囲に対しても偽を抜いて接している。空々しい世辞や挨拶口上は人達にも捨ててもらいたかった。私達は偽の顔や、偽の言葉を使わずに、ここで人達を迎え、人達と楽しみ、人達と話す。どんなにそれが嬉しく楽しいことだろう。ここでは悪口は除けものにされている。魚《うお》が水に住むように、私達の周囲にもまた私達の心持を感じてよろこんでくれる人達が出来た。正しいところによりすがるこころもちを喜び合いつつ自分達の小さなヴェランダで一緒に茶をのむ人達をいつも私は忘れがたくなつかしく思いつづけている。「本当」だけで生きるのが当然だのに、いつのまか人間は「偽」を使っていた。「偽」を使うと一寸便利だし一時がうまくかえって手際よく出来るものだから、「偽」が主になって本当がほっちりになった。だから「本当」のところから生地そのままで立ちあがった人間をみると変な気がするし心細くなるらしい。あれでうまく世渡りが出来るのだろうかと、その人達は人間が正しく生きる事は一本の綱を渡るように危ないもので、偽を便利で徳用だと思って暮すのは大地を安心して歩くようなものだと思っているのだ、大空をもつ大地を静かに落着いて歩けるものは唯一つよりないのだ。利己心を捨てて、偽をなくし、悪をつつしみ、心を浄くして、たのしみつつ、落着いて生きる人間だけだ。

「私達を愛し、私達を信じ、私達の仕事に深い同情を有っていて下さる方達に、今また深く深く感謝します」「ここに見える方達よ、どうぞ安心して下さい。安心して来て下さい。ここには偽であなた方を迎えるものはなんにも有りません。」

二

去年の春、家のぐるりに柵にそって白と紅の野茨《のばら》を植えた。その野茨はぐんぐん育って、今年の春は、それは綺麗な花を幾百千と咲かせた。風の吹く日なんか、本を読んだり手紙をかいていても上品な香いがよく匂って来た。夏が来た。野茨の木はまたぐんぐんのびた。育ち過ぎる程のびた木もある。私達はのばした枝をよく柵にまきつけるようにして置いた。枝からはすぐ新芽が吹き出た。新しい芽はすぐに開いて葉になり、柔かな茎が出来て、今、気持よく澄みきった青い青い大空にのびあがってゆく。美しい艶をもった野茨の芽が野の光りを思うだけ浴びて輝いているのを見ていると本当に嬉しくなる。「空に、空にのびる木」いつも私はそう思ってみている。美しく、すくすくのび育つものは幸いだ。私はそう思ってそばの芝生で遊んでいる二人の小さな子を見た。子達は父親からもらって来た粘土を丸い職用の板の上に乗せて、小さな曲った茶碗を造ったり自分だけで説明の出来る動物をこしらえたりしている。子達は自分のたましいでものを創造したいのだ。決して人手なんか借ろうとしない。それを一番いやがる。二人とも野茨の芽と同じいだけ野の光りにつつまれてせっせと土をいじって遊んでいる。子達はこしらえたものを父親がするように陽の光りで干している。犬——ジュンと云う子達の犬でまだほんとに犬の子——がその傍に来て一寸でも匂いを嗅ぐような事をすると大変だ。上の子は本気で怒る。下の子と一緒になって大きな声でジュンがあっちへ隠れて仕舞うまでわめきたてている。そして安心したような顔をして自分の造ったものに一寸注意してから、別なものをつくり出す。ときたま父親がそばに来て鳥や壺をつくってゆくとそれを造ってもらった事を少しもよろこばない。かえって自分の大切な土が失なって損だと云う風をする。父親の造った鳥は、父親が去るなり元の土の塊に戻されることが多い。私はそれをどうしてささえる事が出来よう。その子の心持を尊く思う。

子達は、一つの遊びから別の遊びに移るたびにきっと仲違いをする。たいていめいめいの所有の多い少ないから起る。その審判はいつでも私がする。だから私はつねに最も公平な立場にいる。少しでも、ほんの沙粒ほどでも違いが出来たら私はもっと苦しまなければおさまりがつかなくなる。子達がいちいち訴えてくる事を審くのは本当にむずかしい。この時のこころもちを自分達がつねにもって暮せたら神だろうと、よく思う。

三

晴れた天気の日子達と一緒に温床の草むしりや芝生の中に交って生えた雑草をまびく。雑草は可成りあった。子達は玩具の車をもって来て抜いた草をそこに積んだ。二人ともよろこんで次からつぎへ草を抜く。小さい子はいい芝までむしってくる。私達は本当に落着けてくる。よりどころのあることを感じる。私達は好きなことを話す。東京に住む友人の話、秋にまく草花の話、来年の仕事の予定、もう死んでしまっていない友人の追憶、そんなことをよく話す。子達も二人で唄っている。悪い草はきれいに失《な》くなった。私達はいい気持で手を洗う。それから自分達が最もよく使うヴェランダでお茶を飲む。新聞を読む。私達が本をよみかけると上の子も自分の本をもって来る。そして長椅子の上で同じように黙って本をよみ出す。

私達はいつも共に棲む。或時は小さな感情に基づいて心を昏《や》みにする事もよくある。憎む。心から憎む。しかしすぐお互を励ます。苦悩を和げる。打騒ぐ波の上に再び月が静かに輝くように。

やがては私達も今よりは、更に少しずつ少しずつお互いに心の中に掘り入って混合されるであろう。争うことは未だ未だ多い。それも、私達はいつの間にか忘れよう。そこには子達と一緒になって騒ぐし、跳ね廻る自分がいるだけだ。子達が不審がる程よくふざける。自分でも、不思議に思う。

この夏中、職人の都合で陶器を焼くことを休んでいた。その間富本はよく魚釣りに出かけた。近くにある大和川にゆく。鯰がつれる日が多かった。鯉は三四尾《ひき》だった。しかし大体に於て全くとれない日の方が多かった。とれない日がつづくと子達は面白がって父親にからかう。「お父さん。今日は陽ちゃんのような大きい鯉を取って来てほしい」上の子がそう云うと下の子もすぐ真似る。「お父さん、あんた――この子は自分の事をアンタと云うのだ――のような鯉をほしいの」父親も私も笑う。「魚を釣りにゆくのじゃなく魚に釣られているんですね」私は何度か揺う云った。すると、富本は「むかしよりの賢人、聖人、まま に水に住むもあり、水にすむとき、魚をつるあり、人をつるあり、道をつるあり。これともに古来水中の風流なり、さらにすすみて自己をつるあるべし。釣をつるあるべし。釣につらるるあるべし。道につらるるあるべし。」そういって一寸言葉を切った。私はすかさず「むかし徳誠《とくじょう》和尚、たちまち薬山《やくざん》をはなれて、江心《こうしん》にすみし、――魚をつらざらんや、人をつらざらんや、水をつらざらんや――」私達はふき出した。「それじゃあなたは聖人をつるんですね。」富本は笑った。そしてまた魚釣竿を揃えて、みみずをさげて出かけてゆく。

全く私達は呑気かも知れない。村の人達は、毎日よく働いている。朝早くから夕方おそくまで、本当によく働いている。

それに私達はその人達から見るとじっとしている。だから百姓達は「殿様のひま仕事」だと云う風な眼附をして私達を見てゆく。富本が魚を釣るにつけ、泥をこねるにつけ汚い浴衣やシャツ一枚で職人と働いているにつけ、そう感じているのだ。

二三日雨が降りつづいて洗濯物がたまる時がある。そんな時、私と女中が一生懸命で洗っても中々手が廻りかねるそれを富本がよく手伝って、すすぎの水をポンプで上げてくれたり、干すものをクリップで止めてくれたりしているのを見て百姓達はいつも冷笑した。「いいとこの主人があんな女子のやる事をする」といって可笑しがる。夕方、母の家に子達をつれたり背負って歩いて行っても不思議がる。この土地ではまだまだ家長万能で、主人は畳の上で飯を喰い、あとの家族は板間で喰うのだそうな。その中に住む自分達を、この人達が見れば全く可笑しいのだ。可笑しいと云うより、本当に危険視していたかも知れない。同じ村に住む自分達の親類になる人さえ、私達の生活は「過激派の生活だと言て、自分の若い息子をここに遊びに寄すことをかたく禁じているのだ。私達が一緒に、一つの食卓をかこみ、同じ食物で食事をすまし、一緒に遊び、一緒に働くことが危険でたまらないのだ。私達は、その人達の考えこそ可成り危険だと思うのに。こんな中に、もう足掛け六年私達は住んで来た。私達の考えている事は、恐らく未だ五年や十年経った処で村の人達には解らないだろう。だが私達は決して進んでその人達を憎みはしていない。むしろ私達は機会さえあれば、その人達ともあたたかく手を握ろうとしているのだ。

四

旭が現われた。野は光りで溢れた。私達はそのたびに喜んだ。輝く土にあらゆる草花は咲いた。香った。茂った。私達はこの美しさを讃美する。空に小鳥が鳴く。草むらに虫が鳴く。自然の慈悲をほめたたえる小鳥の如く、私達も深い恩恵《めぐみ》を感受した。私達に祝福あれ。私達の幼児に祝福あれ。

私達は一切の偽から解きはなたれたい、そこは私達に一つの灯をとぼした。この灯を消したくない。

私達は夕方庭に出て夕食をとる。芝生に丸い卓を持ち出す。私達と二人の幼児は卓をかこむ。地上が冷えてくる。風が涼しくなる。百姓らは田から帰える。

私達はその日、一日について話しながら食べる。夕月は少しずつ光りをましてくる。星が煌き出す。稲田に風がそよぐ。街道を西瓜や梨子をつんだ荷車が進む。遊び疲れた二人の子は匙を置くなり、眠りかける。私は毎晩のようにおとぎばなしをきかせる。藤村氏の「幼きものに」を好む。「イスラエル物語」を上の子はとくに好きだ。グリムのお噺話もするし西村のアヤちゃんの「ピノチヨ」も読む。ある時は花咲爺もきかせてみる。浦島太郎の龍宮行も面白がるし、かちかち山も大好きだけ。こうして一つでも、二つでも話しをすると、子達はすぐに眠って仕舞う。あっけない程はやく眠る。私は枕を直して、静かに立つ。

星の晩もいい。だが、新月の宵も、三日月の晩も神々しい程美しい。ことごとに美しいものを見るたびに私達は感謝する。眼に見えない何かに感謝したくなる。私達もまためぐまれた者だ。芝生におりてじっと空をみあげる。この空の美しさよ、東の空に夜がやって来る。夜の空が、夕方をだんだん西におしてゆく。夕暮は光りを慕って淡く消えてゆく。すみきった海の色を思わす空に、きれいな浅黄の空に、まこと、真細くかかれる新月の光りの白さ。夕暮がもうかすかに山の端に残る。夜はくる。新月はますます光りをましてくる。新月は天の光りをかいまみる如な思いがする。

五位さぎが群れてゆく。一羽おくれてゆく。すべてが静だ。虫が鳴く。こおろぎ、すいっちょ、くつわが鳴く。心は落着く。星が煌きわたる、ふりこぼれそうに。流星、流星、私は星が飛ぶのをじっと見送る。すべてがひやっこくなってくる。土がつめたく、いつのまにか芝が露でしっとりなっている。泪がともするとこみあがりそうになる、胸さきに、眼じりに、泪がこみあがる。はじめて、生きていること、死ぬこと、うまれることがしみじみ思える。人間は一人だ、本当に一人で生れて一人で死ぬのだ。淋しいのが本当だ。幸福とは、不幸とは、貧しさとは、哀れむとはよろこびとは。

心の底から深いさみしさがあふれる。旭をみればよろこびがわきたつ。のぞみは限りなく、あふれあがる。よろこびと満足があのように一図に走るのに。

そうしてまた輝かしい朝がくる。私達はよろこぶ、働く。

五

私達の生活に、花がないことはたえきれない、私達は、春も夏も秋も、冬も――冬は小さな温床《おんどこ》で育てる――花をみたい。美しいものを見ていたい。その草花は私達をどんなに慰めてくれよう、心を浄くしてくれる。本当のきれいなものを教えてくれた。私達は草花を愛する草花をなくすことは出来ない。自然は、私達がほんのわずかな勤労をおしみさえせねば、そして心から愛しさえすれば、あまりにどっさり美しいものをむくいてくれ過ぎる。だから私達は花の咲くたびに、蕾がふくらむたびに、芽が吹いたたびによろこびの声をあげる。神をほめたたえる。心から謙虚になって。一粒の小さな種が地におろされてから土をやぶってふっと芽を出したときのよろこびを思い、芽がすくすくと空にのびてゆき葉が生え、幾枚ずつか葉がふえてゆき、たとえ小さくて見分けがたいほどの蕾を見つけたときのよろこびを思えば、私達はますます花達を愛してゆく。春から夏はことに私達の小さな庭には花が咲き匂う。ゼラニューム、四五種のカーネイシオン、マグレット、スウヰトピー、ダリヤ、ポッピー、花菱草、薔薇、野茨、エニシダ、カンナ、ロベリヤ、ラヴェンダー、朝顔、朝鮮薊《あざみ》、蓼、私達は日毎によろこんだ。

秋から冬にかけて、だんだん花が消えてゆくのをみるとたまらなく淋しい。がまんが出来なくなる。そうすると私達は野に出る。野に咲く雑草を摘む。草の葉をとる。みな美しく思う、花より、まだ美しいと感じさせるものがある。

私達は自分達の焼いた花器に、好きな花を入れる。その花が花器とぴったり合ってくれた時、何よりもうれしい。これが本当に自分達にめぐまれたものだと思う。新しい窯を開けるなり、白磁の壷をとり出して、薔薇のほの紅く香いの高いのを挿したとき、青磁の小花器にフリヂヤを一二本さしたとき私達は満足してこういった。「自分達の焼いたものに、こんなにして皆が花を入れて楽しんでくれたなら」と。

町から遊びに来る人達が一番羨ましく思う点もここにある。私達が本当に豊富に花をもち、思う存分花をたのしめることを幸福に思うとよく言われる。うっかりしているが本当にそうだ。町では花を買わねばならぬ。その上、花片《はなびら》は傷つけられ、いためられている。勿論、色もあせていよう、それを水をかけて濡らして、新しいようにみせているそう考えると私達は本当にうれしくなる。私達はそのたびに、これだけのことでこんなにどっさりめぐまれる。実にしあわせだ。もったいないと思う。本当に有がたく思う。このことは、畑からものをとるたびに、更に深く、もっともっと感じる、自然は何処まで人間をめぐみ愛しているのだろう。

たった一本、二本、三本、四本、五本、と数えるほどしか植えなかった西瓜の苗から、どんなにどっさりうまい西瓜がたべられたろう。黄西瓜もアイスクリーム種も、陶枕《とうちん》のように長い冷いとび西瓜も。よろこばずにこれを食べると本当に罰があたるような気がする。茄子をちぎっても、白瓜や豆をとっても、玉菜を切っても、私達はよろこんで何かに謝しつつ煮たきする。わずかな勤労だ。そしてここには、つねに不親切が最も嫌われる。人間が不親切な振舞いをしたら、瓜は蔓から腐り、豆は萎びてくさってゆく。

私達は、至って忠実な、人間として最も性質の善い一人の若い百姓に手をかしてもらって、畑の事をやっている。私達はその若い百姓の親切をいつもよろこぶことを忘れない。

このごろは、ろくろ師が京都から来て、また仕事がはじまった。富本は朝早くから夕方まで、その職人と一人の小僧を使って一心に陶器をつくっている。私は二人の幼い子と一緒に、よく唄い、よく遊んでいる。

下の子が、素足になって、両手でポプラを揺りながら、「大風《おおかぜ》、大風」といっている。木はしなやかに、右、左に、子の好きなように音をたて乍ら動いている。もうすぐに、この木の葉が黄色くなって、毎日のように一枚、二枚、三枚と、どっかに散ってゆくのだ。

働くのだ。ゆがまない正しい道を、ひとすじに念じながら歩いてゆきたい。たとえ親木からすっかりの葉が離れて仕舞っても、またぐめみ、再び若々しい葉は木に戻るように。私達もたえず、めぐむ正しい芽を待ちつつ、暮してゆく。

私達は時を待つ、唯、時を待つ。そして成長を待つ心静かに。

「その人は種をたづさへ、涙をながしていでゆけど、禾束《しそく》をたづさへ喜びてかへりきたらん」

――千九百二十年秋大和国安堵村にて――

子供を讃美する

一

子供はいい。恁《こ》うきっぱりいいきってもかまわない程、子供はいいものをどっさりもって生れて来た。どのくらい腕白をやる子供でも、それくらい、どれだけでもゆるせるだけのいいものをもっている。こどもが病気をした時の、親の悲痛な苦しみを私もよく知ってはいるが、それでもやっぱり、「子供はいい」と無造作にいいえる。

子供はいい。歓喜と幸福と純粋の中に跳ねまわっている様子をみると、羨ましいので心をうたれる。子供はいつでも愉快で、いつでも生き生きとして大自然から生れたままで、幸福と云うものを掌《たなごころ》にのせて、自由自在にそこからふりこぼれる光りにつつまれてよろこんでいる。大自然の寵愛を思う存分受けているのも子供だ。美しい自然の風景に、いきなり飛びこむことも、すぐ出来る。大空で朗かに歌う小鳥と一緒に歌える。太陽と月と星に言葉をかけて得心している単純な、しかも強烈な空想と想像力。どれもこれもなんと云う輝かしく豊饒な賜物だろう。子供程大自然に歓喜を感じるものはないと思う。

太陽が山から大空に昇りかける時、まばしい光の前の美しい金色《きんしょく》の色彩、その色彩に野原も林も、森も丘も谷も山も、村も平原も、平原をしずかに流れてゆく川もひとつになって非常な歓喜を感じる時、子供は小鳥と一緒に新しい朝の歌をいつもうたっている。新しい朝の前におこる尊厳な序曲を元気な心で愉快にうけて満足しきる子供よ、幸福が過ぎるようだ。

二

もしも子供に、静止の状態を強いる者があれば、その人は人間としてもつべき五感がないのに違いない。みえる眼をもち、きける耳をもち、笑い歓ぶ感じがあれば、世の中の無理をあつめても、まだ足りないこの無理な申出でを笑わねばならない。子供は起きてから眠るまで静止の状態ではおれないのだ。動く事が面白いのだ。動く事は伸びている事だ。動くことをささえられたら、伸びてゆく芽を踏みつけられているように感じていよう。流れている血が流れてゆかないようになるとでも思うのだ。そんな可哀想な注文を出すと、実に苦しい顔をして憤慨しよう。ほんの瞬間、じっとしていると思う間なく、すばやく次の活動に飛び移って嬉戯《きぎ》している。自分達からみて、あんなつまらない事をして、何がいいのかと思うようなことにでも、魂をうちこんでこつこつやっている。大人からみて、単調でつまらな気にみえている事は、実は子供にとって、恐ろしく魅力のあるものなのだ。つまらないと思うことは大人の考えで、間違っている。だからうっかり余計な親切をやると始末がつかない程子供は怒ってあばれよう。この不機嫌を感じる事の出来ないものは神経がひどく鈍感な人だ。殊にこの種の鈍感をもつ親は子供にとってたしかに憂いだと思う。

今、隅っこで本を見ていたかと思うと、もう庭に出て飛んだり跳ねたり、まるでふざけると云うことで身も心もすっかりつつんで仕舞ったかと驚くほど、ふざけちらしているをみつける。笑い過ぎてどうかなりはしまいかと心配になる程笑いつづけているかと思うと、足許に匍う小さな蟻をみつけてむきな顔して、すまして仕舞う。砂を水でこねて、泥々な水をいじっているかと思うと、石ころを積んだり山をつくって草を挿し山に木が生えたと思うとすぐに表に走り出す。鋏を使って紙くずを座敷中拡げたあとは、もう寝ころんで大きな声で愉快そうに歌っている。とてもいいつくせない程せわしい動き方だ。そして、そのわりに危険がつき纏ってゆかないのを実に不思議に思う。

我儘な子供よ。気に入らない事をするとすぐ泣いてみせる。泣かない子はしつこく甘えてくる。この二つの技巧は親達の弱点を見事に突き抜く。負けないぞと思い乍ら、ともすればもろくもろく負けてゆく親の心持は可笑しい。可愛いものよ子供よ。

子供と顔を見合すと、私達は苦しい顔や悲痛な顔や間抜けた顔が出来なくなる。自分達はどうしても変な顔をしておれなくなる。そして大人自身ではもつ事の出来ない、美しい微笑と共に、私達は実にいい顔を、その瞬間、たしかにしているのだ。

三

子供はいつみても愉快そうに、心地よげにしている。どこを触ってみても歓喜と幸福がこぼれおちる。純粋無垢なものが朗かな音をたてて りんりんとなりひびいているようだ。まるで、春の大空のようにあたたかくて、柔かで晴ればれとして気持がいい。子供はいい。どうして恁んなにいいのか、理窟なしに私の心は子供をしきりに讃美している。子供のいい点ばかり思ってそこへ浸っている時程心の底まできれいになる事はない。いつでもしあわせが心に住んでいてくれているようで、そして嬉しそうに小鳥が歌っているのを、ひとり静な森ででもきいているような本当に和みきったきもちのいい感情だ。うっとりさえする。

子供は技巧的なものがない。人為的なものがないのだ。真実自然に出来ている。大自然から直接、知識をとって育っているから、驚く程創造力も想像力も強い。一寸みかけた時は、あまり注意深い態度でないように見えるけれども、実は自分の週囲には熱烈な心をもってつねに美を感じよう感じようする心が燃えあがっているのだ。いつでも自然に近寄って、自然から出る様々のひびきと光りに心をそばだてている。美を感じる力、美を素直に受ける心、この尊いものをもつ子供は、思うほどしあわせだ。

四

歌う歌う。子供は歌う。なんでも、みたこと、感じたことをすぐに。うれしいことは尚更だ。悲しいこと、痛ましい事、それでもすぐに歌っている。太陽をほめる、月をほめる、星をほめる、大空をほめる。雲でも、雨でも雪も霰も、野も山も、林も森も、地上に住むもの空をとぶ鳥、野の草、花、この大きい自然を自由に素直に好きなだけ歌える子供はしあわせだ。美しいものを感じるなり、心をうばわれるものに出逢うなり、子供はたちどころに歌う。愛すべきふくやかな頸をかしげて、胸をひろげ、あけられるだけ小さき口をひらき、純真一図な歌をうたっている。たとえその節調は見事に調ってはいなくても、非常な亢奮を感じながら彼等が歌う強熱な美と歓喜の讃歌は、自分達の魂を隅から隅までとかしてゆく。自分達だけではない、神はいつでもこの歌だけ、好んでいられる。小鳥と子供。わけてめぐまれたもの達よ。

自分達の、ともすれば曲りがちの心に、正しい真実なあかりをかかげて、みちびき育ててくれるものは子供だ。自分達が絶望的な気持に閉じこめられている時、暗に走る光のように心に這入って来て、瞬間でも自分達に元気と休息を与えてくれるものも子供だ子供は陰鬱なものをさける。いつでも喜び、無邪気でいて、私達を陰鬱な気持からせきたててゆく。

子供には暗《やみ》はもてないし、またどうして暗《やみ》に住めよう。光の中に光に酔って、嬉戯しつつ跳ねて踊って飛んでいる。美しい自然から充分愛されている。幸福だ。その幸福に満足しきって大きな無限な愛と恩寵の中に浸りきっているのだ。羨ましい事だ。子供の生活は、光と美と愛と真心できずかれ、そして神と共に住んでいる。彼等はその天地を、好き自由に、朝から晩まで、安心して歩いているのだ。だからいつでも、楽々と、美の本質と心を堅く結ぶことも、美を存分に奪うことも出来るのだ。だから、自然、美しい幻想と光まばしい豊富な想像力は、まるで泉のように湧きあがり、美はさらに美を生んで、子供に最も滋味ある食物を与えている。

五

子供の歌をきくたびに、子供の描く絵をみるたびに、いつも、無技巧な芸術を思う。技巧を脱したところに純真なものが煌いている。子供のもつ芸術の、最も尊いところは純粋からうまれ出た、純真一図な芸術だ。偽《にせ》ごまかしのないみつめるだけみつめて、あとを存分にかきつくした、まざりけのない力に、技巧なんかは消えて仕舞う。そんなものは子供にはいらないものだ。子供にとっては、うまく歌うとか、うまくかくとか、そんなあてこみな前準備は不必要なのだ。かかずにはおれなくなるからかき出すのだ。しぜんに歌がのどをすべって出てくるから歌っているのだ。子供の魂をゆすってそとまでひきずってゆくものは、あてこんだ技巧や上手さではないのだ。子供は、自分の魂を奪ってしまった相手の魂にふれて、ふれてはじめて満足して歌いそこでかいてしまうのだ。それだけでいいのだ。自分の魂をゆすぶっていった美しいものの魂さえまた自分に奪って来ればいいのだ。きれいだからかく。美しいからかく。きれいだから歌う。うれしいから歌った。満足や幸福や歓喜がいっしょになって心の中で燃えあがるその力で動いていると云うだけだ。

これだけだ。そしてここに子供の自由と、尊い生長があるだけだ。

ここに子供の描いた絵がある。小鳥と花と雲をかいた。しかも鉛筆一本でかいた絵が。

小鳥は大地の上に足を拡げて突立っている。嘴をすこし開きかけて、なんだか、よろこんで歌ったあとのように感じさせた。しりの羽が勢よくシュウ、シュウと、無雑作な三四本の線でかかれている。ピンと羽をそろえて、しりにひどく力を入れている。胸をつき出して思いきり頸をのばした――ほんの今歌をやめたと云う恰好だ。小鳥の顔をみると笑いたくなる。決して可笑しいからではない。なんともいえない親しみのある眼をしているからだ。くりくりした、まんまるいその眼は、顔の中で何よりも大きく、強く、実に無邪気に笑っている。優しい眼だ。うれしくてたまらないと云う眼をしているのだ。子供が自分を描いているのを悦んで、安心しきって見ているような、思いきりよく描かれた胸の線は、ふっと息を吹くと柔かに揺れるように思えるし、艶のある羽はいまもぱっとはばたきしそうな様子だ。

花は、小鳥のすぐ傍に咲いている。小鳥よりも大きい花で、豊かな形をした花が真一輪咲いている。すばらしく鋭い線で本当ににぶい人間には夢にも感じられないくらい微妙なものだ。

一気に茎をかいた一本の線は、複雑すぎる程こまかい説明をしてくれる。

充分、日光と水に養われた美しい草花が、地上から大地に、伸びたいだけ伸びてゆきそうだ。その小鳥と花をうけた大空には、朗かな日にのみ見る、あの軽い、まるで白色コスモスの花弁をちぎってまいたような、軽いかるい雲が暖い感じで飛でいる。こんなに美しい光景を、たった一本の線で、どこまでうまくかいてゆこうとするのか、思うほど羨ましさはつのってくる。ここまで自然と心を結び、自由にその美しさを奪って、全く独りで楽しんでいるしあわせさを思うと、ずい分うれしい。自分達は愚だ。美しいものから直接、美しいものをつかみとる事が出来ないで苦しんでいるのだ。子供は、美しさに理窟をつけていない。はげしい程一図なあつい心は実に美に鋭敏に出来ていてしかも、至って余裕のある働きかたによって美の世界にとびこめるのだ。大胆な線が、無雑作に走ってゆくのもその為だ。自分迄はそんな大胆さをもう、奪い去られて仕舞ったらしい。自分達は、よりみちをせずに、美の本質に飛びこんだつもりでも、すぐ、美しさをとりまく形体や色彩に迷って仕舞って、あっといっているうちに美の本質から遥に遠くなっているのだ。美の中心にふれるつもりで、美をとりまく形体に欺され易い。理窟や偽を、すぐ頭に浮べかかるからだと思う。

恁んな事でも自分は限りなく子供にめぐまれている幸福を喜んでやりたくなる。しかし自分は淋しい。自分等には邪気がある。邪気があるから心がすぐ擾れる。美しさを存分に侵して悦んでいる彼等は、本当に幸福だ。

六

子供はいい。私はまたこれを繰返す。自分のもつ力より外に、なんにももたない子供はいい。もっているだけの力を、すっかりつかいきってしまって、みかけ倒しのない有難い子供の心にふれるたびに、自分は心をうたれる。すべてに単純でおれて、純粋である子供美の世界に住む子供、我儘だが、全く善良に出来ている子供。私は子供と一緒にいる事を、どれだけでも感謝する。（千九百二十一年四月七日夜）

この貧しい雑感の初めに子供はなににつけても実によく歌う。その点は小鳥と同じいとかいた。如何に子供のイマジネイシオンが熾烈で創造力が豊富だが、ここに、短い子供の歌を紹介したく思い、自分の子供が今夜も晩飯後、私の膝によってよろこびながら歌ったものをかきだすことにした。

一

雪は霰と遊んでる。
燕は雨と遊んでる。
時計はひとりで遊んでる。
ひよつと見たら、
狐が後にをりました。
私は狐と遊びましやう。

二

きつね、きつね
そのきつね。
狐一匹せめころす
お猿は一匹せめころさん。
時計はそれで死んでしもうた。
ひよつと見たら
狸がをりました。
さうすると

そこへ燕がをりました。
燕とみんなで遊びましやう。

三

燕はそとへいつて
花をなんやらととつ來て
ままごとをしいました。

これは末の女でまだ五つには足りない子供でむしろ赤ん坊に近い位の子供だのに、この恐ろしいイマヂネイシオンに、自分は驚いて仕舞った。次の歌なんか、なんと云うあたたかい、歌だろう。誰にでも、どんなものにでも、ものをいいかける事が出来る子供の素直な心持がすぐ人の心にひびきわたる。

うぐひす　うぐひす
こちらむけ。
うぐひすは
こちらをむいて

ホーケキヨウとものいふたので、
どうぞうちへはいつて下さいといつたら
ケキヨウケキヨウないて、
私におうちがありまする
ケキヨウ、ケキヨウ、ケキヨウ
とんでいた。

姉の方はまたまるでちがった歌だ。七つのわりに、鋭い、こまかな見方をしているのをうれしく思った。
ヴェランダに馬酔木がさしてあるのをみながら、

あしびの花は
本当にきれい。
しろい花で
蕾とおもふやうなかたちして
さきに少し穴があいて
葉はまんりやうに似てゐて

黒い壺にさゝれてゐます。
あしびの花は
うつくしい花よ。

四

蜘蛛、くも
くもは
何故巣をはるか。
虫をとるため
はります。
蟬が或日かゝりました。
私は可哀想に思ひ
竹の棒でとつてやりました。
蟬はよろこび
蜘蛛はおこる。

実におもいやりの深い歌で、これをきき乍らうれしく、歌っている子のあたまをしずかにしずかになでながら、涙がにじんだ程、私はうれしく思った。それがすむとすぐ、春の歌だといって、

つんばら
つんばら
つんばらは
春になると出て来ます。
それを沢山つんで来て
お日様にかはかして
枕にいれると柔かくて
気持がいい。

こんなに雑作なく、すらすらと好き自由に種々なものをすぐに歌える子供達よ、神はもっともっとおまえ達の心に近くなって、本当にうれしげにきいていられるだろう。神の祝福も、そして私達の祝福も、うけてほしい。

安堵村日記

――日

今朝は靄が深かった。そのせいか、いつになく冷たい感じがした。朝飯《あさはん》前、子供達と野道を歩いていたら、村の子供が四五人で蓬を摘んでいた。もう朝飯をすましたのかと聞いたら、すんだといった。早いと思った。子供達は「早いね母さん」といった。明日からもっと早く自分達にも着物をきせてほしいと云う。蓬はだいぶ摘まれて、籠にもりあがっていた。神武《じんむ》さんにつく餅かといったらだまって笑っていた。もっと摘むのかときいたら「うん」と返事した。自分も手伝った。子供達も悦んで摘み出した。自分は随分一生懸命に摘んだ。前掛にたまってくるのをみて子供のように嬉しがった。仕舞いに爪が痛んで来たから、仕事場から小刀を持って来た、つめたく銀色に光った蓬をむしるとき。静な小さい音がたちかけた靄の中にひびいて消えた。気持のいい朝だった。

蓬を充分摘んでから、子供達みんなと、炭俵や松薪のきれはしを燃やして手を温めた。村の子供は身体が温まり出すと、心易く色々な事を饒舌り出した。学校の先生の話をきいたら怖いといった。学校の稽古は面白いかときくと、お伽噺を聞かしてもらう時の方がいいといった。本当の事をいっている。本当にそうだと思った。陽《よう》や陶《とう》は平常《ふだん》あんまり村の子供を知らないので余程嬉しそうだった。傍によって来て子供達の顔をみつめていた。村の子供達も恥ずかしそうにしていた。お菓子を探したがなかったので蜜柑をもって来て一つ宛《ずつ》分けた。皆、懐に入れて喰べなかった。皆の懐はポコンと高くなっていた。随分可愛いものだ。時間があったら一日の中、せめて一時間、こんな子供達と遊んでみたいと思ったが、自分の二人の子供とさえ満足に遊べない自分がなにを高慢ぶるのかと、いやな気がした。

天気が上々だったので薔薇の手入をした。そこへ能美《のみ》さんがやって来たから手伝を頼んだ。いい天気で、土を打っていても気が晴れ晴れした。能美さんは鍬を使いながら女学校の時分の話をした。園芸の時に誰も皆肥しを汲み出して畑まで搬ぶのを嫌うので自分がいつもその役をひきうけていた。先生もそれには可成り感心して鍬の使い方が荒過ぎると云うことも余り云わなくなったと云う話だ。能美さんのやる事だと思った。しかもこの心持に見栄が交っていないのを嬉しく思った。知れば知るだけ善く出来ている人だ。

土の色は実にいい色をしている。耕しかえす程、あたたかい、親しみ深い色になる。飽くことのない、落着いた気持ちを思う。薔薇は今年は随分よく育ってくれた。「木にだって心はあります。ただ愛することです。愛してやりさえすればきっといい花をみせてくれます。」笹川さんのこの言葉を思い出した。笹川さんの薔薇のノートを見たら、四月ひきつづき薄い肥料をやる事、虫が沢山出来てくるから注意する事、虫の中でも油虫はそれ程苦にせずともいい事、最も性悪は、大切な花を喰わなけれゃ生きて居られないと云う、ひねくれもののうち殊に象虫と云うのに気をつけてやる事、とある。
すぐ油粕をとって薄めてやる。来月に入ればもう花が咲くのだ。嬉しい事だ。花の無くなっていた冬を思い出す事が出来ない程、心は満足や悦びでいっぱいだ。温床の草むしりもやった。芝生の雑草も引いた。能美さんも疲れた事だと思う。だが、芝生へ横になって、色々のことを話しながら草をむしっていた時はずい分いい気持だった。青空と、光と草土の匂いと、雲雀と子供の歌う声と。沁々この土地に住んでいる事を有難く思った。
今日、大工がブランコの寸法をとりに来た。やっぱり檜が一番いいだろうと云う。あすでも武《たけ》ちゃんにこれだけ買いにやる事、
檜、丈尺、三寸五分二本
六尺、四寸　一本
子供達を早くよろこばしたい。近日送金するところ、戸部ブランコ代七円五十銭、大松、竹内陶料店、中島さんから岩見半紙の見本が来た。その見本より、見本を包んで来た和紙の方が味のいいものだ。これを頼んだ方がいいと思った。横浜植木会社から種子《たね》がやっと来た。倉さんに夜きてもらってまくものの相談をした。

——日

朝、非常にいい天気になりそうだったので洗濯を少しどっさりやりかけたら、曇ってしまった。毛のものだけは浸してしまったので、洗いあげて外に出す。からっとしない天気は「洗濯」には困る。この間から煮かけていた川魚がやっとたきあがった。手釣りの鮒の甘露煮だ。子供達もおいしがってたべた。こんなうまいものを、どうして喰べないのかと笑われた。たべものに、好き嫌いのあまりに強過ぎる自分を、子供達のために困ったと思った。

幸い、子供達にはまだこの困る癖がついていないので安心だ。しかし自分にこの癖がある事を子供達に知られないように可成りの苦心がいった。別に、食物に好嫌《すききらい》が強く有ることが悪い事だとは思わないが、困る場合は随分多い。子供達が何時どんな境遇にあっても、それに順応出来、それにうけこたえ出来るだけの人間になってほしい事を願う時、いつも、食物も、どんなものでも喰べられるだけのくせをほしいと思う。これは食物の好嫌には直接関係しないが、非常に近い関係があると思う。

井出さんのおじいさんから鯉の味噌漬がくる。大変嬉しかった。井出さんにもすぐ手紙をかく。おじいさんにも手紙をすぐ出した。孫を可愛がる祖父の心持を自分はなつかしく思った。つい、死んだ祖父の事を思った。祖父は私を一図に可愛がってくれた。親達や親類の者達が怒った程私一人を愛しきった。祖父のことがいろいろ思われる。祖父が死んだ事をこの位い承知していながら、まだ時によると生きていると思いつめる。祖父は生きている自分の顔をしみじみ見つめて笑《ほほえ》んでいる祖父の顔がわかる。井出さんのおじいさんやおばあさんの事まで思った。人の親切を心から嬉しく思った。鯉はどっさりあった。信州から来た鯉だといったら子供達は鯉の頭としっぽが汽車に乗って来たのかといった。教育論叢の四月号が来た。特別号だった。自由教育研究号。手塚岸衛《きしえ》と云う千葉師範の主事が「我が校に於ける自由教育の主張と実際」を出していた。この学校のやり方は少し自由教育と云う看板に対して自由教育をやっているようなところが有るように思う。ことにこのごろ、得意になっているようなところが見える。今日、この人のかいたものを見て余計それを思った。一体、むずかしい術語を沢山つかってあると、ついそれが立派な偉いものに思いかける。むずかしい言葉を列べるだけが能ではない。心からはなして、人の心にすっかりはいってゆく為には、もっと善い、素直な言葉がほしい。山本さんから（小さき種）の感想が来た。大変ほめてよこされた。人間にもよろうが、どうも自分はほめられると無関心でおれなくなる。ほめられると、嬉しい気がする。この根性は時によると手におえない程高慢になる。この心があんまりふくれ出すと、あとが悪い。自分は馬鹿だと思った。

――日

ジュンが仔犬を産みかけた。母の家の柴小屋でうんでいる。今夜中に産みあげるだろう。母からしらせが来たので、すぐ子供達を連れて行った。柴小屋の内が薄暗いのではっきり見えないといって子供が喧しく騒ぐので蠟燭を一本とぼした、ジュンは緊張しきった、苦痛ならこらえきっていると云う顔をしていた。

「ジュン、ジュン」とよんでやったが、だまって一寸顔をみただけだ。低いが、大変苦しそうな呻き声がおこる。それにまざって動く強い、まるで葦笛のような仔犬の鳴き声がする。そのたびに子供達は、泣きたいような顔付をして騒ぐ。うれしい感情と妙に不安な心持とがもつれあっているようだ。おとなしくさせようとすればする程生れてくる小さい動物に心をとられて傍に近づくのだ。まだ二匹産んだだけだ。見ているうちに、三匹目を産むので苦しがっていた。犬や牛の皮が生がわきの時の臭気より、もう少し気持の悪いかさがしていた。

暗いところにジュンの眼がギラギラ光っていた。どんなに苦しいだろうと思った。「ジュン、苦しいか、苦しいか」といいつつ、妙に涙がこみあがって来そうになった。ふざけもののジュンも、遂に母犬になって仕舞った。皆で仔犬の数を当てあいした。陽は六匹だと云うし陶は三匹だといった。大人達は七匹、八匹ときめた。子供達は明日朝を楽しんで眠った。

夕方、知人から電報が来た。返信を打とうとした時、不図、返信附記号が眼につき局に聞き合せたら、やはり局の間違いだった。返信附の電報を、通常電報に取扱っている呑気さに呆れた。いつもこんな間違いに出会うたびに、田舎の三等郵便局の出鱈目を不愉快に思う。無責任な話だ。

西宮から手紙と一緒に石塚左玄《さげん》と云う人の食物養生法——化学的食養体心論と云う書物を送って来た。是非読んでみるようにすすめて来た。このごろ大変元気のようで嬉しい。早くよくなって病院から出る事を今夜も祈った。ユダに就いて何か書いているようだ。いいものがかきあがるように。

近日中に本年第六窯をたくことになる。また松割りをたのんでおく。今度の窯《かまど》がよく上れば一度それで打切り、村で小さな展覧会をやってみればと相談した。純日本の室に青磁を列べて見るだけでもいい事だと思う。もしするならば五月の中旬。

——日

青空だった。地面の温かさが四五日来急に強くなったようだ。知らない間に垣根の野茨がずい分どっさり蕾をつけてゐた。美しい艶の濃い葉と、美しい蕾が青空をもって惜気なくその成長をみせているのを心から羨ましく思った。麦畑が青くなったのにも驚いた。青い光りが次から次へ続いている。美しいものが方々にどっさりふえた。濃《こまや》かに新葉をのばしている木、きれいな花を今にも咲かそうとして燃えている草、緑と青が一つに溶けあっている。音をたてずに春は逝《ゆ》くのだ。しずかな時に、幽かながら新葉ののびる音が、きこうと思えば本当にきけるように思える。それから小鳥がよく飛んでくるようになった。午過ぎ、澄んだ声で、どこにいるのか知らないが、よくないているのをきく。甘味《あまみ》なものがあっちこっちに隠されてでもいるような気持がする。春も深い。

朝、素焼の窯に火を入れた。夜となる。佐々木、京都に帰る。あさっての朝戻ってくる約束。その朝本窯に火を入れる事。素焼を出すと明日から多忙。午後から富本魚釣り。小鮒十四尾。すぐ茶汁でたき出す。今日のは昆布をひいてみる。今度どっさり釣れたら白瀧さん根岸の父に、甘露煮にして送ってあげるといい。富本の釣りが村で評判になっているそうだ。「漁業」と云う鑑札をポケットに入れている熱心さに呆れているのかも知れない。

宮崎から手紙が来た。遂々鎌倉中学の四年級に入ったようだ。嬉しい事だ。本人のよろこびが眼に見える。よくそこまでやりきれたことだ。そこまで勇気を失さずにやりきった事を嬉しく思う。随分無理だったのに、どんなに疲れただろう。校舎は建長寺の境内にあるそうだ。受験した者の中で宮崎が一番年下で、学歴がなんにもない点でも一人だったようだ。あの人の意志の強い、ねばりの強い態度に感心した。受験日にそこの先生がいったそうだ。「この学校では頭のいい生徒をそんなに大騒ぎしてまだ欲しくは思わない。腹のしっかりした生徒を欲しいのだ」と、この言葉はたしかに一癖ある。下宿もみつかったようでよかった。月二十円。しかし二円程は余分にとられる事を覚悟しておかないと冷淡にされると云う事が解っているようだ。同宿する生徒が教えたそうだ。一度二十円ときめて置いて、別に心持を強制してくるところは、この宿だけのやり方ではない。思うと世間の人達は手数のかかる事を平気でやっている。正直さが足りない。単純でないのだ。宮崎にすぐ手紙をかいた。そんな事は世間にざらある事で、まだどっちかといえば遠慮深くやっている位いだ。二円やそこいらの金で、とにかく親切らしくしてもらえるのなら、いやな事だが素直に出してやる事、しかし自分だけはそんな臭気をかがずにゆく事、それと、制服の有無を問い合せてやる。山本さんにも同時に受験の結果をしらせた。さぞよろこばれよう。夕方、畑をみた。豌豆の花がきれいだった。しぼんだ紫の花をさきにつけたまま、もう莢《さや》が出来ていたとこもあった。花野菜はまだだめらしい。葉だけがずらずらにのび過ぎていた。花になる部分が玉菜のようになっていた。土の性に合わないのだろうかと、倉さんがつまらなそうにいっていた。

苺は、ずい分よく出来そうだ。花で白い道のように見えた。西瓜の芽が出ていた。夜、ほどきものの整理を行った。洗張りにやるものだけ別に包む。ラミー単衣一、モスリン長襦袢一、麻長襦袢一、博多帯一、繻子三本、単衣帯（白地）一、黒襟一筋、〆九点。

――日

陰鬱な空が今日一日を被うていた。灰色と黒い色の雨雲が低いところに密集していて、妙に頭を圧えつけた。光りを鈍く含んだ雲が雨雲の中にもぐってゆく。その瞬間、ほんの一寸、たじたじと、どっちも動いたようだが、すぐ、元にもまして陰気なもの懶《う》そうな容子になる。遠くの水田は、雨のためで、まるで沼のように、無気味に光っていた。それをみているうちに重苦しいものが、胸もとにふえて来て困った。自分の故郷を思い出した。うまれたその北国《ほくこく》の冬を、到底記憶している道理がないのに、そんな事を記憶しているると思う事が、もう間違いだと思っているのに、それにまた、たしかに生れ国の冬を知っているのだと云う気持ちがとれなかった。なつかしさまでふえて来た。おかしな事だ。

この気持は、どうもこの間中自分につきまとっていた気持がすっかり失《な》くなっていないせいだと思う。自分のこの間中の心持は、きっと故郷の冬空のように陰欝なものをもっていたのだ。はらってもはらっても、のけきる事の出来ない自己嫌悪の心。これは自分にとって決して悪い事ではなかったと思う。


自分の感じていた事は、人達もめいめい、感じている事、自分には、自己嫌悪の心が可成り長く続いていて、これから先き、まだ何度かそれが繰返えされてゆきそうだ。静に自分を反省すればするだけ自分の悪い点がいよいよあざやかに見えてくる。人を非難するのは悪い事だと思っていて、非難している自分、謙遜を念じながら傲慢な心、誰とでも温く手を握れと願っていて、公平にゆけないこと、ごまかしてゆく根性、心の清浄を祈りつつ実に心のきたない事をしている自分を、まじまじと見いらねばならない時、いいようのない苦痛が心を嚙む。

この苦しさをこらえきる事が自分の良心を一層自分に感じさせる事になり、自分を真実に導いてゆく事、しかし、たえきるまでには、どんなに寂しいか。そのさみしさを思うと怖い程だ。けれど、このさみしさのないところに、成長も努力も瞑想も反省もない。そんな事がわかりきっていて、しかも一足飛びにそこに走ることが出来ない。激しい自己嫌悪に襲われている最中のこの苦悶は言葉の外だ。今迄自分に善いものをみつけ、そこに足場をこしらえて自信をもち、希望に燃えて、自分のものをきずいていたのが、俄に、やりかけていた事は勿論、自分自身にまで愛想をつかしきった瞬間、それまで自己欺瞞に陥っていたものの娘が、いちどに、あきらかに自分の前におかれ、露骨にその悪態を見せつけられ、自分の貧弱さや不良心的なものだけになった。光の部分は全く失なり、何処で歩いても暗《やみ》ばかりのように思う。すっかりのものから、自分一人突きはなされて仕舞って、再び光を浴びる時がないように思いつめていた。この思いつめた心持は、いいようなく苦しく、さみしいさみしいもので、こうしてかいていてさえ泪がにじんで仕方がない。苦しい呻き声は、不断に良心から出てくる。悶えたり、何かに訴えたくなったり、すがりたくなったり、たまらなく光が見たくなる。この気持があせり出せば出す程、光は勿論、どんな小さな救いでも、与えられない。まだ、もっともっと暗闇に陥ちこんでゆく。

くらいところに、おちてゆく程、自分を責める態度が強くなってくる。他人を責めることの上手な自分は、かつて他人を責めたより、もっと激しい強い力で自分を責めているのだ。それから、自分を底の底まで侮蔑している。意地悪く卑しめる。自分の痛い痛い傷を、実に惨酷にしつこくあばく、ほじくりたおす。自分程、いやな人間、悪い者は、もういないのだと云う事を、自分に無理にでも思いこませようとする気持がひどい音をたてて荒れ狂うている。

不正直な、虚栄心の強い、根のない、耐久性のないものはどうでもなれ。自分は愚なことばかり考え、思いついて行っている。自分に智恵や智識が少しでもあったと思いつめていたその自分はどこにいるのか。こんなに悪心《あくしん》が溢れあがりそうにあり、偽善者の自分よ、実にあさましいではないか。自分は何処をみて自分に恵まれた力のある事を感じていたのか、思う程、じっとしておれない程、恐ろしい事ばかりだ。だが、自分を捨てきれない苦しみを、ただ深く味わねば自分は救われない。こんなに、自分を侮蔑し、痛ましい眼にあわせ乍ら、自分は、矢張りこれらの激しい苦悶がなんのための苦悶であるかがあまりにはっきり、露骨に解り過ぎていて、本当に苦しむ。自分を本当に悪い者だ、価値ないものだ、憐れむべきものだと云う事を本当に思っているだろうか自分は。偽《うそ》だ。自分の本心は自分のこの苦しみに裏切って遠慮なく恬ういっている。自分には善いところがどっさりある。めぐまれた力のある事も本当だ、自分を善いものだと信じきろうとしている心がどっさりあるではないか、偽つきだといっている。自分は苦しい。自分は本当に何故もっと純粋なものになれないのだろう。自分の心は何故こんなにきたないのだ。どうすればいいのだ。

恬うして自分は、自分にも、人にも、ものをいいかけることも、身動きする事も嫌になり渇ききった眼をして、じっとひとつところをみつめていた。眼に見えない、心にふれもしない何かを凝視している時、闇に、かすかな光りが走ったような、一種異様な鋭い衝動を感じ、殆んど無意識に、その感じを受け、その力を感じるなり自分は、自分を残酷にふみにじって、まだ飽く事をしない自分の姿をみつけた。ここに、これほどまでに、むごい眼をみているのは自分だ。ただ一度より生れてこない自分と云う人間だ。まるで病犬のようにあがき疲れ果てている者を、この上なぐりつける事は、これっきり壊して失して仕舞うのは、誰の意志なのだ。このまま壊して仕舞えば自分と云う一人の人間、再びこの地球に人間としてもどる事の出来ない人間の存在はそれっきりだ。それでもいいのか。この考えが、ひどく心をうって来た。自分には新しい命が、その考え方によって再び私に宿り、身体中の血管に一度に血が走り出したように思った。自分を救うものは自分だ。自分を生かすものは自分だ。この自分を守るものは神だ。自分にもどるものよ、自分にもどれ。自分は自分に、再び光と力とめぐみのもどってくる事を求めた。

力と光が自分にもどってくる事を求める心は祈禱《いのり》であった。私は真心でいのった。もっとはっきり自分を識りたい心は、決して傲慢な心ではなかった。どこまでも孤独な敬虔な心持であった。悪と抵抗しながら、自分に罪を感じながら、自分の脆さに闘いながら、そしてすべての悪心から離れたところに自分を置く事を願うための、心からする祈禱であった。この祈禱を助けてくれたものは、自分に再びふりかかった恩寵であった。自分にめぐまれていた力であった。耶蘇、佛陀、トルストイ、フランシス、オウガスチン等の真実貴い言葉、思想、霊的な経験を思う事であった。そしてこれを信ぜよと教える自分の理性を一層はっきり意識して、そこに進む事であった。

イエスの言葉はいつでも自分は、自己否定、謙遜、悪に敵する勿れ、人を愛せよ、凡《すべ》てに善をなせ、それが人間として守る義務である事を教えた。自分の心は、時間と共に安静になって来た。今では、雨後の青空をみるように、すみきったものを、心のどこかにみつけられるような気がする。美しく晴れきった大空や、光にかがやき、美に燃えあがっている大地をみる時、自分の心は素直にそこにとびこめて跳ねあがりたい程になるが、ともすると、殊にこんな陰鬱な天気に住むと、きまって自分の心は薄暗くなり、この間中つづいていた不愉快な恐ろしかった気持に、つかまれているようだ。明日はどうかいい天気になってほしい。

——日

朝、陽《よう》にトルストイ物語の中から「亀」を読ませてみた。大変面白がってよんだ。ミリトンと云う犬がトルストイの云う事を聴かないで亀を棄てないでもちあるいているうちに犬の口の中で足を突出してミリトンの口を引っ掻いたので、ミリトンはひどく怒って亀に吠えたことをよみながら、声をたてて笑っていた。亀の肋骨が甲羅だと云う事がわかり自分等や、犬や猫とちがうのだと云う事を思いつき、不思議がっていた。しかし、亀にも重いので八十貫もある大きいのが海に住んでいると云うことは、数の観念がないので少し見当がつかなかったようだ。台所にあった筍をもって来て、それの割で或とこまではきかせる事が出来た。いま、陽に理科に興味をもたせるとどんなに嬉しがってやり出すだろう。

蝶も出て来た。ポプラの蔭がいつの間にか地面に落ちていた。時によると涼しい風が吹いて来る。麦畑の青い光がだんだん強くなり畑を走る風が光ってみえる。雲の形も初夏らしくなって来た。自分の影も、紫からコバルトにかわって来た。

東京からカーネイシオン拾本と洋蘭一種くる。すぐ植えてもらった。カーネイシオン五本だけ鉢植、あと五本エニシダの傍に植えた。

あんまり妹からの送状が来てから日数がたつので、内心、買って頼んだと云う目白の方の農園を信用しない心持をもっていたのに、悪い事を思っていた。すまない事だ。薔薇の蕾が実に豊富だ。いい花を咲かす木にだけ一層心をつかい大切にあつかう自分の心を不愉快に思う。が、すぐすまない心が出て、ほかの木にもよくしてやるが、手をかけた分量は同じでも心がまるでちがう。こんな事まで気にかかるのは少し疲れているせいかも知れない。

ジュンに一番よく似た小柄な仔犬がきのうの午過ぎから、哀れな顔でないてばかりいる。今日暁方、ことに激しくないていた。頭にビンビン響いてくる。どこか悪いのだ。さだは縄くずが咽喉にひっかかっているのだろうといって、まるで人間の子のように気をもんでいる。さだのこの心持に比べて、自分の心はなんと云う情け知らずなことだ。可哀想には思っても、なにもかも打ち捨てその仔犬を見てやる事をしない。もしもこれが自分の子供であったら、自分はどうしてこんなに平気でおれよう。そう思いかけたら、その仔犬にすまなくなり、自分を責めながら庭に飛びおりた。茶と白の斑だ。余程苦しいのだ。呼吸が切迫していた。すまない、ゆるしてほしいと心から詫びてその仔犬を抱きあげた。それから水でやにかんでいた眼をすっかり洗った。あんまりきたないので胸が悪くなりかけたが、そのたびに自分をしかりつけていた。もし、このまま死んでゆけば、きたない眼をしたまま死んでゆくのだ。そんな事をするといつまでも自分の心にかかるし可哀想だ。それから赤酒《せきしゅ》を水で薄めて、さだに口を開かせて置いて、そそぎ入れてやった。仔犬は苦しそうにして力をいっぱい入れて踏張っていたが、幸いみにおちついた。これで少し元気がついて落着いたようだった。助かるかも知れない。どうか助かってくれるように。

だが、自分が今日この仔犬にとった態度は実に利己的な考え方で情なく思った。自分が仔犬に不親切な心をもったまま、この仔犬が死んだら、たしかに自分はあとで良心に責められいつまでも気にかかっていると云う事が、自分に解っていた。それでやったようなところが確にあった。あったに違いない。さだが自分のすべき用事を忘れて、傍に何度か立寄って、可哀想がって背をさすてやったりしているその心が私にはたしかに欠けていた。自分の嫌う点を露骨に見せつけられて、この根性のあさましさに呆れた。今日一日、仔犬にあやまっている。どうぞ死なずにいてほしい。生きて、みちがえる程元気になってくれ、めぐみあれ。

午後の便で、ひどくむずかしい字ばかり使った宣言文を添えた××と云う文芸雑誌の創刊号が来た。余程金をかけたものだと云う事が第一に感じられた。これだけ写真版を入れるだけでもかなりの費用だ。が、さてその内容は、実に気持の悪いばかりで、たとえば、他人の腫物から流れているうみを、自分の舌の先に少しつけられたような感じがした。この嫌な気持は中々しつこく、長いこと取れきれなかった。何故こんな宣言文ばかり立派にして、さて肝心の仕事が空々である事が流行するのだろう。この間も法隆寺にいったら、ひどい聖徳太子の絵巻を列べていた店の奴が、「ここに、こう云うことを宣言します」といって馬鹿な事をしゃべり、さて結末をつける時に「だから皆さんも是非これ一巻お持ちかえりの上知人によろしく宣伝して下さい」といった。柳《りゅう》さんは「大変な世だなあ」といって驚いていられた。近来、宣言書と云うとどうも反感をもちやすいものが多い。

今夜ほど星のきれいな晩は近頃になかった。この夜の空をつくるものが星のように思えた。星がみな燃えながらこの下界——自分達の住んでいる小さく、静な下界にふりこぼれてきそうだった。北斗星が山のようにならび、自分の知らない無数の星がいっぱいだ。美しい光り、美しい空、このほかに何んといってこれをほめてよいか、大きくひろい夜の空、美しい星その美しい夜の空を、溢れあがる喜びと讃美を胸いっぱいにして、ひとりだまって独占していた自分と、しずかに光って流れてゆく川の水、これをかきながら、まだこの亢奮がとれない。美しい夜だった。私の心は今、実に静で、きれいだ。

どうぞ、子供達に祝福あれ。

（千九百二十一年五月五日）

あきらめの底から

もとは、ささいなことにでも人間にうまれ、生きていることがうれしかったり、生きていることをよろこんで、そのたびにむやみと感謝したりなどしたものですが、歳をとるにつけ、生きていることを悩み深く思う心こそまされ、それを悦びさわぐなどと云う心持が、眼に見えてすくなくなってきました。

ことに、人間の愛の、たよりすくなく果敢ないことをことごとにふれてみるごとに、どんなにさみしく、悩み多いことに思うでしょう。

人々を愛しながらも、人々から日増しにはなれてゆき、はなれて静にその人々のことを思い、さらに深い愛の心が湧くのを覚えるとき、いつもあたたかい泪が心のうちを走りめぐるのを感じます。しかし、そんなことのために、心を痛め、さびしがり、心から明るいものを吹き消してゆくことはささいなことですが。

そこからはなれ、心をさらに高くあげ、大きい自然の、清濁静騒、併せてのんだ朗かにも美しく澄みきった世界にゆけば、そこにこそ、本当の明が、自分を待っていて、生きていることのよろこび、たのしさをしらせます。光明と云うものをかくされ、はばまれたもののように、欝々と苦悩し、心瘦《やつ》れし、生きることにさほどの執着ももたずに、世を捨て命を己れで絶つほどまでに思いつめ、それとなく名残を惜むとき、不図、それまで生きてきた地上の世界をふりかえるときなんと云う強い力で自分を引くものがそこに見えましょう。恰度《ちょうど》、のぼりつめた山の頂から、ひろびろとひろがる地のあらゆる姿をみるように、もろくも早くみじんに砕く力をもってせまる、美しい、輝きのある、よろこびの溢れる地上の美につかまれます。そこで、ふれる愛の力こそ、自分を再びよみがえらせ、愛の美しさを知らせ、生きていることのよろこびを語ってくれます。謙虔な心持になるのもその時です。すべてに耐え、すべてを忍んでこそ愛であり、そこに生きることのよろこびもあるように思われます。まことに数少くなき偉大な天才の残していった尊い仕事にふれるたびにも、人として如何に小さいものであっても、自分も亦、その同じ人間に生れてきたことをよろこびとしますが。

あきらめてあきらめたそこから生れてくるよろこびを見るとき、自分ひとりの心に深くしりぞき、しずかに、あつい泪をながします。若い頃に比べて、なんと云うちがった心のもちかたか、思いかえしてみると不思議なものですね。

一九二三・五・二九

東京に住む

かつて、この都は華美壮麗の都大路とのみ思い、かぎりないまで騒音であるとそのわずらわしさに幾度か眉をしかめ時にわざと嫌悪の面をさえ浮べた。

が、しかしこの都の一隅の、しばしの仮家の小さき庭の片隅に、しのびやかに静閑な姿をもって咲く薄色の山茶花を眺めながら、ここにもわざとらしからぬ自然の静寂さを見出し心静で幾時をも過すことの出来る嬉しさを覚えることが出来るを知った。

細枝のひよわな松の若木ではあるが、その緑は煤煙にも負けず濃く冴えて居るし、冬の陽ざしによばれて四十雀《がら》が六羽も七羽も連れだってやってくるのも屢々《しばしば》のことである。田舎こそ静閑そのものの地と思いなし、十幾年もそこに過し来た過去の心は、今、ふしぎな転移を始めかけた。

思えばみな住むものの心のい住居《ずまい》一つからであった。

いくどか廻り来た大和国の四季に、住馴れた私達が、東京に移り住むようになったそこには様々の理由があったが、そのなかでも特に大きく強い事柄があり、むしろ様々の理由というよりそのこと一つが根本的の動きであって、それ以外の私共のいう理由は枝葉の問題に過ぎないが、その根本の問題にふれることは家庭的のことで、今は書くことがゆるされない。かいつまんで云うなら人間同志のなかに必ずかもされる危惧、その危険期に私達も亦等しく陥った。そうして久しい間そこに悩み、嘆き、かなしみ、ありだけの人間らしい悲痛な感情の幾筋かの路を味い過ぎた。そうしてどうにかしてその境地から匍い出し、今後の生涯を立派に生き抜こうと決心し、そのためにこれまでの境遇、生活を見事にぶち破って新しい生活を築きたてたいと思ったその結果へ枝葉の理由が加えられ、東京に住むこととなった。

　こうは言うもののここまでになるまでというものは並大抵の苦労ではなかった。夫にとって大和国のあの旧い家屋敷は戦国時代からのものであり故里であり、私にとっては結婚後二人の子供を得た十幾年もの間住みなれてきた美しい温暖郷であった。朝《あした》に夕《ゆうべ》に見馴れ使いならした道具にさえ纏りついてくる執着の心である。たとえようのないまでに微細な虫けらですら脱ぎ捨て難いのは住家である。さてとなるまでに悶えあがいたその苦しさに幾倍したものはそれまで住みなれて来たもののすべてに纏《まつわ》る実に離れがたい愛執の心からやっと切離されて立ちあがった刹那からであった。兎に角、新しい住居を別な土地でつくり、なにもかも更生した別な生活を営もう、そこで私達は最初の姿になり、正直になり合い、如何なる誘惑とも迫害とも二人のもつ気弱い性質とも闘いあって信剣に世渡りを始めよう、と雄々しい決心で立ち上った私達ではあったがさすがに弱い人心の常であった。朝太陽に向って健気な祈願をこめ燃えあがる希望を胸いっぱいに抱き合せたその同じ人間の日没となり、夕闇となり、夜の光のみち来た時の姿は、悲哀濃い力無い空しいものであった。未来に描く様々の悦びの姿は底知れぬ暗淡とした深淵と変り、恐怖の心のみいたずらに徊い廻っている有様であった。そうして私は早朝を慕った。太陽の光を待った。新しく胸で組む十指には、また前日の朝と同じように、さらに強く祈る心がしっかりむすび合わされ神よ力を与え給え、御心のままに何事をも受けゆく自分となさしめるよう、と深く頭をさげるおのれであった。こうして幾十日か過ぎた。自分に頼む心の弱々しさを知らねばその間すら過すことが出来ない程もろい自分であった。夫に励まされ、荷をつくりかけていてすら、さて何処に落着くかその約束の地を見ることが出来なかった。夫の仕事のためには陶器を造るために便宜多い土地を撰定しなければならなかった。土を得るに、磁器の料を採るために、松薪を求めるためにも、その他仕事する上には絵を描く人、文筆をとる人々のように軽らかに新しい土地に転ずることは出来ない色々の困難があった。

夫と仕事のことだけを念頭に置いてゆくなら、琉球にでも北部朝鮮にでも、九州の山深くにある片田舎にでも容易に決定することが出来た。そうして私は夫を愛している。その仕事を思うことは夫についでいるものである。しかしながら、すでに女学校に入学しようとする程たけのびた上の子供、まもなく姉の後につこうとする妹児それも四五年の間家庭にあって特種な方法で教育されて来た子供達であったから、今後の教育方法について考えることが実に多かったこれについても書くことが沢山であるが、問題がわき道にそれる恐れがあるから見合せるが、ともかく家庭で教育することは、子供にとって十全な方法ではなかった。それから、経済的にも続けてゆくことが出来なくなった。それから、私の人間生活にもつ考え方が可成り大きい変化をとったために様々な方面で従来の考え方を破壊してゆきはじめた。これらが一つになり、子供達もまたそれぞれの温暖郷から、寒い世界に連れ出して新しい生活を始めることが幸福であると言う考えが一図に人里を離した生活に走ることを躊躇させた。こうして子供というものを考慮の中に入れて新しい方針に目をむける時と、夫一人に何事もあずけて考えを進める時と、その隔りは激しいものとなり、それがまた一方ならず心を苦しめさせることとなった。

こうして、また荷をつくる手を幾日か休ませねばならなかった。内にも外にも重荷をかけ過ぎて心身の疲れはつのるばかりであったが、母親として子等へ示すものは苦悩にまみれている姿であってはならぬと、唇を堅く結んだり泪をぬぐって無理にさみしい笑いをつくったのも屢々のことであった。その頃の日記を繙くといつの日もいつの日も同じような意味のことが飽かずくどくどとかきしるされてある。

「真理を探し求める心が萎えたら、立処に私は萎《しな》えて仕舞う。

この久しい間の争闘、理性と感情この二つのものはいまだにその闘《たたかい》を中止しようとはしない。そうしてそのどちらも組しきることが出来ない人間のあわれな煩悶を冷酷に見下している。平気でいる感情に行ききれないのは自分が自分に似合ず道徳的なものにひかれているからで、といって理性を捨切って感情に走ることをゆるさないのは根本でまだ×に対して憎悪や反感と結びついているために違いない。もし、パスカルのいうように本来憎悪が自体であるなら、私は毎日虚飾家になるためにせっせと働いていることになるが。本当にこの心の底には憎悪しかないのか、それでは偽《いつわり》だ。あんまり苦しい。

懊悩、憂欝、悲哀、絶望、空虚、こう列《なら》べられているものが近頃の自分である。と同様に、どうかしてこんなものから一刻も早く飛躍して自分の魂が善き成長をするように激励の鞭をはたはたと打ち鳴しているのも本当だ。このまるで相反している二つの存在が、その恐ろしい矛盾が日夜健康をむしばんでゆく。

思い煩う勿れ、煩いは愚の頂上である。

今日も暮れ、×月末の夜天の星々はいままたその冷い光をひえた夜気を透してこの小さい家の窓々に与える。また無為に日が暮れた。

悩める者にとって今日もその苦しさは堪えがたいものであった。しかし、私はおのれに誓った信条のために、ためらう事すべてを怒れしりぞけねばならぬ。呪いと共に消えてゆくものであれ過去よどうぞ。祝福されてあるようにどうぞ。現在よ、そうして未来よ。

憎まねばならぬものを正しく憎むことはよい。しかし混同してはいけない。不快は正しい憎悪ではない。不快は理性をあげつらいつつ暗愚な車を速めてくる。

善き未来を招来さすために、私達の愛を正しく懼れなきものとなすために、ただ不快に乗じられてはならない。人の力の弱さを覚えるばかりだ。わが力ではなしとげ難いことの如何に多いことよ。神の思召されることだ。神の意志の前にあっては吾等の意企ははかないものである。正しき思慮、それは自分の力以上の処から生じてくることを信じきれ。早く、健康な魂と結びつかねば――。

約翰《ヨハネ》第一書、これは私の救いである。」

また或る時の記録にこうした言葉も残っている。

「春の雲　そらにかるく
徑々は　みな　あたゝかなり
人歩めば　そのかげ　あたゝかなり。

川の堤
川やなぎの芽さみどり
つゝみのくさむらに
ほんのりと色きれいなり　淡朱《うすあか》のぼけの花ひらく。

空に高く　ひばりの歌

そよそよと春の風　耳朶《じだ》にふれてゆく
そのさゝやきは　よし
そのさゝやきは　うれし。

されど　さみしや
こゝろに　うれひあれば
なごまず　なごまず
かすかにほゝ笑まんと

唇ひとりうごけど
やはりつめたき浅春《あさはる》なり
春の川ゆく水のやうなり
つめたき　さゝやきなり。」

こんなことでは親子共に斃《たお》れるばかりだ。如何に悲哀のどん底にあっても米塩を無代でみつぐ者はいまい。生きてゆくことは寸時もやすみないことであった。なにをするにも金がなければならなかった。夫は夜は荷をつくり昼は生活費を受るために土をのばし呉州《ごす》をすり、つめたい素焼の壷を膝にのせたり、窯に火を投げた。そうして少しの金を得たので、私達はいよいよ最後の決心をつけるために何処に居住すべきかを決めるために、その金をもって短い間の旅ではあったが秋はじめ山陰の奥まで出かけて来た。古風な湯宿で過した十日程の日数、しかしそこでもまだあざやかな決心がつきかねたまま再び悩み深い帰路をとらねばならなかった。

しかし、今度こそ、私達にはむなしく座食して考えてばかりいる愚をゆるさないものが待っていた。金の問題と、子供を無駄に過させている心配、生活に落着のないところからくる焦燥。

私はやっと心が覚めた。ゆだねるところのあったことを、その恩寵の深く極まりないものであることを、安心の世界が自分達の外に待っているのを。

神を見る心、ひたすらに信頼する世界、祈り、これを失していたことがすべての悩みの根源であることを強く思った。私は自分の心を捨てて神の意志を尊く思い、そこで新しく生れてこない限り自分達の生活は何度建て直してもだめであることを知った。

ここに帰依したことは同時に小さい自我を捨てたことである。世界は限りなく広く私達の前に幕をあげた。

そこで、陶器を焼くためには不充分でありむしろ不適の土地ではあるが、それでも焼いて焼けないことはあるまい。要は制作するものの心の持方一つである。ただ材料その他の点の不足は物質で解決がつくことだから、仕事のために助力してくれる人があるなら必ず焼いてみせるという夫の話も、その人を得て、それでは子供のためにも都合よく行くし、また自分達にしても決して好んで住みたい土地ではないが、欠点だらけな人間の性質は同様その弱点をもつ人間社会の中に飛び込んでお互にもまれ合い争闘しあい相互扶助しあって、はじめて完全に近いものともなろう。子供達にしてもいつまでも室咲きの草花であっては不幸である。寒風の中にたちはだかってしかも健康でそこなわれ難い身心とならねば役立たない人間になるかも知れない。この考えの結果がよしこれまでより一層自分達を不幸に陥すようなことになっても、私達は最初の信頼を守り通し、どのような難儀にも耐えきり、新生に向って開拓の墨縄をひくことにした。

新居の地に約束されるものがより真実であり謙虚なものであることを念じながら私達の手は日夜住みなれてなつかしい住居の片隅から片隅へとのびた。子供達は巣立ったばかりの幼鳥のようにまきちらした道具の中を飛びはね廻った。一日は一日とどの室も白々とむなしくなってゆく。夫と私は荷づくりに疲れてそのなかで茶を注ぎながら異様な感情の波にせかれたような泪を見つけ合った。

そうして十月も半ばを過ぎた頃、旧い家に母を残し、私達の小さい住居の庭木の一本一本にも挨拶の言葉をかけ、美しい遠山をめぐらした平原のなかの暖い一小村、土塀と柿の木の多い安堵村を去るようになった。

思えば一九二六年の早春から、如何に私達が悩み多い日を送って来たことか、のこりすこしとなった日めぐりの暦をみてぼうぜんとしたくらいであった。が、この苦難そのもののような労苦多い日から私達が得たものは今にして思えば決してつまらないものではなかった。

悲哀も労苦も共に私を健気にし、謙遜深いところに心を置き、祈ることによろこびと安心を得る自分になしてくれたことだけでも決して無駄ではなかった。

かつて若かった頃、なにかにつけて心の転移という言葉を使ったものであるが、まことの転移というものは、並大抵の力では出来るものではなく、身と心をかくまでも深く深く痛め悩まして、身をすててかかってはじめて出会うものであり行えるものであることを泌染と知ることが出来た。

いまもこの短い稿を終えようとして不図つつましい質素なつくりの庭先に眼をうつしたら色づいた葉をまぜた南天の枝に夕日がすこしではあるが、かたまって映えて美しいのが一方ならず心をひく。若木の山寒花も花のすくないその梢を微かに動かしかすかでも夕日のあたたかさにあずかろうとしているらしい。はらっと紅のされた花弁《はなびら》がこぼれた。表に通う桐の並木道を見れば、まるで初春に降る粉雪のように、高い空からその種子《たね》を黒々としてなめらかに光った土の上に散り敷いているではないか。

この都の片隅にも、あの私達の大和の田舎にも、自然の恩恵は平等でかぎりなく深くあった。

人の心は様々に惑うし移り変るにさだめがない。感じること強い一九二六年の暮方である。

痛恨の民

東京に行きさえすれば勉強が出来て、一人前の人間になれる。東京でなければ絵一枚、本一冊、読むことも描きあげることも出来ない。そう思いこんでいたのが十七八の頃の私だった。私は毎日、東京のことばかり考えていたし、東京の街を歩いて東京の空気を吸って、東京で眼を覚まして——そう思ってみることで楽しく暮すことが出来た。

私の父は日本画を描いて居た。私達はその頃大阪に住んでいた。何が動機で父が私にも絵がかかせたかったのか知らないが、大方画かきの子は画かきにという極くあたり前の考えからであったように私には思われる。とにかく私は女学校の下級生であった頃から父の考えのような絵をかくために仕込まれていたようだ。学校から帰ってくると先ずその日の新聞小説の挿絵があてがわれる。薄美濃という大型の、どこか上面《うわつら》のぎらついた、墨のにじみがとめられている薄手の紙で、その絵を写しとらせることと、「前賢故実」という大部な歴史物を極った枚数だけそっくり写しとることが仕事だった。新聞小説の挿絵の方は、同じように面相筆を使ってやる仕事だったが、そんなに困難ではなかったが、「前賢故実」というのにはいい加減なさけない思いをさせられた。

歴史が片面に漢文で記され、片方にそれに従った人物がその時代によって異った風俗で武器調度にとりまかれた絵がかれている。細い激しい癖の強いその線描を私は大変嫌った。

時には、信貴山《しきさん》縁起だの福富草紙だのという絵巻の模写まであてがわれたが、私は父の希望するように、絵をかく人になる気などまるでなかった。それどころか絵をかく勉強などさせる父を心のなかでどんなに憎んできたか知れない。だから私は学校から戻ると、その仕事をなんとかしてはぐらかそうと色々と苦心した。或る時は傷つけた覚えもない右手の親指をたいそうらしく繃帯《ほうたい》で巻きあげてみた。虫歯で困っているようにもしてみた。急にお腹が痛み出したことなど普通みたいな事になった。そんな胡麻化しで出来るだけ父から課せられた仕事をすっぽかしてきたくらい嫌でならないことだった。格別はっきりとした目的を持っていたわけでもなかったが、ただ、小説を読むことに夢中で、隙さえあったら手あたりまかせに読みあさって居た。私の周囲には私がのぞむような本がまるでなかった。私は貸本屋にひそかに足をはこんだ。図書館にも出かけた。その頃は良家の子女、善良な学生などは小説本など見るべきでない、それは恰度この頃左翼本が危険視されているのよりもっと恐れられ邪視されていたように思われる。知識的に質の低劣な私に読めるものは悲しくもすこししかなかった。それでも私は乱読を続けることを止そうとはしなかった。

父は勿論そのことを悦ばなかった。小説本を読んでいるところをみつけられたが最後、父の手でそれは何処かに隠されてしまった。貸本屋から本をもってくることを私は遂々断念して、その代り日曜がやってくると、友達を訪ねるという口実て朝はやくからきりきりの時間まで図書館で読んだ。父は、本など読むことは偉い学者になる人間のやることだと思いつめていたようだった。だから、お前がもしも下田歌子女史のような立派な婦人になるというなら、絵などかかせようとする自分の計画をすてもするし、好きなだけ本を読ませてやろうと言った。それを聞いて私はおじけが出た。何故なら、下田歌子女史のようになれるなど、どんなに考えてみても思われなかったし、なにかそんな種類の人とは大変世界が違っているという感じが強くしていたから、それならまだ福富草紙のひきうつしや前賢故実を渋々写しとっている方が楽しかった。

私は十八になった。学校を出るとすぐ私の将来に就て親達は本格的な相談をもち出した。

父はあくまで私を所謂閨秀画家に仕上げることを主張した。しかし母は、出来ることなら私を好きな適応した方向にむけることが私のためによいのではないかという意見を、慎ましい口吻で、父にとも私にともつかず洩らした。話がそこまでくると、私は一体どうしたいのか自分に問うてみなければならない程、明確に進む目的なり方向をもっていない自分をそこにみつけて、当惑したものだ。小説を読むことはやたらに好きではあったが、小説をかくということがどんなことなのか、それすら考え及ばぬことであった。

勉強の方法がわからなかった。だから、そうなれば修業の方法がわかっていた声楽をやってみてもいいという気になった。好きではあったし、自信もすこしはあったし、音楽の先生にもすすめられていたし、それに友達のおだてもてつだって、そんな気になって、それを自分の希望として父に話したら、頭からどなりつけられた。

母は母で、それだけは気が進まないね、いくらお前の好きなことでも、あんな、馬のいななきみたいなものはあんまりではないか、それよりか、英学塾にでもはいったら、父にとりなしてやれもするがという。母は津田さんを何故か尊敬していたようだ。それも津田さんその人を直接知っていて言うのではなく、母の身内に蟹江義丸《かにえよしまる》という、この人は若くして死んだ哲学者だが、この人の妹が英学塾出で、至ってよく出来ていた人らしく、それが母の自慢でもあり感嘆の的でもあったらしく、私が不始末でもしでかすと、いつもその人の話をもち出してさとしを受けた。いつかそれが津田さんを偉いと母に思わせることになったのではなかろうか――とにかく私に津田塾に行くことをすすめたものだ。

きまった方針もたたなかったが、東京に行くことだけはあきらめきれなかった。東京に待つものが、自分をきっとしあわせにし、自分にしっかりした目標を与えてくれる、その考えにつき纏われた。あまりにも漠然とした考えかたではあったが、それは本当にそうよりほか言い現わせないほど変に熱のからんだ異常な気持でもあった。

なにかしら東京というものを考えていると、背後から激しい力で私を前に押しやるものがあった。それまで一度だって経験したことのない新しい感覚が血管をくすぐって仕方がない。

美しい色の霧か雲のようなものが不意に現れて、希望が胸をふくらませるだけふくらまして、その中をかけめぐる。かと思うと懐疑的になったり、反省的になったり、不平や不満で顔がほてる。夜中眼が冴えている、その闇のなかで、眩いような光の塊が目の前で異様にも美しい花を咲かせて、花火のように悩ましい夢を残して消えていく——そんなふうで、夜が暮れ朝を新しくしていたその頃、日本の国にも近代文明の思潮が、自然主義、個人主義の影響が西欧から、対岸から、大きな波に乗ってやって来ていたことなど、私に解ろう筈がなかった。

むやみに、新しい生活が、自分の親達とはまるで違った生活が、自分の手で力で意志で、とにかくやってみたくて、またしなければならない気ばかりして、その情熱で身も心も焼きあふり、呼吸も出来ないような切迫した思いで夜明けが待たれた。そんな幻影の本当の姿が知りたかった。それに解決もつけたかった。東京に出さえすれば——そこでなにもかもすっかりわかることが出来て、なにかをきっと勉強することが出来る、私はひたすら東京に行かしてほしいことを頼みつづけた。そんなところへ東京から伯父が偶然に来合せて、父の意見と私の夢のような考えをきいてくれて、それなら兄さんの意見も入れ、子供の希望もかなえる方法として、この子を美術学校に入れたらどうか、という意見を出してくれた。父はこの伯父が弟であったが、ふだんから何か一目置くようなところがあったので、案外さらりとその話に乗ってしまった。私は好きでやろうともしないことに結局つれていかれることが悲しかったが、東京に行くためにそれ以外の手段が全くないことがわかっていたから、それでは美術学校に行きますと返事をするより仕方がなかった。

マリー・イーストレエキという外国の婦人が特別の配慮を受けて聴講生格で許可された以外、上野の美術学校は女子禁制であった。或は今年あたりから少数採るようなことになるかも知れないと言う伯父の話をあてにして出て来たが、女子の入学は問題にさえなっていなかった。私はすっかり失望した。やむなく本郷の菊坂にある女子美術に行くことに決まり、そこの寄宿舎に移った。毎日、日本画の教室に出て川端玉章《ぎょくしょう》のお弟子だという何とか紫川《しぜん》という老人の教師から水墨のつけたての手本を与えられ、墨をふくんだ筆をとって秋月と葛の葉、すずめと稲穂、竹、蘭、岩、石、そんなものを習わねばならなかったことがどんなにせつなくつまらなかったか。やがて私は写生するために配られて来た薩摩芋や栗を火鉢にくべて焼くことに成功をかさねたり、林檎や柿を半分まず喰べてしまって半分になってしまった果実でうまく立体的な感じを出すことが楽しいことになってしまった。併し学校でのこんな生活に私は我慢出来なくなって、退屈な日が思ったより早くやって来た。日本画の教室から脱け出して三階の西洋画の教室に遊びに行っく方が多くなった頃、私は学校から立派な不良生徒としてにらまれていた。私が裸体のモデルを使いたくなって、西洋画に転科したい希望を父に書き送った手紙の返事がこないうちに、私は寄宿舎の舎監と衝突して、さっさと行李を伯父の家に搬《はこ》ぶようになった。消灯後私が友達と遊びすぎたという事が重なったのが、舎監の老先生をすっかり怒らせたのがこの原因だった。

「青春」一冊の字典には「春」とあった。「年若き男女に喩《たと》ふ」とあった。私の青春はこのあたりからはじまっていく。――

本のタイトル

本書を何でお知りになりましたか？

お買い上げの書店

書店　店

ご購入の目的、ご意見、ご感想などご自由にお書きください。

ご協力ありがとうございました。

ご意見などを弊社ホームページ等で紹介させていただくことがございます。　諾・否

郵便はがき

料金受取人払郵便

神田局
承認

8979

差出有効期間
2025年2月28日
まで

1 0 1-8 7 9 6

5 0 9

（受取人）
東京都千代田区神田
神保町3-10 宝栄ビル601

皓星社 編集部 御中

住所（〒　　－　　）

氏名		年齢	男・女
電　話　　－　　－ FAX　　－　　－		職業	
メールアドレス			

或る日の朝、表庭の掃除をしていたら伯母宛の手紙が一通配達夫から渡された。私は、自分勝手に学校を去ったことで父をも伯父をも怒らせてしまった。一種の刑罰のようにそれ以後私は伯父の家で女中代りの仕事をしなければならなくなった。私は伯父が絵をかく時は絵具溶きに廻されたし、伯母が台所に立てば、七輪の下をはたき、味噌をすり、野菜を洗い米をといだ。

殆んど伯父宛の手紙ばかりのこの家に、伯母に宛てた郵便物など皆無といってよいほどだったから、私はその一本の手紙がひどく気にかかり、不思議に思われて裏返してみたら、青鞜社と書かれて居た。私は好奇心が子供のように激しく強かったから、そのいぶかしい名前がひどく気になって、急いで箒を倒して伯母の部屋にかけつけた。私の渡した手紙を伯母も不審らしく眺めていたが、なんでしょうね、この青鞜社というのは、そう言い言い封を切ってとり出したのが青鞜発刊の辞と青鞜社の規約であった。伯母にとっては勿論それは一枚の印刷物に過ぎなかったが、私にとっては天地震動そのものであった。私は伯母からその印刷物をもらって、宝を胸に抱く思いで庭に馳け下り、夢中で落葉をかき集めながら、久しい間考えて来た新しい生活というものがなにかこのグループの運動から現われてくるような気がして、実に楽しい感情が次々にこみ上って来た。その夜私は偶然なことから知合いになった私の文芸のたった一人の友達であつた小林清親《きよちか》の娘さんに長い長い手紙を書いた。その頃私はこの人から西欧の文芸書を大方貸してもらって読んだものだ。どんなことをその長い手紙で書き送ったかまるで記憶に残ってはいないが、ありたけの熱情をかたむけつくして自分達のために自由な世界が出現したことに祝福と歓喜をささげたということには間違いない。

はじめて青鞜という雑誌を見たのは小林歌津《かづ》さんに長い手紙をかいたすぐ後、伯父の下阪について大阪に戻っていた間だったと思う。「原始女性は太陽であった」という平塚さんのあの文章を、若い私は聖典のように毎日読んで考えた。「私達女性も亦一人残らず潜める天才だ。天才の可能性だ。只精神集中の欠乏の為、偉大なる能力をしていつまでも空しく潜在せしめ、終に生涯を終るのはあまりに遺憾ではないか――」「日本アルプスの上に灼熱に燃えてくるくる廻転する日没前の太陽よ。孤峰頂上に立つ私の静けき慟哭よ。弱い、そして疲れた何ものとも正体の知れぬ把束し難き恐怖と不安に耐えず戦慄する魂。頭の底の動揺、ともすれば襲いかかる黒い翅の死の強迫観念。けれど、潜める天才はまだ私を導いてくれる。まだ私を全く見棄てはしない。そして何処からくるともなく私の総身に力が漲ってくる。私の心は大きくなり深くなり平《たいらか》になり、明くなり、全世界が私の中にはいってくる。調和よ、統一よ、無限よ、完全よ、永遠よ、私はここに人間の真の自由真の解放を見出そう――」

なんという眩しい傲然とした宣言だ。なんと明澄極まるこの人の姿だろう。私は読みかけていた北原白秋氏の「邪宗門」をとじて平塚さんの言葉を幾度も声に出して読みかえした。

その頃、私は、一人の青年からボオドレエルの悪の華をもらって、あの妖しい陶酔に魂を奪われがちだった。私はしばしば魔につかれたもののようになって、外に向って開かれた窓によって熱帯の青空から香気高い熱風にふかれていた。幻怪な草木の胸にしみ入る激しい匂いを嗅いだ。香ぐわしい国々、美しい太陽に輝いた青い青い海をすべっていく帆前船、椰子の樹の蔭で美しい肌を売っている女——その異邦の妖しい匂いがどんなに私を情熱的にさせていたことか。私はボオドレエルの美しき船に乗って自分の新しい航海の羅針盤とにらみあい、未開の地の世界地図にながめ入っていたものだ。私の室の壁面はゴヤの複製でべったり飾られていた。豹の皮を敷いて、そこにねころんで、天井をじっと眺め、どっさりの夢を喰べていたその頃よ。

ロオトレエクの絵を「白樺」で見たのも、ロダンの作品の写真版を見たのもそれと同じ頃だったか。

私はその部屋から平塚さんに何度となく手紙を書き送った。ボオドレエルと平塚さんのことで頭がいっぱいだった。自分のことがよく理解されるのは平塚さんよりないとまで思いつめた。森田草平氏の「煤煙」、「自叙伝」、平塚さんという人を知るためにそんな本まで買って来て読んだ。ずっと後になってから平塚さんは笑いながらその頃の私がどんなにひとり合点で、相手かまわずひたむきに烈しくつめよったものの言いようをする変な人間だ、これは余程変っている、もしかすると意外にものびてくるかも知れないが、よほど警戒を要する人間だと思ったといわれたが、それを思い出すと、今こうしていても汗が流れる思いがして随分恥かしい。

松井須磨子氏と会ったのもこの頃だった。平塚さんから手紙が来て青鞜でノラの批評をやるから、私にもその時大阪に来て上演中だった松井さん達の「人形の家」を見てその批評を書くようにということだった。私はそれまでイプセンのものは読んでいなかったからすぐに本屋にかけつけて、たしか島村抱月先生の訳になった「人形の家」を買って、その夜は眠らずに読んだ。当時物議を醸したこの作品を幼稚な頭で解釈し、ノラのやったことにすっかり同感したものだ。どうして松井さんを訪ねる必要があったものか、また、誰か島村抱月先生に紹介してくれたものか、多分、その頃新聞記者をしていた岩野泡鳴氏の名刺をその時持っていったような気もするが、どうも明瞭ではない。とにかく私は道頓堀の劇場と川を隔てて建っていた河岸沿の旅館で劇を観るよりさきに松井さんと島村先生に会っていた。

あの柔和な、ものしずかな先生の痩せたまっすぐな身体と、腕組みされるために肩にとてもかたい角が出来てそのためにいっそう先生の姿全体を清潔なものに感じさせた――その時の印象が大変はっきりしている。松井さんはまるきり田舎の娘さんそのままで、服装など粗末に過ぎる程だった。顔全体がやわらかな感じで、やわらかな顔立ちのなかで眼だけが美しく燃えていた。私は先生から「人形の家」について色々親切な説明を受けた。先生は話しながら松井さんの方を時々見て、あの人なつかしい、あの寂しい微笑を浮べては話を追われた。松井さんとはおしまいまで話を交えることが出来なかった。何故なら、私が松井さんになにか訊ねかけると、いつも先生がその問いを松井さんに代ってして下すったから。

その晩私は芝居を見た。舞台がずっとさきに進んでいて、そこには夫に隠して借金をしていた過去のことが一切もうすぐに夫に知れて仕舞いそうになっているその切迫した苦しさにノラは堪えきれなくなって、なんとかして紛らそうと落着かない様子で舞台中をうろうろして、当惑と苦悩を胡麻化しきろうと夢中になって、タランテラを踊っている時だった。タンボリンに飾られてある美しい色リボンが狂ったように跳ねかえっていた。昼間、旅館の一室で対坐していたあの田舎の娘さんだった人は何処にも見えない。

人形の家の劇評を平塚さんに書き送ったような気もするし、書かずにしまったようにも思われるが、松井さんとはその機会以後ずっとつきあい、私が雑誌をこしらえた時松井さんも同人の一人だった。

武者小路実篤氏からロダンのブロンズを展覧するという通知をもらった。私はそのハガキを見てからすぐに荷物をつくって父の前に出た。そうして父の怒った顔をそのままにして夜汽車で東京に立った。新橋につくなりそのまま赤坂の三会堂に行った。作品はすくなかったが、私は天の星を眼近で見る思いがした。笑い去るにはあまりにも純粋で子供であったその頃だ。ロダンの作品が本当に解ったのかどうか、今でも疑問に思われるが、しかし無知な人間の未だかつて知らなかったものに向っていく驚異と熾烈な好奇心は、誇張ではない、その熱病のような魂を仮象の世界からつれ出して、鋭敏な感受性と真実なものを追求したい深い省察力を与えることもたしかだと思う。ロダンの作品はそれまでの私の頽廃的な陶酔に不思議にも苦悩めいたものを感じさせた。私は身動きがならなかった。

その翌日、私は思いきって平塚さんを訪ねた。歌津さんに連れられて本郷曙町にあった平塚さんの家にいった。その日の天気は薄曇りしていた。招じられた部屋の縁側に立って広い庭先きを眺めた時、楓の青々と茂り合った枝葉の緑色がとても眼のなかに快く浸みこんで、その美しい、やわらかな緑から、ミレーが、よく晴れて光線の強い日よりか、すこし曇った日の時の方が自然にずっときれいに見えるといったことまで思い出したほどだったから。白い鳩が屋根のひさしでくくと鳴いた。床の間に小さな香炉が置かれ、真直ぐにさされた一本の線香からたちのぼる煙のかたちがくずれることなく天井にむかって、部屋はよき香に満ちていた。ぴったりしまった襖を前に、私と歌津さんは人が違った程静粛に列んで坐った。

憧憬のまとであったその人がやがて襖をあけて這入ってくるのだ、私は出来るかぎり心を落着かせようとあせったが、力がまるでお腹にはいってこない。私が線香の煙を追うて、そこに心を集中しかけたその時だった、襖が静かにひかれた。平塚さんだ——私は瞬間頭を真直ぐにあげてその人と眼を合せたが——それなり意気地なく眼を伏せなければならなかった。

あの時の、あの静かな美しかった人、その人の中から溢れこぼれた美、それは崇高という言葉で現わしても足りない。叡智というものの輝かしさであったろうか。私はギリシャの彫刻を手でなでた後のような気がしたが。

私は自分の身体が震えていたのがわかって怖いほどだった。そうしてその人の叡智に輝いた美しい双眸が、垂れた自分の頭上にそそがれているのだ。そう思うとますます身体がかたくなって、足の指にまで力がかたまって喰いついてゆくのが解って弱った。こんなことでは、これはどうやら自分にとって運命的なつながりが出来るのではなかろうか。何人よりも私はこの人を愛するようになるのではなかろうか。私は迷信的なそうして祈禱にも似たふしぎな気持につかまえられて、そんなことが頻りに思われてならなかった。平塚さんの声は低かった。

どうかすると顫えていて聞きとりにくかったが、調子のととのった落着いたものの言いようは私を大変穏かな心持にしぜんと誘っていった。ロダンのブロンズの話が出た。私は顔をあげずにきのう感じたことをしかし慎み深く饒舌った。ポオの「黒猫」のことが話された。ポオの作品を好きかときかれた。私はまだなに一つ読んでいない事を答えた。私から平塚さんにききたいことが沢山あったが、それにもかかわらず胸がせつなくなって舌がつれるようになって、なにも自分からは言えなかったようだ。およそ芸術の世界のことが、ぽつぽつとではあったが、平塚さんから話しだされた。哲学、宗教、そんな方面の話はまるで出なかった。私も小林さんも、あまりに子供だったから——

あなたは、いい絵をかくことに精進なさいと平塚さんに言われた。絵など、そんなにかきたくないのですとどうしても言えなかった。

それどころか、きっと私はいい絵をかきますと言いきったものだ。あまりに平塚さんと自分の教養の高さ深さがかけ離れていて、羞恥のため消え入るばかりの思いでいたから、文学の勉強がもしも出来たら本当は好きでやりたいのですと言えなくなったのも本当だが、この人のためになら——そんな気持もよほどてつだっていた。

けれど、その後平塚さんと話すことも多くなり青鞜社の人々とも知り合うようになるにつけ、絵の勉強には矢張り力が注げなくなっていくばかりだった。そうして色々の文学の書が私の机辺にふえていった。スケッチブックを持って家を出た私の足はいつのまにか上野の図書館に向いていた。はきふるされた皮のほぐれた草履にはきかえて、ジャムが真中にどっさりつまっていたパンを買って、汚れてつめたいあの地下室の食堂の傷だらけの木卓で袋をやぶり、ゆるんだ木の椅子からきしみ出る音を気にしながら、平塚さんのいわれた天才の王座を思い出し、希望を高めたり淋しくなったりしたものだった。

私が朝飯をたべて、九時過ぎ鶯谷の坂にかかる頃、いつも私と前後して同じ坂を急ぐ若い娘さんがあった。行先きも同じ図書館だった。まるで私と競争しているような足つきで、私に負けまいと無理にも足をはやめて、まるで走るようにして歩いているその娘さんは、眼の大きな、黒眼が濡れたようにきれいであった。睫毛が長くて、頰の色が新鮮なもぎたての紅い林檎のように冴えかかっていた。背は低く小さかったが、かえってその人をいっそう可愛くみせた。赤い帯をきっちり結んで、着物をこころもち短くきた、その人の足の早さは、私をよく追い抜いた。そんな時、私は遮二無二無遠慮に、その人の傍をかけ抜いた。

或る日平塚さんの円窓のある部屋で、白隠《はくいん》禅師の碧巌《へきがん》の講義かなんかを平塚さんから読まされていた時、平塚さんを訪ねてきた人があった。それが伊藤野枝《のえ》さんで、毎朝のように知らず識らず競争して図書館まで かけつけ合っていたあの若い可愛い娘さんだった。

青鞜社で最年少者は野枝さんと歌津《かつ》ちゃんと私だった。この三人はそんな意味でわりかた一緒になってよく遊びもし、話合いもした。歌津ちゃんは江戸ッ子だった。黒繻子の襟をかけた黄八丈の着物に博多の意気な柄の帯をしめることが得意でもあったし、ぴったり似合ってもいた。髷も根の低い銀杏返しに銀の平打を乙な恰好でさし込んであった。泉鏡花のものが一番好きで、永井荷風の作品も好きだった。怪談めいた口調で、なめらかによくしゃべってみなを楽しがらせたものだ。気持のいい浅黒い肌をもっていて白粉気などみじんもなしで、つんと筋のたった細めの鼻の恰好も美しかった。口許に目立つほどの大きな黒子が打たれていた。いなせなところが有って、どうかすると横ずわりになって、たんかでも切りそうで、横櫛お富という仇名をつけて、私などその名で歌津ちゃんを呼んだことが多かった。

野枝さんは頭から爪先まで勉強家で努力家で、精力家だった。私達三人の中でも一番若かった。生活に奥行があって、底力がつよくて、貧窮につきまとわれていたその頃の野枝さんであったが、愚痴らしい事さえ洩したことがなかった。辻潤氏のところに居たので英語をしきりに勉強していたらしかった。よく平塚さんのところに原書をもって来ていろいろと話し込んでいたし、文芸のことも、哲学のことも、宗教のことも、私とは比較にならないほど理解がとどいていたし、よく本を読んでいた。平塚さんは野枝さんを大変に可愛がって大切にしていらした。私はやっきになって野枝さんより励もうとしたが、遊ぶことが好きで、すぐに遊ぶことに心を奪われがちの私は、意志薄弱で、すぐにその競争心を落して仕舞った。

帝劇で松井さんがサロメをやった。有楽座では自由劇場が芝居をつづけてやっていた。私達はよくその芝居を見に行った。ことに私は楽屋の虫みたいに毎晩帝劇の楽屋で松井さんと話し、松井さんがサロメに扮装するのに見入ったり、大きな牡丹刷毛に溶き白粉をべったり吸わせて、肌脱ぎになっている松井さんの背中に廻って書いたりして遊んだ。

松井さんも死んで仕舞った。野枝さんも死んでしまった。みんなすっかり、はなればなれになってしまった。

その時分、銀座で若い人達が集ってお茶をのむところといえば、カフェー・パウリスターか、ウーロン茶とバナナでつくった菓子をたべさせた家ぐらいではなかったろうか。

校正の帰途、カフェー・パウリスターに寄るのが極《き》まりになっていた。平塚さんを引張るようにして私達はそこの二階にかけあがると、三田文学の人達がすでに奥まった静かな方の部屋を占めていた。松本泰《たい》氏、邦枝完二氏、佐藤春夫氏、久保田万太郎氏の顔など中でも特に記憶に残っている。五銭のドーナツに、真黒いコーヒ一杯、時に銅貨——或は白銅だったかも知れない——を一枚、鍵穴のように光った細長い尖った穴に落すと、ぱんぱらと鳴り出す自動ピヤノで、最高の楽しさが求められた無邪気な私達であった。ここでひとやすみしてから、芝居を見に行くもの、日比谷の音楽堂に陸軍軍楽隊の吹奏楽をききに出かけるもの、浅草に江川一座の玉乗曲芸を見に行くもの、そんな時一直線に自分の部屋にいそぐのは平塚さんだけだった。平塚さんほど独居独座を好み愛した人はなかろう。平塚さんの密室と呼ぶ円窓のあるささやかな部屋は神聖で、そこを犯すことが誰にもゆるされなかった。私といえばその反対で、そんな日の帰途、赤電車が出るあたりまで、浅草六区の景物を頭の中で感覚的な描写でして歩き廻った。町の様々の姿態に、熱情をかたむけて、胸をよろこびでふくらませて歩きつづけた。江川一座の玉乗曲芸には、白樺の山脇信徳氏も通いつめられたものだ。氏の幾枚もの素晴しい肉襦袢の女のデッサンは、江川一座での産物であったから。

武者小路実篤氏の「世間知らず」が若い人達の間に熟読されたのも同じ頃であった。

C子というあの中に出てくる女主人公を私はよく知っていた。早稲田の若い文科の学生と住んでいたC子——房子さんは若いその学生を兄さんだといっていたが、本当は兄さんではなくて、房子さんと同棲していた人だった。

私の家によく遊びに来て、よく泊りもしたが、泊った日の翌朝はきまって朝風呂に出かけ、きれいに白粉を塗って何処かに出かけていった。出がけにいつも房子さんはこう私に言い残した。私の所在が兄さんに解らないうちあなたところに居たことにして置いてね——。

それが、武者さんに会いに行ったり、一緒に遊びに出かけたりしていた時のことだということが、私にわかったのは、「世間知らず」を読んだ時だった。あんまりC子が房子さんによく似ているので、なんと似た人もあるものだと、私が半ばあきれて、そのことを房子さんにいったら、房子さんが、そう？　似てるはずだ、私なんだもの、とすましかえった。

小雨が降り出してくると房子さんはきまったように遊びにやって来た。黒塗の高下駄《あしだ》をはくのが好なために、そんな日ばかり待って外に出るのだという。美しい髪をいつも洗髪のように長くたらし、べったり腰にからみつくようになる重味のかかった絹の着物をいつも着こんでいた。

華やかな匂がその人の身体からいつも散っていた。武者さんの室に、ドラクロアの新しい絵が丸善から届いていたの、ミケロアンジェロの壁画の複製があったの、ロオトレエクの色刷の素描《デッサン》が代ってかけられていたことも、ゴヤの本が又幾冊かふえたこと——そんな報告を私は房子さんからよくきいたものだ。


青鞜を中心に、若い人達はしかも必死な勉強を続けていた。一週に二度研究会がもたれ、ダンテの神曲を阿部次郎氏が、モオパッサンのものを生田長江氏が、そうして平塚さんはポオの散文詩の研究に余念がなかった。青鞜によって投げられた石の波紋は日毎にひろがっていくばかりだった。世間は、新聞は、新しい女の内容の解釈を外にひたすら面白可笑しく問題にし、識者は反動の憎まれ児として怖れるもの厭うもの、叩き毀そうとするもの、或は従来の弊習に反動して生じた反抗的な革命婦人として取扱うもの、実に暗曚昧混沌を極めたものだった。ノラ、マグダ、ヒルダ、ヘッダ・ガブラー、これら新しき演劇の上場は同時に私達の問題ともなった。そのように青鞜の人達の一挙一動が社界全般から関心を持たれるようになるにつけ、同人達はいっそう自己反省的になり自我的になっていった。世間の非難、攻撃、それに驚き、怖れをもったのはどうやら私一人位いのものであったろう。

私は誰よりも非社会的で、因襲道徳的見地からいって不道徳な人間であったらしいからその規矩《きく》で律されるなら最後、全く手がつけられなかったであったろう。私を相当きびしく非難するものが私の友達の中にも多く出て来た。そんな時私はとてもしょげかえっていたが、それを友人に、社会に、徹頭徹尾弁護してくれた人は平塚さんだった。平塚さんは、すぐに傷ついて倒れかける私に勇気をつけてくれた。

すぐに目標を失って病的に暗鬱な泥沼にもぐり込む私を浮び上らせるために実にどっさりの時間を真実と愛情で与えてくれた。それにもかかわらず私はよくそれに反いて来た。


ことごとくの存在は私にとって光輝と、秘密と、驚愕であった。私の情熱は今端からそれらを知りつくさねば気がすまなかった。

私は自分の情熱で溺れ死にそうであった。圧倒されて、苦しすぎて、泪まで溢れあがった。この純情さが実生活のなかにむかって注がれていたなら、私はあんなにも手きびしい非難をされなかったであろう。私は自分を決して悪徳な醜悪ないけない人間だとは思ったことがなかった。平塚さんの骨身に透るような度々の注意が素直に私の心にはいり込んでいても、私は屢々平塚さんを悲しませて来た。平塚さんこそ、その頃の私にとって最も必要な道徳的支柱であった。私はそれに対し、恐らく死ぬまで感謝と熱誠をささげていこう。

とはいえ、私にも当然の質疑が起って来た。

軽愚なことに、あまりにも厭わしいことに、無益な営みに、長い時間を失して来たことですっかり打のめされて、病人のようになった。そうして深い疑心に潜んだ結果、内にかえりみる力を奪回しようと苦悩した。毒茸《どくたけ》のように生えのびていた幻影、倦怠、忌々しい熱病的な情熱の代りに孤独の地を求めあえいだ。ニイチェの「ツァラトゥストラ」を朝も夜も読みつづけた。「人間的な、あまりにも人間的な」を読みつづけた。ドストエフスキーのものを、ショオペンハウエルの教えを、そうして魂の堕落から救うためにあらゆる讒謗《ざんぼう》から耳をふさいで新しい路を切り抜こうと努力した。

若い魂を自由に託すところが、あんなにも豊に与えられていたあの時代、あらゆる望ましいものを得るのに不安のつき廻らなかった私達の過去青春――それはニイチェの言葉の如く「独りいる時にのみ彼の思考を自由と感じた」その時代であった。「人々の間にいたならば万人と同じ様に思考せざるを得ない」この必然的な今日の時代精神に縛られている人々の中に、ともすればシェストフに親しもうとする自分を見出すこの頃である。――

明日の若木 ——娘から孫へ——

そっとふれてもすぐ散る花びらをいじるように、やわらかな小さな背中に手を入れて大切に扱って抱かねばならなかった岱助《たいすけ》、ながい間母親の、白い、清潔であまい乳より吸えなかった岱助は、揺れながらではあるがもう、ひとりで歩けるようになった。

ひとりで立って歩けるという事が、どうしてそんなに、嬉しいのか、自分でもよく解らない顔つきで笑ってみせる。立ちあがる時がうまくゆかないで、見ていて痛いほど尻餅をつくが、幾度しくじっても、歩こうとする試みをやめない。きっとまた元と同じ恰好から始めて、一足、一足に力をいれて歩いて来る。

歩くことを覚えて了うと、あんなに必要だった匍うという運動が、忘れたのだと思えるほど、ぱったりやんだ。ところが、母親が何処かへ出かけようとする姿を見かけたら、矢庭に慣れた方法を使って、河童の子のようにひどい勢いで匍って来るところを見ると、ちょっとあっけにとられて、感心するばかりである。岱助が歩くと、私達は、綺麗な花火があがったように騒ぐ。すると岱助は、びっくりした顔をして、へたへたと尻をついて了うのだが、そんな騒ぎも、自分が歩けるという事を大人共がよろこんでくれたり、満足なのだという記号だったということがわかると見えて、今度は、その大人共に見せるという意識が多分に加わって、いささか自慢気な恰好で歩き出す。自分で歩こうと思わぬ時は、傍からどんなに手をたたいたり機嫌をとって見ても、てんで立ち上ろうとはしない。そんな時は、いつまで待っても無駄だった。こんな頑固な意志が、こんな小さな身体の何処にひそんでいるのか、不思議でならない。

その歩きつきがどんなに頼りなく不安定に見えていても、一人で自分の進もうと思いついた方向に歩くのを見ていると、その小さな身体中が、実に逞しい力でふくれあがっているのがわかる。私はその容子を見るたびに、新星の、あの激しい白熱の光が感じられる。

小さな円々《まるまる》とした足に力を集めて一足、ひと足と前へ進むたびに、岱助の周囲は段々に拡がって行く。物の角という角にぶつかりながら、それでも平気で一生懸命に歩く岱助、畳の上に何があろうと、山でも河でも一つにしてかかって居るようで、ただ見とれているばかりだ。恐れず太陽でも摑むもの、岱助だけではない、すべての幼児がそうだと思う。

かつて私も、私の三人の子供も、それぞれの時代でこれと同じように、親達から頼もしく思われ、親たちの悦びの中で歩き初めた。ひとりで、急に立って、歩いて、歩いたことに初めて気がついて茫然となって尻餅をついた時、私の母は、そうして私に、自分の子供に降るほど祝福の花をまいてやったはずだった。偉いね、偉いね、一人で歩けるようになったと、手をうって悦んだのは、もう遠い日の思い出になって了ったが、私から生れた子供が、その子供に私と全くちがわない言葉で、賞めたり悦んでやっているのを聞くと、愛情と言いきるだけでは足りない感情がこみあがってくる。私は岱助を優しく膝に抱きあげる。

そうして、こう言った。「よく生れて来てくれた、よく生れて来てくれた」と。だが岱助にこんな言葉はわからなかった。身体に力を入れて私の膝からずり落ちて、母親のそばへ行って了った。

六月の或る朝、岱助は生れた。

生れる時が近づくにつれて、私は不安でならなかった。落着こうとつとめると、余計に神経が亢《たか》ぶって来て、身体が外からでも解るほど顫えてきて仕方がなかった。お産の時母親が傍に居ることが、産婦にとって一番心強い事だと知っていても、その時の苦しみを知っているだけ居たたまらなくなりすぐに落着が欠けて了う。信頼出来る腕ききの産婆と看護婦が傍にいて何ひとつ気がかりがないのに、熱を出しているように身体が火照ったり、しゃくりをあげて今にも泣き出しそうな全く駄目な弱い気持だった。

私は子供の枕許に坐って、その両手をしっかりと握った。段々に激しくなってくる陣痛を相手に戦うような気持だった。少しでも苦しみが減るようにとあらんかぎりの力を注ぎ込んだ。引切りなしの苦しみで、握りしめて居た子供の手は脂でねっとりとなって、神経の管まで感じられる。吹き出して来る額の脂汗を拭ってやりながら、私は声を強めて、もうすぐだ、もうすぐだ、と言いきかせ乍ら、そのすぐという時がやって来ないことがつらかった。

辛抱強い我が子であった。うめき声一つ立てようとしない慎しみ深い態度であった。いきむたびに、充血で顔が赤黒くなり、紫いろのしみが出来て、いまにも血管が破れ、血が吹き出しそうに見えた。それでも、あまりの苦しさに耐えきれなくなると、しきりに、お母さん、お母さんと私を呼ぶ。低い、うめき声に代って洩れて来るせつない声を聞くと、母と子となって二十幾年、誰よりも近くに暮して来た長い時間がみるみる掻き消えて、襁褓の世話をして、乳を飲ませて抱いて寝た赤ん坊の時と違わない愛情と執拗な愛着心で押倒されそうになった。しっかり握りしめてやっている手まで、その頃のまま柔かな可愛いものに思われて来て、あやしいまでその愛情に苦しめられて、泪がやたらにこぼれた。どうかしてらくにお産がすんでくれたらと祈るばかりだ。

あの、一瞬に、二十四年の歳月がさかしまに駈け戻って、母の子の生れたところで、まっさらな、優しい、清純な感情で、もう一度失ったものを取戻せた歓喜で私は子供をひしと抱きかかえた。はじめて乳をふくませた時のような恍惚となった気持こそ幸福の頂きであろう。その折りのことを思いかえすたびに、甘美な歓喜と、誇らかにも愉しい思いで、顔が赧らむほどだ。これこそ母一人のよろこびでなければならない。

もう一息と産婆から言われても、力を失ったまま未だ回復しきれずに居る子供を私は必死となって元気をつけた。もう意志だけが出せるという最後の力が奇蹟のように起って、子供の手に、重さという重さを突きのけるようなすさまじい力が満ちたと思ったその瞬間、ぐったりと静かになって、子供は深い息をついた。長い間続いた激しい戦の疲れだ。

赤ん坊が生れた。男の赤ん坊が生れた。私の顔は泪で濡れて了った。脂汗でつめたくなっている子供の額を静かにふいてやりながら、ああよかったとしか言えなかった。咽喉が窒《つま》ってこれしか言えなかったのだ。

未だ母親の身体から離れきれない赤ん坊は、母親のすそのところでもがきながら強く泣いていた。艶々した黒い髪毛をぴったり頭にくっつけた赤い、まるく膨れたものが、私達と血を分け合ったものだと思うと、胸が異様にときめいて、動悸がやたらに搏ってくる。すると、やたらに微笑まずに居れなくなるへんな気持だった。

大きな衝動からすこし立直った子供は産婆に、赤ん坊の身体のどこにも変りがないかと訊ねた。お立派でいらっしゃいますとも、何処もかしこも、と、祝いの歌でも唱えるように、節をつけて答えた。それを聞いて、はじめて子供の疲れた眼が、色をさしたように優しいなごやかな光をたたえ、唇に慎ましい微笑が浮んだ。

家のものが代る代るに赤ん坊をのぞき込んで、混沌としたその顔から、父親のもの、母親のものを拾いあげながら、自然に湧く親しい愛情を注いだ。

生れてくる子供に、どんな名をつけようかと早くからみなで考えていたのに、生れるまでには到頭《とうとう》間に合わなかった。一週間のうちには附けなければならないと言うので、私もひまがあると、漢和大辞典や辞林を引張り出して、姓にもよく合うし、内容もいいと思う名を幾つかこしらえて見た。親達の註文は出来るだけ庶民的なものと言う事だった。めだたない、そうかと言って「太郎」では能がなさすぎるという。美しすぎたら、気どったとこなどない、極くあたり前の名というものはかえって難しい。考えあぐんだ末、「岱助」という名が出来た。「岱」は、字源は別にあるが、大きい山という事だ。山は、大地にしっかり根をはって、大空に聳え立ってゆるぎもしない。

どんな事がやって来ようが、びくとも動かない魂と体力をもって立ちはだかる男の子になってほしかったから選び、助は、庶民的だと言うだけでその下に持って来て見ると、中々重厚な感じを有った好ましい名に思われた。

親達も、この名なら貰ってもよいと言う。名と言うものは、その人に附けて了うと、まるで生れる時から附していたものに思えるほど自然なものに思われて、後から人が附けたものだと言う気がしないのは面白い。

そうは言っても、矢張り初めの間は妙にぴったりせず、人も、変だとか、可笑しいとか言って、なかなかその名で呼ばなかったが、いつのまにか誰もがその名でしか呼ばなくなり、まるで岱助と言う男の子が、元からこの家の中で飛んだり跳ねてでもいたような気さえするのだった。私達の末の男の子と歳が十二離れていたので、その上その二人は誰からもよく似ていると言われていたせいか、私は殊に自分の子のような気がして、やっとこの間生れて来た赤ん坊だという気がすこしもしなかった。それでいて私には「岱助」とは滅多に口から出てこなかった。行きがかりで私が考えた名が赤ん坊に附いて了って、立派に一人前の顔をして通り、個性を有ったことに実は大変責任を感じて居たのだ。人が親しげに赤ん坊の名を呼んでいるのを聞くと、嬉しくもあったが、どうも気にかかって弱る。私は赤ん坊をあやす時でも、当分の間、ただ、赤ちゃん、赤ちゃんと言って来た。多分私が憶病すぎるのかも知れないが、もしも名前と言うものが赤ん坊の生涯に何か運命的なつながりを有つものだったら、この名前が赤ん坊を善くも育て、悪くもさせると云う事なら、それこそ大きな冒涜である。私はその気持を若い親達に話して見た。二人は笑うだけでそんな気持など取りあげようとしない。かえって、こんなに好い名を、そんなに言うには、名が善過ぎて、今更惜しいのではないかと言う。

それなら、岱助よ、どうかその名のように、逞しい強い人に育ってくれ。おまえの名は、もうお前でなければならない。自分の好いと思った方へ、真直ぐに歩いて行け。確乎《かっこ》とした個性をもって、大勢の人達と共にそれを磨き、胸を膨ませ肩を張って、前へ進め。

ところで、岱助は母の意志が弱かったら、或は生れて来なかったかも知れない。

子供から妊娠したことを聞いた時、私は二重の意味で不安を覚えた。子供は結婚してから微熱がとれず、根をつめて仕事をして疲れると思いがけない高い熱が出た。医者は、子供が現在の状態に無理をかけると面白くない変化が起きようと屢々注意を与えた。妊娠に就てもあまり不自然な方法に依らずに避ける事が出来るなら避けるに越した事はないと言う。

私は子供の身体が先ず案じられて産むことはいささか冒険ではなかろうかと思ったが、別の理由からもそれに躊躇を感じたのだ。

その頃二人の生活は境遇的な事情があって、経済的に独立出来る状態ではなかったから先ずその可否を医者に任せて、その上の事にしたらばという意見を述べて見た。

それについて子供はこう言うのだ。

「貧乏だから産んではいけないということなら、貧しい生活をする無数の人々は子供を産むことがどうして出来たのでしょう。もしか此処に誰か出て、人が生活するのに必要な最少額でも与えるからそれまで待てと仮に約束したとしましょう。あるいはその人達はどんな手段をとっても待ったかも知れません。こんな夢のような話が話にならぬ、馬鹿気たものと言うことはお母さんにもおわかりでしょう。

そこで、生きるにも足りない金しかとれない人達の大方は、つくるとか、産むまいとか言う意志などに係らず、次々に子供を産んで了います。本能的な必要からだけで来た結果で意志で動かせた問題ではなかったのだと思います。それでもその人達は生れて来た子供に乳をやる事を怠ったり、踏みつぶすような真似もせずに根気よく育てています。そうするより仕方がないということもおわかりでしょう。

それと、私共の場合を、同情をもって比較しているのではありません。ただ、私が子供を産むことは、私の身体と生活の条件が最も善いところに置かれなければ産めないというのだったら、それでは生活の苦労ばかりなめている貧しい人達の赤ん坊と母親の事はどうなりましょう。貧しいと言っても限度のある話で、私共のように不足なものは他から補われ勝ちの貧しさと恐らくは比較にもならぬ人達を思い合せて、その点で子供を産めないと言う見方が私にも出来ないという事を言いたかったのです。身体の問題にしても、いつまでも弱いままにしては置けません。生きようとする力が人間の本能である限り、私はこの力にもっと倚《よ》ってよいと思うのです。身体が弱いのは私がこれまで過して来た生活が弱くさせたので、これからはきっと違ったものになりましょう。いたわらねばすぐに壊れるような身体はたまりません。しかし、本当に子供が暫くでも生めないように弱い危いところが、どこから見ても解ってもまだ遮二無二に産むそんな粗野な原始的な真似は出来ません。医者から、まあ、産まない方が母体のためにいいでしょうな、まだ若いのだから――と言われた位では、私は自分の考えを喪ったり放棄することが出来ません。

私は子供の事を考えます。子供は「未来」のものです。子供を産むことでも、私は子供の身体を私の身体より尊びます。未来に生きる子供の為に、私は母になりたい。私は、妻であり、母である生活の中で自分を育ててゆくことを、どんなに大切に考えているか知れません。

また、その中で育ってゆけるような結婚でなければいけないと思って居ります。お母さん方の時代からここ三四年前までの女の人達の中には、私のような考え方は無理に見ないようにしていた人や、反感をもつことしかしなかった人があったように思われます。その人達がどこかに置き忘れて来たのではないかとさえ思われます。といってそれを非難しているのではありません。この人達から受け継いだ遺産が思いがけない逆作用を受けて生れて来たのに、かえって非難を受けるでしょう。」

子供達の結婚はお互いで選び合ったものだった。私達は子供の選んだ道に横たわる様々な障碍《しょうがい》を考えて心を痛めた。これまで私は子供の考えを友人の意見を聞くような気で、そんな点では、よい友人関係でさえあったのだが、結婚の問題では、そんな具合にはいかなかった。相剋するものがあまりに多いのに自分でも、一つ問題を親と子の立場で話すとこうも割切れないものかと驚いた程だった。私は頭から子供の考えを圧し潰そうなどとは思っていなかった。しかし、子供の幸福を思うと、利害の関係でとかく考え勝ちだった。これは、突きつめて見るとそうなるのだが、話している時には利害関係など微塵もないと思っていた、子供に劣らぬほど私達も子供を愛していた。子供がやりたい事をやらせたいと思う一方で、それは子供にとって果してよい事かどうかに迷った。どんなに考えている事が聡明で、尤《もっと》もに思われても、まだ経験もすくない、人生を知らない子供として危ぶまれる。子供にとって必然的な要求を私達は、まだ考え直せる余地があろうと思う。いろいろな考えをめぐって行きついた処はやらせてみるよりないと言うことだった。子供を信じることしかなかった。子供は信じられた事に責任をもち、その結婚にも責任をもとう。しかし、将来、扶《たす》けなければならない事があったら、それは出来る限り扶けようと約束して、僅かのものだがこの子供の為にいつかは与えねばならなかったものを二人の新しい生活のはなむけとした。そこまでになって居ても、私は心のどこかで、二人が、これまでのように友達でもう一二年やって居てくれるといいのに、それまでには生活もたつようになれよう、と思って居た。

子供は、私達の意見を聞いていると、これが幸福だ、これが善い生活だと、人間の生活とか、幸福が立派に建ち上った物のように思っているらしいと言う。「私達はそれを一つ一つ生活することで得られるものだと見ている。生活の窮乏がどんなに苦しいものでも、生活に追われて、窮乏ということがどんなに苦しいものかという事は生活してみなければ解るものではない。させても見ず、やっても見ないで、ただ先の先の方まで危惧に充ちたものと決めてかかったり、きっと不幸だと決められることは、子供の幸福を思うあまりの心配からだと知っていても、かえって反感をもたせられる。一層そのために進み出そうとする心がまえが強まるばかりだ。親達が私に与えたがっている幸福とか善い生活とかいうものと私か考えているそれとかけ離れている事は情無い。保身的な人達が、便宜に使っている、ただ漠然と使っているその言葉を確乎としたもので示してもらう事が出来たら考える余地が或はあるかも知れない。私共は抽象的で保身的なものを生活からのぞいて了って、お互のもっている力を出し合って、蹉跌《さてつ》したり、貧乏に弱っても、二人の生活が、この社会で生きるためにしっかり結ばれてゆくその支えになり基礎的な栄養となるものを見失うことさえなかったら、それで充分だと思う。その他の事は、貧乏にしても、感情問題にしても、表面的な厭わしさにしても、たいした事なく片付くことだと決めている。歩き出して見て、その先にあるものを、自分で知ってみるまでは、与えられた経験や、道理的な意見に従順になる事は出来ない。」と言う子供の意見を非難することが出来ないし、その言葉の中にある真実に撃たれたればこそ、子供の要求が通ったのだから。それを信じてい乍らも、まだ愚図つく未練な親心というものを私はかなしんだ。

私は、時代というものを沁々考えてみる。振返らずには居られなかった。時がそれを見せた。子供はもっとそれを明瞭に教えて呉れた。私の時代のうちに潜んでいた要求とか思想を私は知らなかった。それを子供が見せてくれた。私は、子供の時代と言うものを頭で知ることは出来た。けれど、時代の子供の心まで知る事は、私には出来なかった。


私は、自分が成長して来た時代をふりかえって見る。世界のあらゆる国から伝わってくる新しい世紀の打ち鳴らす鐘の響きは、強力な破壊作用をこの国にも及ぼした。人々はあらゆる面で転換し、執着し、伝統と進歩は転換の中で争った。懐疑した、動揺した、吟味した。今日築いたものを明日は破壊し、きのうの権威は、今日、喪失し、今日の内部には明日の個性が潜んでいた。この刺激のなかで、近代思想の花は、その開花に次々と実を結ばせてゆく。私達も、破壊されねばならないものをそこに見た。思索するに自由であり、豊かであるその時代の自由性を知った。生きるために、情熱と、思索と、行動に自由があった。思想に自由である事は私達の個性を豊饒にした。

私達は、自分の生活、自分の価値ということを絶対のものとする個人主義に根ざした文化の悉《ことごと》くを麵麭《パン》とし、水とした。ルソオの民約論を読み、ニイチェのツァラツゥストラをこの上ない書としてむさぼり読んだのも、その時だった。教育に、結婚に、職業に、男子と同じに平等と自由を与えようという婦人の権利、自由、独立の問題と運動からも大きな刺激を受けた。

私達は急がしく、イプセンの小説を読まねばならなかった。ビョルンソン、ズウデルマン、ツルゲネフと手あたりしだいと言ってもよい程次々に読破した。

こうした雰囲気の中で私は結婚して、夫と一緒に大和の田舎に帰って住んだ。欧洲大戦が勃発した直後であった。その翌年、岱助の母親が生れた。切支丹禁制の触札や、踏絵の期日をしらせた制札などのある、旧い家の一室で、それから間もなく、工房をもった私達だけの住居が、村はずれの畑の中に建って、そこに移った。

私達は生活を単純に、自然なものにしたいと考えた。自分達の生活の充実、自分達の生活を楽しいものにするより他考えることはなかった。私は子供の生れた日からの日記をつける。子供のために、麺麭をおいしく焼いた。いろいろのスープをこしらえた。清潔な肌着を着せた。子供は、光にも空気にも恵まれて申分なく育った。

やがて小学校にあがる時が来た。子供の教育をどうしようという事では、子供が未だ三四歳の頃から考えていた。私達は子供の個性を伸す創造的な教育をのぞんでいたから、早教育の書物やモンテッソリーの教育法に関した書物を東京から送って貰って研究して見たり、また、子供を遊ばせ乍ら考えていた事を少しずつやったりしたものだから、学齢に達した時は小学三四年の学力がついていた。それでは学校にあがっても、覚えるという楽しみが薄いから、さぞ退屈で仕方がなかろうという事も考えられ、それなら村の小学校に通わせて、これまでやって来た事を壊されて了うより、今迄やって来た事をこのまま先に進ませて、思いきって理想的な教育をやって見ようという事に決めて、その頃、「自由教育」のために全心をうち込んでいた小原国芳《こはらくによし》氏に教師を詮衡して貰い、教場は夫が外国から戻って結婚するまで使っていたアトリエを使う事になった。私達が熱心にその計画を進め、片付いた教場で東京からやって来てくれた若い教師を迎えた。

苔の蒸した庭の真中にある教場の壁面は印度更紗で残らず飾られ、ミレー、ヰンチ、の素描《デッサン》が額に入れられて美しい更紗の上に掛かっているその教室で子供は温和《おとな》しく大きな地球儀を廻し、試験管にリトマス試験紙を浸し、幾何をやり、本を読んだ。

温和しいという事は、しかし、楽しいことではなかった。小馬のように潑剌と元気に飛んだり跳ねたりして遊べないことは楽しい事ではなかった。友達のない、遊べない、一緒に勉強出来ない学校で、子供はいつも温和しく鉛筆を握るより、仕方がなかったのだ。

みんなの中に吸収されて、その生活の中で育つのが自然で必要だという事が私達にわかるまで、子供のその寂寥はわからなかった。

その頃の子供を思うと、いつもきまって真先に浮ぶ思い出がある。或夏の夕暮れ、畑の畦道を、私がこしらえてやった日の丸の旗をおしたてた小娘が歩いてゆく。小娘は兵士のように活潑な足どりでラッパを吹かんばかりに勇ましい。同じように手を振って後からついてゆく幼い私の二人の子供は、小娘のように楽しそうではなかった。

時々立ちどまって径に咲く花を摘んで匂いを嗅いで見たり、立木の梢を吹き過ぎる涼しい夕風に心をとられて、ひろびろと拡がる空から匂って来るものを嗅ぐような姿になる。

私はそれを窓から見て居てひどく淋しくなった。子供を遊ばせて貰っているので、遊んでいるのではなかった。反省に似たこんな気持を感じさせる記憶がいつまでも残って消えない事はつらい。

岱助は愉しい。来る日も来る日もいつも愉しそうである。膝にかけあがりさえすれば、いつでもおいしい乳を飲ませて貰えるし、躓いて転んでも乳が飲める。時計の長針と短針は、岱助のために、いつでも都合のいいように動いてくれる。だから、空腹で困るということもないしたべたくない時に口を貝のようにしっかりと頑固に閉じる芸当もやれる。食卓に列べられた器物という器物は大方多少の傷をもたない物はなかろう。スープで水遊びをやるかと思うと、食卓中は岱助のために草原ともなる。私達は大慌てに料理させたものや食器の移動をいそぐが、右から現われたかと思うと左からかかってくるというすばしっこい動作を防ぐのに、まるで雨のやみ間を待って駈け出すようにでもしなければ間に合わないのだ。それでも岱助は楽しかった。

母親は岱助をひたすら自然に、極くあたり前に育て、それだけしか与えなかった。やがてこの子供を取巻いている人生が子供を大きくもさせ、小さい者ともさせてゆくことを知っていながら、どんな境遇に会っても、すぐに萎んで了うような事がないように、与えられた生活の中で、なんでも無駄にせずに役に立たせてゆこう、力いっぱいに歩けるようにと育てている。

だから岱助は、樹がのびる時にのび、花が咲く時に開き、実を結ぶ時が来れば結ぶという生き方だ。

岱助はどっさり友達をもっている。友達をひどく愛している。この近所にいるどっさりの子供が、みな岱助の友達だと思っているようだ。マッチの軸木で世界と空想を掻き廻すことに倦きた時、蠅を追い廻すことにも疲れた時、外で子供達の遊び声がするのを聞きつけるといきなり人のところに寄って来て、外に出たいことを見せる。子雀がチッチというのと同じよう、整っていないつまった音でしきりに催促する。私が先ずそれに負けて了って、岱助を呼んでいる四つ辻に連れて行かねばならなくなる。私は岱助を抱きかかえて、小さな靴をはかせる。それから、そっと道にたたせてやる。岱助はいつでも、まず嬉しそうな顔をして、ずっと下から私を見あげて笑う。それから螺旋《ねじ》仕掛の人形のように、一足、一足、身体をゆすって友達の集っている四つ辻へ近寄ってゆく。

この四つ辻は、家を出るとすぐの町角で、静かなめだたない場所であった。

風に吹き寄せられた木の葉のように、その近所の小さな子供達の寄り場であった。かたまって騒ぎ廻っている時を見ると、子供の巣と言った方がいい程だ。岱助を連れた私の姿をみつけると、小さな子供達はてんでに岱助の名をよんで寄ってくる。われがちに岱助の手を握って自分の頬にくっつけたり口に持っていって吸ったりしてくれる。岱助は嬉しそうな微笑でされるままになっている。岱助は、そこに来るとどんなに歓迎されるかよく知っている。その遊びの仲間に入るにはまだ小さ過ぎるが、たとえみんながまもなく自分を可愛がることから倦きて了って別れられた存在になっても、自分は、とにかくその仲間だと思い、私に抱かれたままでも一緒になって遊んでいる気持が私にはよく解った。だから一年二ヶ月の岱助は、捕まえ難いあの小鮒のように、元気で生意気にさえ見える程いつも上機嫌だった。

そこの仲間はどれもこれも小学校に通うまでにどっさり時間がかかるという子供ばかりだった。八百屋のはこちゃんは四つだった。紙屋のれいちゃんはやっと五つになったところだし、はこちゃんの弟と裏の家のはるちゃんと筋向いのよっちゃんは三つだった。

その四つ辻はその子供の住む小さな社会であった。そこで子供達は人生の色々の印象と、理解と、現象を、めいめいの生活からつかみとった智慧で補いながら小さな口で喋り合う。それは可愛らしい小鳥の囀りのようでもあり、時には仕様のない喧しさともなる。石鹸というものがどんなに眼を痛くさせるものか、急行電車が過ぎるとたん何故あんなに強い風が吹くのだろうとか、風船玉が一晩のうちにしなびて了ったという話、日本の兵隊が強くて支那の兵隊が弱いという事、それから、いっぺん飛行機に乗って空を飛んで見たい望みや、はやく大人になって学校にかばんとお弁当を持ってゆきたい、ということを一晩眠って居る間に蓄まった智慧で自分に廻ってくる番を待ち切れずにわれがちに喋り合う。

時々、話を切って、考え深そうに首をかしげて、もっと何か知っていた事があった筈だという恰好をすると、聴手はその子供がどんなに素晴しい事を喋るのかと息をつめて待つ。

小さな子供達は、朝眼が覚めると、まっさきにこの四つ辻にある自分達の遊び場を思う。母親に着物をきせて貰い朝飯がすむと、めいめいの家の戸口から一人ずつ此処に集ってくる。朝になった町に、新聞が配達され、牛乳が配られ雀が鳴き出すと、次ぎに配達されるものはこの愉しいお喋りの仲間だった。

会社に出る人、工場に通勤する人、学校に行く生徒の急いだ歩きつきを、子供達はまだ少し許り眠り残した眼で見送る。仲間がみんな揃うまで充分に眼が覚めないようにも見える。しかし、それは何もそう長い時間はかからない、いつもと同じ愉しさが、すぐに拡がれるだけ広々と開いてゆく。子供達は、四つ辻の片隅に、小犬のように、おかまいなしにお尻を下して、あらゆる遊びの計画をたてる。計画がたつと、すぐさま実行だ。考えたり、やり直しなど出来る年頃ではなかったから。小石を拾って来る。砂を握ってくる。生垣から葉っぱをちぎってくる。やがて素晴しい御飯の時間だ。やがて子供達は空想の御馳走で満腹して立ちあがる。それから、さあ今度は何をして遊ぼうかとそこいらを見廻す。と、矢庭にみんなで駈け出した。遠くの方から駈けて来る尨犬《むくいぬ》を見つけたのだ。散々小犬をいじめたり、からかったり、愛撫すると、また四つ辻に引返す。今度は駈けっこだ。しかしそれは、あこちゃんがころんで鼻血を少し出したために直ぐにやめて了った。

かくれんぼうもした、おはじきもした。もう、一憩《やす》みする時間だ。だが、子供達は、丁度通った自転車の輪にひっかかった一本の藁を可笑しがって、ずっと遠くまで追っかけて見えなくなる。四つ辻は暫く、ひっそりと静かな場所にかえる。と、さっき駈けて行った道とは反対の方向から子供は小さな頭をふって息をきらして戻りつく。まるで、一刻も空けて置けない場所のように。

正午《ひる》のサイレンが鳴り響くと、お腹が充分空っぽになった子供は、母親から呼ばれるより先に、一散にめいめいの家に戻ってゆく。

その時始めて、この四つ辻はひっそりとなる。壊れたボール箱や忘れられた絵本の上で、太陽が紛らせない退屈のやり場に困って居る。

子供達は驚くほど速くお腹をいっぱいにする。

こうして子供は、眠る時間がやって来るまでの大方の時間を彼等の小さな、生き生きとした社会で惜しまずに使って了う。来る日も来る日も一塊になって遊び、遊んでいる中に肥ってゆく。知ることが多くなるにつれて、話すことが複雑になり、自分達の世界とは別な世界を見たり観察する力も鋭くなる。

この四つ辻が、岱助にとって愉しい場所であるように、今では、私にとっても愉しい場所になった。岱助のおかげで、私にも小さな仲間が一度にふえた。私が一人でそこを通っても、子供達は駆け寄ってきてまつわりつく。そんな時、私は不思議にも岱助を抱いている時と同じように、ほのかな温みが感じられる。やがては社会に出てゆく子供達だ。未来をもった子供達だ。この四つ辻に、朝から夕方まで駈け廻って落して来た愉しい生活の影がまばらになる時はみんなが大きくなったのだ。

石鹼の誘惑

動機は、わかっています。

せめて、朝の洗顔だけでも心しずかにやらないことには、終日せかせかと追いかけられているようなくらしでおしまいになる。月日は流れて、今日は、またたくまに昨日になるこのあわただしい追憶だけではかなしい。私はその日のしあわせと平穏を祈って約束する気持で顔を洗うことにきめました。それでも、知らぬ間に洗顔をすまして、気がつくと鏡の前に立っているので、そんな時は神経的にもう一度顔を洗うことにしています。水を溢れさせ、石鹼をとって美しい泡沫をこしらえます。さあ、落着いて洗うのだ、そうしなければ今日もまた心せわしくすごすばかりだ、そう思いながら乳色のやわらかな泡沫のなかに顔を押しつけるようにして、消えやすい瞬間の秘密を愉しむもののようにしてからはじめて私は生々と眼覚めます。いってみれば、心構えとでもいえるでしょうか。

この習慣がいつのまにか朝の愉しさにかわり、その愉しさが石鹼にいいようのない愛情を抱かせるようになって、このごろでは、私がこの世の中で愛するもののひとつとまでなって了いました。愛憎の心が人一倍はっきりして、好き嫌いが強すぎて苦しむ私が、好きとなると、まるっきり子供の欲望とそっくりになって了います。たあいなく石鹼に耽れて了いました。必要の時はいうまでもありません、ほんの少しの隙があったり、ものたりない心持に沈み込んだりすると、机の抽出をあけて好きな石鹼をとって湯殿に行きます。それから、まるでこれから手術にとりかかる外科医のように単念に手を洗うのです。琥珀色の小さなからだから気持よく溶けてゆくやわらかな乳色の泡沫が指のなかを往来《ゆき》するのをみていると私の感情は朝のように新鮮になります。そこで全く清潔になった手に、堅いほど清白なタオルを捲いて、爪があかくなるまで拭って、それから手さきをにおってみると、かすかにラベンダーの花が指さきから匂ってきます。それから、子供であった時分のことが思い出されてきます。何故だかこのことは私にもよくはわかりません。ともかくこの瞬間の感覚が私をどんなに陽気にさせて了うか、誰にもわからないと思うと、なんだか、私と石鹼だけの愉しい秘密のようで、時々可笑しくなるのですが。

裸のからだに自分の名前を深く刻みつけている石鹼をみていますと、石鹼の個性体というようなことまで考えられてきます。人間一人一人に個性があるように、石鹼にも個性があるので好きです。

私はドイツ、フランス、イギリス、スペイン、この世界のいくつかの国の石鹼を一つずつ机のなかにしのばせてあります。疲れたときに一つ一つとりあげて、美しいきものを順順に脱がせてやります。裸体になったからだはどれもこれも健康です。小麦色、琥珀色、乳白色、紫水晶のように透明なもの、それらはどれもこれも羞恥を花の匂いにつつんでほのかに私の心のそば近くにしのびよります。

私は、脱ぎすてたきものを元のように一つ一つまとわせて、ふたたび机の奥深くにしまって、それから繁雑なつとめにかかります。

私は石鹸にいささか愛着をもちすぎていることに最近気がついて、これ以上の深入りを慎もうと決めていながら、乳白色のやわらかな泡沫の魅力を思うと不思議にも怪しいまでに心が愉しくなるので弱って居ります。

消えやすいからだに紅い薔薇の花を挿しているものや、青い空でジャスミンが舞っているきものを纏ったフランスの石鹸、４７１１かつて誘惑を受けて自分のものとしてもういまはあとかたもなく消えて了った丸い小さな美しいからだのことを、いまもぼんやり考えているところです。

春未だ遠く

早春といっても、まだまだ朝のつめたさは、きびしい。ひとりで炊事仕事をやっていると、なにかにつけ台所に立って亡った母のことが思われる。とりわけ冬の日の朝晩、家族のために母が心を盡《つく》してこしらえた味噌汁のおいしさが思い出されて、気がつくと、いつのまにか私は母のつくってくれた味噌汁をこしらえていることが多かった。

私は子供の時分あまり味噌汁を好きではなかった。母はそれを苦にして、味噌汁が、人間の身体をつくるのにどれほど効目のあるものか、ということを、こんな話でよくきかせていたものだった。

寒い朝、外を、肩をすくめた男が蒼い顔をして通っていった。しばらくしてその同じ人が、また家の外を通っていった。こんどは顔色もよく、見るからに温かそうで、身体つきまで元気がよかった。不思議に思って訊ねてみると、その人は、味噌汁をいま三杯たべて来たところだということだった。母はこの話をしたあとで、人が日に三度お米の飯がたべられ、それに味噌汁と漬物までたべることが出来たら、何にもましてよろこばねば神仏とお百姓の罰があたる、ということもいっていた。

それだけに、母のこしらえる味噌汁には母の心がこもっていた。いま考えてみて、料理の本など読んだことのない母が、よくもあんなにと驚くほど、目にも美しく、味もおいしい味噌汁を幾種類もこしらえてくれたものだった。

母は、味噌汁が煮えあがって火からおろした時を、厳重に朝飯の合図にして、家族のものが揃ってお膳につくまでは、気が気でないようにせきたてたものだ。折角おいしく出来たものを、一ぺんさまして、また温め直すことは、味がまずくなるだけでなく、身体の薬としても効目が薄くなるといって、ひどくいやがった。蛋白質だ、ヴィタミンCの含有量がどうだ、やれカロリーはこれこれだということなど全く問題にもなっていなかった時代に、熱いものは熱いうちに、汁の実は目にも美しく、すべては煮えすぎないうちに、ということが、そのまま料理の法則につながっていることはおもしろいことである。

母は味噌汁のだしに昆布と、鰹節と、焼小干魚《いりこ》を使った。味噌と味噌汁の実によって、使うだしがちがっていた。しかし、海藻類を好んだ母はどの味噌汁にも巾《はば》広いぱんとした板昆布をいっしょに使っていた。

母は昆布のだしをとりながらよくいっていた。昆布を使う時は砂をよく洗うこと、それから、鍋の水が底の方で小さな泡をつくりはじめた頃を見計って、そこへ昆布を入れ、お湯が煮えあがって昆布が浮き上ってきたら、その時すぐに昆布を引上げなければいけない。ぐらぐら煮えかえしたら、だしに使った甲斐がないのだと。鰹節の削り方に花鰹節ということがあるということも私は母から教わった。力を軽く使って削ることは、中々むつかしい仕事だった。母から教えられた通りに鰹節を削ることは、気早の私には出来なく、つい、ごしごしと力がはいって、母からよく注意されたものだった。イリコのだしというのは、小さな干鰯子を、ホオロクで、充分に炒ったものでとっていた。鰹節のときと同じように、昆布を引上げたあとへイリコを入れて、汁が一二度煮えあがった時に、鍋をおろして暫くそのままにしておいて、それから漉しざるで小魚をとっていた。

味噌の摺り方についても母はやかましかったものだ。私の子供の頃は貰い味噌にも摺った味噌というものはなく、使うたびに、摺鉢で摺らねばならなかった。

母がこしらえてくれた味噌汁に、どんなものがあったろうと、この間も、妹たちと寄合った折り、話合ったのだが、蜆汁にしても、豆腐汁にしても、母のつくったものが何故いつまでもこんなになつかしく思い出されるのだろうか。蜆汁を赤味噌だけですまさずに、少しばかり白味噌を加えてあったそれだけでも、おいしいのではなかったろうかと妹がいっていたが、つくるものによって味噌を加減したり、だしの加えようをかえた母の心くばりは、いまの私たちには、到底真似ることさえ出来ない。母は口癖のように、一つの食に片よることは、身体によくないといっていた。たしかにそのためもあったろう。冬の朝晩つくる味噌汁の種類だけでも随分沢山あった。貝では蜆、浅蜊。前から水で砂をはかせておいた貝を摺鉢に入れてがらがらと摺ってから、塩で幾度も水洗いして、貝が全くきれいになったところで水を切った。貝に砂をはかせるには金気が必要だといって、母は庖丁を必ず貝といっしょに水にさし込んでおいた。

里芋、やつがしらを味噌汁の実に使うときは、芋のぬめりをとるために、二度も三度も下煮の湯をとりかえていた。ぬめりがとれたところで、煮立った味噌汁へ入れてそのまま火からおろし、母だけ、その椀に唐辛子の粉をふりかけてからたべていたようだった。どんなものでも煮出汁でとかずにこしらえた味噌汁はなかった。白味噌の豆腐汁もおいしいものだった。煮えあがったばかりの、あの絹漉し豆腐のおいしさと、投入れたばかりの色あざやかな三ツ葉の色は忘れがたいものになっている。みじんに切った葱をあしらった時は赤味噌に限っていた。母は豆腐を賽の目に美しく切って形をくずさずにしておくことも上手だった。

それから、豆腐をよく摺ったものに葛粉を溶いてまぜ合せたものも実に使われていた。それをかき卵を汁に流しこむ要領で、煮えている味噌汁にゆっくり流したものに、新海苔をよくあぶってもみ込んだものもおいしかったし、香ばしく炒った黒胡麻を、摺鉢でよく摺ってから昆布だしの赤味噌汁へ加えた胡麻味噌の豆腐汁も、おいしいものであった。

冬菜、小蕪、大根、葱、薄揚、こんにゃくなどをこまかに刻んで実にした舌が焼けるほど熱い味噌汁で身体を充分温めておいて、雪の中を、妹たちと学校へ急いだ遠い冬の朝のこともよき思い出である。焼麩《やきふ》と、茗荷の味噌汁の朝もあった。ぜんまい汁の朝もあった。いくら母からすすめられても、一椀の汁さえすすりきれなかったのは、卯の花《おから》の味噌汁と切干大根が実に使われていたもの。叱られても口まで持っていくことさえ出来なかったのは鱈汁、鯉こく、塩ぬきをした鮭の頭を人参、大根を煮立たせた酒粕入りの味噌汁だった。これは冬の夜食のためにこしらえてくれるものだったから、母も無理にすすめるようなことはしなかったが、それから、今日まで、私はまだ口にせずにすんでいる。料理した鮪の味つけの時、醤油《したじ》が煮えてくるにつけ、その汁の中で縮んでくる鮪の姿を見ては、たべる気などおこるものではなかった。

味噌汁でとりわけ母が好んでいたのは若布《わかな》の味噌汁と、納豆汁だった。若布の時は、母は寝る前にかならず若布を水につけておいた。このおつゆの時のだしは、ほかの味噌汁のときより、だしを濃い目にとってあったようだ。若布のおつゆをおいしくたべるには、面倒でも、蕊を先きにとっておくことだ、と教わったことがある。

納豆汁は父も好きだった。母は、納豆をそのまま使わずに、味噌汁でさっと煮てから手早く杓子で掬い上げて、それを擂鉢でよく擂りつぶしてから、煮えている味噌汁にまぜ込んだ。私は、納豆の香りにはあまりなじめなかったが、父と母は、葱を刻み込んだその味噌汁をよくたべていたのだった。父の生国は越後だった。味噌は寒い国で仕込んだものに限るといって、家で使う赤味噌の大方は父の故里から送られていた。

寒さが厳しくなってくると、葱汁や干菜の味噌汁が幾朝も続く。そうして、干菜ほど身体を温めるものはないのだから、と食事の時、母はみなにいいきかせるのだった。母は、大根や蕪の葉をいつも単念にとりのけておいて軒下へ干しておいた。父は、母が干菜をしているところをみつけると不機嫌な顔つきをしてみせた。いかにも貧乏臭いことをやっている、といったふうに。

酒好きの父が好んだのは焼味噌の汁《おつゆ》だった。

私は、母が夜なべ仕事のあと、火鉢の火に金網を乗せて味噌を焼いていたことを忘れない。生姜をすりこんだ赤味噌を皿に入れて、御飯しゃもじで表面を平らにのばした味噌を、焼けきった金網の上に伏せて焼味噌をこしらえていた母の姿を、寒い夜など不図思い出すことがある。父がどれほど夜更けに戻って来ても、母は父のためにその焼味噌で味噌汁をつくるのであった。

こうして、次々と思い出して書いていると、その頃の、まだ若かった母が、その時のまま私の傍にいてくれるような気が段々にしてきて、たとえようもないなつかしさで、私はあらためて、母のことを思いつづけているのだった。

愛者　父の信仰と母の信仰

私は子どものころ、お経を習ったことがあった。そのいきさつは忘れたが、とにかく、日曜ごとに『正信偈和讃《しょうしんげわさん》』と数珠をもって、大阪の東本願寺別院に通った。本堂にあつまった子どもは、どの子も私と同じとし格好で、二十人ほどだったろうか、それが二人ずつ小さな経机に膝を入れて、お坊さんがあげるお経を、おとなしくして聴いていた。お経の字を読める子は、ひとりもいなかった。みんなはただ、お坊さんの唱えるとおりに、〝キ　ミョウ　ム　リョウ　ジュ　ニョ　ラーイー、ナームフーカーシーギーコウ〟と、声を張上げて合唱するだけだった。それでも、いつのまにか、『正信偈和讃』を覚えてしまった。そして母は、弟たちの命日になると、私にお経を上げさせ、そのあいだ私の傍についていて、〝南無阿弥陀仏〟〝南無阿弥陀仏〟と、低い声で唱名していた。

それは大きな仏壇だった。折りたたまれた水色の紗の扉、金襴の打敷、きらきらとさがっていた瓔珞《ようらく》、朱塗の階廊、そこに描かれた白、青、紅の美しい蒔絵の蓮の花、そして、正面奥深く安置された阿弥陀如来の絵姿から、隈なく後光がさしていた。

母の盛った御仏飯を、毎朝仏前に供えるのも私のつとめだった。御仏飯のおさがりは母がいただくことに決まっていた。

よそから、菓子とか果物のもらいものがあるときは、まず、仏さまに供え、それからでなければ、手をつけなかった。仏さまのおさがりを待ちきれずに、私と妹が、ちょくちょく仏壇をのぞきに行くと、

「仏さまが、のどにとおらないと、いっていらっしゃるよ。」

と、笑いながら私たちをたしなめた。

仏事となると、なにごとによらず、母はやかましかった。今年は、だれだれの十三回忌、ことしは、だれそれの三十三回忌、といって、しきたりどおりに法事を営んだ。

私は、母といっしょに、お精霊《しょうりょう》さまに供える茄子と胡瓜の馬をこしらえたことを覚えている。お盆が近づくと、母は仏具をきれいに磨き、仏壇のすみずみまで拭っていた。

水のはいったぼん皿に浮かべられた一輪の紫桔梗の美しかったことも、「餓鬼」とは、まつってくれる人のない、気の毒な魂のことだときかされたときの怖かったことも覚えている。

なにかの法事のあとで、母方の祖母と母がはなしていたとき、「門徒もの知らず」ということがいわれた。ことばの意味は子どもの私にはわからなかったが、そこに非難とも軽蔑ともつかぬものが隠されているのを感じた。

おそらく、武家育ちの祖母が、平民である父の生家の人たちの振舞いになにか気を損じることがあって、それを、あからさまにはいえず、そこで、その不備を、民間伝承の「ことわざ」で、我慢したのだろう。

母の父は、越中富山藩の高禄武士だった。廃藩のとき与えられた金禄公債を、「武士の商法」ですっかり失くし、私のうまれたころは細々としたくらしだったらしい。それでいて、武家の格式を守ることにやかましく、子供のしつけなども厳しかった、ということだ。

私の父の両親は浄土真宗の信者だった。私は、天保生れの祖父から、御文章《おふみさん》をおそわり、文久生れの祖母から、西国三十三番巡礼歌をならった。祖母はまた、苅萱道心《かるかやどうしん》や安寿姫《あんじゅひめ》のあわれな物語を、天狗にさらわれる話や、狸や狐が人を化かす話と同じようにきかせてくれた。桃太郎や舌切雀では、もうつまらなくなっていた私と妹は、めそめそしながら、石童丸《いしどうまる》のそのあわれな物語に、いつまでもきき入っていたものだ。

このごろ私は、この祖母が夜など鉦《かね》を叩きながら詠《あ》げていた観音和讃や賽の河原地蔵和讃を、ふとしたことから思い出すことがある。ところが、それが、いつのまにか、亡くなった母へのいいがたい思慕にかわっていて、泪がすーっと頬からつたい落ちていくのがわかった。母は、子どもたちの命日にはひとりでひっそり賽の河原地蔵和讃をあげていた。〝幼子が、母の乳房を放れては……〟のあたりまでくると、もう母の声はつまって、それからあとは、泪まじりになってしまう。

さきごろ、探しものをしていたら、伯父の古い日記といっしょに、いぜん私が母からもらったお守りばかり入れた袋が出てきた。

伯父の日記は明治二十五年のもので、掌に乗るほど小型の日記帖である。この伯父は、母の長兄で、富山ではじめての師範学校を卒業してまもなく病気でなくなった。日記の一節にこんなことが書き込んであった。

「六時半起床、晴天八十五度ナリキ、脚気病ニ、三日来亦発出シ不自由ヲ感ジタル為メ（二階室イヤニナリ）階下ノ二畳間ニ移リタリ、午後、母上ト共ニ真行寺ニ行ク、説教ヲ座リテキク、夫ヨリ阿闍梨殿ノ加持ヲ受ケタリ、十銭ヲ要ス、錦ノ袋ニハイリタル弘法大師ノ御草履ニテ四体撫デクダサレタリ、帰途鹿嶋神社ニ詣デ加護ヲ祈リ御札ヲイタダキタリ、ソレヨリ母上ヒトリニテ、金比羅ニ参詣サレタリ。

今朝ヨリ弘法大師ノ梵字ヲ服戴シタルタメニ脚気漸次癒スルヲ覚ヘタリ。昨夜千体地蔵ヲ母上、海ノ方ニ流シニマイラレタルコトキク。」

伯父の脚気はよほど重症だったらしく、別の日づけのところも、

「何日、護符ヲイタダク」「何日、土砂ヲイタダキタリ」など記されている。

母からもらったお守も、清水観音安産お守、子育地蔵、とげぬき地蔵、鬼子母神、金比羅不動、とさまざまである。母たちの生きてきた時代、在家仏教とは、宗派を問わず、このようなものではなかったろうか。伯父のこの日記からもそれをつよく感じたし、さまざまのお守札は、仏教信心の多種多様なことを示している。そして、在家仏教がなぜこのように純粋でないのかとふしぎでならなかった。

先日、近江の一農村で、私はおもしろいものを見てきた。石に彫った地蔵が築いた石垣である。

私を連れて径を歩いていた友人は、かたわらを流れる小川の堤を指差して、堤を支えているその石垣が、みな石地蔵をうしろ向きにして積み重ねたものだと教えた。そして私の友人が、その土地のとしよりから

きいた話によると、その人たちの若いじぶんには、こんな地蔵さまがあっちにひと山、こっちに、ひと山と積まれていて、雨風にさらされていたものだ、ということだが、いまの村人たちは、その石垣に尻を向けて、せつせつと、その小川で農具を洗っていた。

私の父は、機嫌のよいときは家のものを寄せて、父の子どものときのことを、よく聞かせてくれた。荒縄でしばった石地蔵が道端に放り出してあったとか、寺から取り上げてきた石仏を沓脱に使っていた官員さんがあったとか、若しも父から、いま、そんな話が聞けたら、どんなにか役に立つだろ、と悔まれてならない。しかし、そのときはそれほど興味も湧かず、せっかく父が熱心に話しているのに、私は用あり気にして座を立った。

父は明治元年に生れた。ずいぶん人とかわったところのあった人だったが、駆引とか、うそなどいえない、心のまっすぐな人だった。なんにでも、すぐ感動して、よしと思ったらあとさきをかえりみるひまなく、たちまちそのことに夢中になってかかった。好奇心の強い、矛盾だらけのお人好だと、口癖のように母はいって嘆いていたが、さぞかし母は苦労だったろう。

父は日本画をかいていたが、有名画家ではなかった。もし、父が画一筋の途を歩んでいたなら、あるいは、明治大正の画人伝の片隅にでも、名前がくわわっていたかも知れぬ。ところが画をかくことより、父にはもっと、他に心を惹かれることがとにかく多かったようだ。

こんなことがあった。それは、「一大楽園公園墓地」の計画だ。

その趣意書によると、「明治、大正期に於けるすぐれた美術家及びその作品を、後世に永く伝える方法として、関東・関西の大都市に近き近郊に一里四方の土地を撰定して公園を兼ねた共同墓地を作ること、会員組織として不滅の材料を以て会員各自の墳墓を現代美術の精粋を集めて作成、銅像、石像、宝塔等を配置し、会員の希望条項は出来る限り広く之を容れ、築山を作り、泉石を配して、四時の花卉《かき》樹木を満植し、鳥獣を飼養して娯楽に供し、グラウンドを設けて、遊戯運動に当て、榭亭《しゃてい》を設け、遺物館を建設して、遺墨、遺物、肖像、伝記、会員の一代絵巻等そこに保管する。さらに、活動写真機、蓄音器を応用して故人生前の芸術、声音、演説、談話、行動等を写し以て遺族をして永久に祖先を追憶せしむるに備ゆ——以下略——」となっている。父は、この趣意書を私に読ませてから更に明細な墓地公園の青写真を拡げて説明したあとで、

「あんまり巧くはないが、とにかく画家としてこの年まで画をかいてきたが、これからさき、十年二十年と、かきつづけたところで、しれたものだ。画のすこしぐらいこの世にのこして見たところで、しかたがあるまい。面壁九年の苦行を積んで悟りを得た達磨大師にならって、日本の美術向上のためにも、大いにやるつもりだ。実は、その場所も、大体話がついている」

というのであった。

私はそのとき、飽くまで画をつづけることを父にすすめ、その計画をとり消してくれるようにひたすらたのんだが、父は、めずらしく頑固になって、後へ引きそうになかった。それでも、私は、資金のことを

盾にとってその無暴さを突いているうちに、だんだん昂奮して、うっかり父の絵の悪口をいってしまった。父の顔色は、みるみる変った。そして、憤然と席を立つと、ものもいわずに帰ってしまった。

あとで知ったことだが、大体話がついていると父のいった土地はいまある多摩墓地のあたりだということだ。

勿論、父のこの計画は実現しなかった。四十年前のことである。知人の話によると、父はそのあと、またすぐに、富士山のみえる伊豆辺に、こんどは、どこからでも見える仏像をつくることを計画して、賛助員をつのっていたということである。釈迦の伝記を一大パノラマ式につくることを思いついたり、法隆寺をしのぐようなものを東京に建立したいと考えてみたり、とにかく、ぱっと頭に感じることがあったら最後、画業そっちのけで、思いついたそのことにありったけの熱情を注いで悔なき父であった。

ところで、父はいったい、なにを信じていたのだろう。極楽浄土さながらの大きな仏壇の前で読経している父の姿というものを私は思い出せない。きまった精進日にも、父ひとりは生臭ものをたべていた。というて、法事はもとより、仏事に関したことは人一倍心をつかい、怠るようなことはついぞなかった。

それなら、真宗一図かと思うと、父の家の神棚は、神殿づくりのこれまた立派なものだった。生々とした榊と、神酒を供えた天照皇大神宮の構えのかたわらに、小槌を握った福の神、大黒天が坐っている。

方位を正すときは神社から神主がよばれ、方角の吉凶は、陰陽師をたのんで判断してもらっていた。父の場合も、全く神仏混淆で、母たちの場合と同じであった。

この父が、母の生家の曹洞宗の宗旨にかわったのは、私が結婚して東京を離れてから七、八年あとのことだった。私たちは大和の法隆寺近くに住んでいたのだが、あるとき、父から、めずらしく手紙をもらった。

私はうれしさよりさきに、なにか心配ごとでも出来たのかと急いで封を切った。

「大正十四年五月三日、小生と歌子うち揃い麻布永平寺（別院）に行き、管長日置黙仙《ひおきもくせん》禅師の御講話のあと、授戒につき、名前を頂きたり。

小生は、後素院越堂雪庵居士、歌子（母の名）は、竹窓妙庵大姉なり。

御仏に今日すくわれしこの心
かぎりなき日を遊ぶ楽園

角も折れ欲もはなれて明日からは
後世を笑うて渡るたのしさ」

と、それだけかいてあった。

いかにも父らしい手紙だった。それなら、母もこれからは「門徒もの知らず」で父を怒らすこともそんなにあるまいと思った。

ところが、それから四年後に、父は、洗礼を受けて、メソヂスト派の信者フランシスコ・オタケとなっていたのである。しかし、考えるまでもなく、これは、父としてはほんとに自然のなりゆきだったのだ。

母のとつぜんの病死、父の跡をつぐ妹夫婦の、父との別居、母の死後、ずっと父のささえとなって頂いていた日置默仙禅師のなくなったことなどが、父をいっそう孤独に追いやり、絶望させたにちがいない。

そんな父を見兼ねて手をさしのべたのが、父の家近くに住んでいた牧師M氏だった。父が洗礼を受けたのは、母が死んで一年後だった。

「神によりて生まるる信仰の力こそ無限なり」

と父はその日の日記に書いている。

たしかに父はそのことを信じたにちがいない。そしてまた、基督者として逝ったにちがいない。

だが、父の葬儀は慣習に従って、仏葬で行われた。「後素院越堂雪庵居士」とかいた位牌の前に進んで香をたき、私たちは父に告別したのである。

一つの原型

或る日、田村俊子さんが、長沼智恵子さんをともなって、散歩のついでに訪ねてみえた。私は長沼さんとは初対面である。青鞜のいつの集りにも見かけなかったし、『青鞜』の表紙画を描いた人としか知っていなかった。

田村さんは、その頃谷中の五重の塔の近くに、夫の松魚《しょうぎょ》氏と住んでいた。谷中から私の住んでいた根岸までの道のりは、鶯谷に出ても日暮里へまわっても、散歩には丁度よいところだった。しかし、いま思えば、田村さんは私のことを「からだばかり大きくてまるきり赤ん坊だ。」といっていたから、おおかた、その私を長沼さんに引合せてみたいつもりがあっての訪問だったのかも知れない。

長沼さんは、薔薇の花片でふわりと包めそうな感じの人だった。紫の荒い矢絣のお召の袷に、びろうどの短いコートのような上着を着物の前で無造作に合せたかたちは、なんとも淑やかで美しかった。やわらかいからだの線、ゆたかな白色の頬にしぜんの紅みがさして、かきあわせた襟元が清潔に見えた。口数がすくなくて、じかにものをいいかけにくく、私はいちいち田村さんにうけついでもらうような話し方しか、出来なかった。ふわっとした含み声で、唇がいっしょにものをいわずに、口の中で言葉になり、そこでまた言葉が消えてしまう、そんな、もののいい方だった。

画の話が出た。長沼さんは私の画を見たいといって（それとも、私からいい出したのか）絵具やなんかでとり散らした狭い私の画室にきて、描きかけの画面を、屈みこんで見ていたが、その画についてはなにもいわずに、

「あなたの好きな色は？」

と、たずねた。

描きかけのその画は、菩提樹の下で悟をひらいた仏陀に、村の娘が乳粥を捧げているところで、彩色は紺青、青金、白緑、群青の四色に限ったものだ。私が、その四色が好きだというと、長沼さんは〝そう〟とか、〝そうですか〟とかいっただけだった。画についてはなにもいわなかった。田村さんは、私と長沼さんのことなど、どうでもよいという格好で、壁によりかかって、心憎い手つきで煙草をすっていた。田村さんが浮世絵を好きなことを思い出し、父の所蔵の春章や歌麿の版画をもち出して見せると、長沼さんは、

「国の蔵に、まだあるかも知れない。」

と、独言のようにいった。

長沼さんの生家が、東北の二本松という町の旧い酒造家だということも私はその時に知った。

帰りぎわに田村さんが、そのうち、私を長沼さんのところに連れて行くといった。私が「そのときに、

画を見せてください。」というと、

「遊びに来てくださるのはうれしいが、画は、自分ひとりのものだから誰にも見せない。」

と、断わられた。

私の画を見て、自分の画を見せない、と平気で断わる神経に、どうしたわけか私はひどく感心した。しかし、その長沼さんに画を見せたことは、後悔した。
二、三日して、長沼さんから手紙をもらった。
「あなたの画は、青草を嚙むような厭味なところがあるが、あなたは、俊子さんのいうとおり、大きな、邪気のない赤ん坊だ。」

と書いてあった。いまだにそこのところを覚えている。

そんなことがあってから後、私は長沼さんと三、四度あったろうか。

田村さんの家でいきあわせたとき、長沼さんは、田村さんの飼っている紅雀の籠に指先をくぐらせながら紅雀を遊ばせていた。田村さんの小説集『紅』が出版された日だった。田村さんは、新しいその本に毛筆で署名して長沼さんと私にくれた。

長沼さんと二人で本郷の動坂から巣鴨まで歩いて、そこで別れた記憶があるが、記憶をたしかめているうちに、それは思いちがいで、日暮里から田端まで歩いたようにも思われる。それなら、やはれこれは田村さんのところで一緒になって、その帰途、日暮里か田端まで歩いたときのことかもしれない。なぜかというと、私の逢うときは長沼さんはいつも田村さんと一緒だった。田村さんのほか長沼さんは、友達がなくてもよかったのだ。友達にしたい人もいなかったのだ。

長沼さんは見かけよりずっと強靭なものを内にしまっていた。童女のようにあどけなく、美しく澄んだあのつぶらな眼は、おのれひとりを愛した眼である。気質も肌合もまるでちがってはいたが、田村さんにもおなじものが感じられた。

長沼智恵子さんと高村光太郎氏の婚約を知ったのは、大正三年の春であった。

第Ⅲ部　評論

新しい女は瞬間である

尾竹家の四姉妹。右より 長女・一枝、
四女・貞子か、次女・福美、三女・三井。
尾竹越堂邸にて。

富本憲吉作陶器展（1921、野島康三邸）。
前列右より 岸田蓁、柳兼子、一枝。
後列右より 柳敬助、野島康三、岸田劉生、
憲吉、柳宗悦、梅原龍三郎、江渡狄嶺。

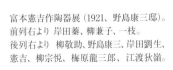

新しい女は瞬間である

人間一切の運動はあらゆる人世の仮象を貫いて、一つの最高善《チーフグッド》に一致する。ただ仮象は現識された個々経路の曲折に過ぎぬ。だから真意義に於ける新しい、古い、賢い、愚かしいは絶対に差隔ないものではあるまいか。換言すると今日新しい女とは勝手な人から勝手に名付けられた皮相の名称より価値ないものではあるまい乎。

然れども若し、内的必然性の終局の勝利、少くも勝利に到達する最も短い距離の行径が、人間自身の本質に恒う事物の新しい状態を生み出すことに因ってのみ占め得らると云わしめば、自分はその正しい向上の意義に於て、新しい女の自覚を持つ。少くとも真に新しい女であり度いとの冀願《きがん》と努力を持つ。

新しい女は所謂形而上の型《タイプ》を破って出た変り女、お転婆の謂ではない。走馬灯のように回転するによって目新しく世間の人から騒廻される女の謂でもない。その人格を貫くものは公理的信仰である。形態として表すものは能動の生命である。動作の上に行うものは自由なる批判である。それを一層確実な所有とする為めに新しい道の貫穿《かんせん》に絶えず努力して居る。故に新しい女の日々の願は日々に新しく、事々に先覚者であることで、その歩む道は倦まざる努力の連続である。

新しい道は此の意義に向ってのみ明確である。時間と空間の上に置かれたこの道は過去の足跡を伺い知るに止る、而して既に古い道となって了まう。新しい道は絶対無限の大未来の形体を以てのみ先覚者に投げ与えられる。そして先覚者の努力はその未知を啓き、そこから得た内観の発展膨脹を高調の世界と調和させる瞬間にその道を歩むことが出来る。そして調和せしめた所に新しい道も古い道となるが、追従者が辿り来った時に初めて讃美がある。

譬えば一枚の画を描く様だ、仮りに一本の曲線、一点の彩色は他人の歓喜を産まないとするも、整えられた雑多、配置された曲線の一つ一つは、纏められて一個の芸術を形造った時に、その釣合調和は純粋高尚な畏敬と讃美を独占するものではない乎。しかも此の次序は外から置かれたのではなく、内から備えられたものである。雑多の一分子、曲線の一片を描かるる時にその芸術的努力は画工に向って全部を要求した。畢竟《ひっきょう》画工の生命は未知の曲線未定の彩色を貫穿する正しき内観の裡にある。先覚者は一枚の画に於ける恰も画工である。未開の、そして無限の大未来を意識し開拓する所に大努力を要するが、先覚者の開鑿《かいさく》して歩行した新しい道、否足跡は常に追従者の畏敬と讃美を残す。

であるから真に新しい女は世の所謂新らしからんとする女を煽動して、一種のムーヴメントを起さんとするが如き誤解を齎《もた》らされる内容なき女ではない、哲学的内観の上より新生命の発動に基礎を置いて、自我の明確な意識に到達し、所謂光明の信念に向って自分の新らしいエネルギーを緊張せんと努力するのである。

太陽の光の中に物を見ん為めには彼等の眼は日の様でなくてはならぬ、観念の光りの中に永遠なる或者を把まんが為めには、我等の理性は永遠の実相に似て居なくてはならぬ。男女両性が不可解な原質を有って居る以上女性の研究は等質なる私達女性の努力を俟たなくては不可能ではあるまい乎。

今日迄の人世の歴史は全く男子の性格と天職を述べて来た男性的表現に過ぎぬ、ひとり男性のみ好き勝手に演技台に運んで、巧に自己を演舞した過去は、女性の混入を許さない男性的文明であった。そこには男性的倫理、男性的宗教男性的法律が生れた、けれども女性は仮象を貫いて、仮借にも透視され得なかった、真正の意義に於ける女性の宗教、女性の道徳、女性の法律は過去に於てその一端もあり得なかった。だから女性が想像することの出来ない程虐遇され、不明瞭な空論から惨酷な扱いを受けたのも、ただに自己の肉体が男性に賞讃され欲望せられて、一直線に性的興奮のみを有つものであるかの様に、あたかも人間以外の獣の様に罪悪視し、敵視された滑稽さも異質の男性が透視し得ない無智を憫笑する外、女性の自覚しなかった無気力を歎なければならぬ。

そこで新しい女は自我意識の充実に努力する。そして絶えず自ら研究し、自ら解釈し、そこから得た結論を以て新道徳、新宗教、新法律を創造しようと願って居る。畢竟新しい女の努力はウインケルマンの所謂『火を通じて物質より引き来られたる精神の如く』一切の肉体的な者から脱離した純精神上に向っての向上の神善真美の渇仰にある。

向上には時間的余裕がない、だから新しい女の最も恐るものは智的墜落である。新しい女の最尊重するものは絶えない瞬間の向上である。釈迦は一代なり、孔子は一代なり、基督は一代なりと云うも、新しい女はそれよりも猶瞬間である。

現代婦人画家の群に寄す

近頃、無闇と婦人画家（世人は閨秀画家と称している）が相次いで生産されてくることについて、私はその結果が余りに好ましいものでない事を考えている。

何故なら、それらの人達の存在すると云う事は、これから芸術に企図する後進の若い婦人達をして一層に愚能たらしめるが故である。

それらの人達の殆んど総てが、私のこの不遜な断案に間違いがない事を私は明かに信じている。

真に自分の創意とか意見とか態度が、絶えず強硬に確立されて、自分の踏む固有の道にあり得ぬ人達に、後進の若い婦人達が啓発される筈がない万一、そんな不幸な技倆《ぎりょう》が現われるなら、それは甚だ危険の軽くない結果を残すに違いない。

私は、現代の女流画家なる人達を殆んど頭を使用せずに生活している人だと見ても差支え無いと信じている。どんな場合でも健実な正直な思想生活をしている人は絶無であろう。

それは、その人達の作品にすぐ見ることが出来る。その作品はその画家の生活、思想、芸術に対する態度を容易に饒舌っている。

自分の生活、自分の仕事に対して、何の考慮することなしに空虚《からっぽ》に、見掛け倒しに、無智に——それは習慣であろう——過している事がすぐ見透される。

私は、今迄にそれらの人達によって発表された作物に対して満足は勿論、少しでも心をひかれた事がなかった。なさけないものばかりであった。

そんな作物はみな営業的努力で、模倣だけが大きな顔をして私をにらみつけただけである。

しかも、その人達は後進の若い婦人達を猶その不幸な技倆で間違った出発点にたたせている。

自分が絶えず模倣の型を繰返えしている為めに後進の人達も同じ圏内に絶えず訓練されている。

その結果、その若い婦人達は、自分の力を忘れ他人の意志で何の努力もする事なく、所謂お嬢さんのひま遊びのような画をかいて友染屋の職工のような態度をとるようになるのも最もなわけである。

この事実は甚だ嘆ずべき事であって、とても誹謗し放して呆れはてている事ではない。この儘捨てて置く結果は如何なろう。

私はその危険な発展のために、根底からこの現代婦人画家の改革を待つものである。

同時にその人達が如何にして自分の意志を自ら統御し、而して自分の頭を使いながら自分の仕事にはじめて企図するように祈るものである。

自分の云う事は到底贏《か》ち得られぬ事と信じながらも、もしも私の警告——こんな言葉を使うのは少し変だが――に幾分なりとその人達が耳を傾けて、この話の最後まで糺考《きゅうこう》していただけるなら、私は自分の不遜な態度に幾分かの意義を見出せるであろう。

これから書く事は、むしろ芸術に企図する若い婦人の態度に対して、私の言葉といった方が適切である。

何故、現代喧ましく云われている婦人画家の存在が後進の人達をますます愚能たらしめるというのか。

（話が重なるが順序として最う一度ここから入ってゆく）

何故なら、その人達の世界は、元来頭を使うことをせぬ婦人が一層頭を使わぬような教育――無責任な模倣――が大きな力をもって、その大きな勢力の下にその人達が使役されているから、何事も目的もなければ――よし目的と名称されるかも知れぬがそれはその人達が欺されて目的だと思っているのに違いない――勿論露程の責任もない至って乱暴なものとなっている。

勢い、自分が無くなるより仕方がない。その自分が殺されてしまっている人達が現に婦人画家として現に喧ましく社会に生存している。

何んと云う不思議なことだ!!　云うまでもなく勿論その人達はこれより先き、個性については色々立派な言説をもっている。しかし、それはただにその人達の口先きだけの話でまるっきり問題にならぬ。その人の言葉は先ず最初に、その人達の作品で益なき事と成り果てているではないか。其人達の思想生活がそれを正直に語るではないか。

その人達はあまりに沢山あやまりを有ち過ぎているのであろう。私は考える。その人達は最初に、自身か思想生活にあらねばならぬ事を忘れて来たのではなかろうか。或は、思想生活なんかは画を描く人には不必要な、交渉のない事柄として廃止したのではないか。自分は画描きだから絵絹に向って絵筆さえ動かし、絵具をうまく溶いてムラのないように彩色さえ出来れば事足り、展覧会に入選して評判をとり、閨秀画家とさえ成ればそれで終るとしているのではなかろうか。

あらゆる智識を要求したり、深甚な内面の思索に没頭する事は識る必要もなく、むしろそんな事は絵描きの仕事ではないと考えているように私には思われる。

こんな事がその人達の仕事に対する智識の貧弱となり、無理解となり、よりどころのない画面の状態となってくるのであろう。

こうして、その人達は大切な出発点からして、すでに間違って、恰も芸術を、自慢と悦楽となぐさみにのみ応ずる為めの如く取扱い、自分に至って不親切な慎み深い、可愛らしい閨秀画家となりはてるのである。

まことに、その人達には常に、より高きに歩む宏遠《こうえん》な理想も、心霊の底をあゆみゆく静けさもなくなり、先ず人たらぬ前にすでに、一時ごまかしの技術に巧みに訓練されてしまい、模倣によって最終手段であるかの如く思いなし教育され、遂いにそこには人たるべく様々の苦痛が何等の要も有さぬようになってしまった。尊い筈の良心が尊くなくなってしまった。

此処まで書いてきて、嘗て私が或る人から信じるに甚だ難い、しかもそれは左右する事の出来ぬ一つの事実を聞いて、あまりの事になさけなくなったことを思い合せた。

それを、私は特にここへ挿話して、私の話を更に一歩すすめてゆくよい機会を作る。

同時にその人達の為めに、この話がなぐる折檻より一層たしかの陶冶の方法になる事を信じる。


仮りにその女流画家をＹ氏とする。秋になって開設される文展が近づいた。

閨秀画家のＹ氏も所謂無駄な努力の為めに日夜他の女流画家と等しく、粉本、古本、錦絵、浮世絵様々と、（芸者の絵はがきさえ座右に親しませ）自分のかく可《べ》き画の着想なり構図を相談する。その結果、危険なその下画を纏め上げ師、Ｋ氏の許に持参した。

Ｋ氏は、Ｙ氏の作品となるべきその草案に対して、自分に標準を置いて、頼りどころのない場面について十二分加筆し、清書し与えた。

Ｙ氏はそれをそのまま寸分の相違なからんように絹に写しとった。Ｙ氏にはかく踏みにじられた心の苦痛など感じるには最早あまりに閨秀画家であった。（この人も所謂、お嬢さん芸から現代女流画家となった人である）

そして特にその中でもＹ氏の手に合わぬ部分の線書とか、粉色、仕上げは幾度となくＫ氏の手に依り成しとげられ、しかして漸くその画面は完成された。割合いの表を作るとＫ氏八分Ｙ氏二分の不都合な比例となるのだ。

恰度この二人者の所作は、恰も職人がその仕事場に山と積まれた製造品を、かたはしから分業でやってのけるのと等しく、決して、今自分達のやっている事が間違いであるなどと云う事は眼の先にさえ、思い浮び得ぬ事であろう。何んと云う事か。

言語道断なこの作品は文展開会のあかつき目出度く入選して、その日から、都市上下の新聞紙上には、特筆大書この幸運なる閨秀画家の為めに欄を与え、しかも、八分二分の無法なるその作品を写真にまでとり掲載し、恰も祭御輿の如く、樽御輿の如く、高々とかつぎ上げた。

その樽、騒ぎは、水面に落された、たった一滴の石油の如く、すぐ様色ときめき流れ拡げられてしまった。恐るべく無茶苦茶な此の事実よ。不可思議千万なる此の事実よ。

忘れてもこれは、決して仮話ではないのである。此の談話者こそ当のK氏自身であるではないか。嗚呼。かかる堕落せる態度は、ひとりY氏のみではない。(私はK氏を更に強くとがめる)

これと同じうする話はこれら閨秀画家によって所々にその奇妙なる手品は演じられ公開されている。寒くなるようだ。

此の話は更に主要な、私の言わんとする処に進む。

Y氏はそれからどうなったか。それから、急に何十人かの入門者、所謂お弟子なるものを得た。その入門者その婦人達は、悉く自慢と、虚栄と手なぐさみの故で、どしどし、猫も杓子もの譬《たとえ》に洩れず大波の打つ如く此の光栄ある女流画家Y氏の門を敲いた。

恐るべし。勇気あるY氏よ。遂いにY氏は只一つなる大切な自分をその後進の人達に提供してしまった。門人として指導すべく承知したのであった。

おお、これは決して限りなき笑い事でない。よし、それが聞くに絶えぬ全く馬鹿らしく滑稽な者であろうとも、この事実に嘲笑している事は出来ない。

ああ此処に又間違われたる出発点は示され、より愚劣なる八分二分の作品は今後どしどし吾等の眼を欺《ぎ》瞞《まん》さすべく市場に送り出される事となった。

最早、此の特種なる人達の部落に、速刻、ノアの洪水は来る可きである。然して、その箱船に召さる可き婦人画家とは!!　かなしい次第である。

そして、私達は、ここに誠、正しい生活によって芸術に企図し得る婦人、正しき出発点にたつべき婦人を待つべきである。而して、断然此等の人達――堕落せる画家――を、如何に馬鹿馬鹿しいものであっても、極力破壊し敗滅させねば、恐らく、その人達は将来層一層、その八分二分の危険なる勢力を得るべく騒出するだろう。

その暁にはどうなる!!　見るにたえぬ、無分別な、悪技を弄し無脳者の所謂女流画家の一段と高き跳躍となる。

然し乍ら、此処に困る事は、よしそうで有っても、社界一般の人達――書画愛蔵家、書画家、審査員諸氏――は、女子の芸術に企図するのと、男子のそれとを区別し、所謂女故、大目に見逃すべしの有難からぬ流儀により、加ふるにこの人士の親切によって彼の人達はより深く手段と手法を求めあぐむ、空身の美装者と成り果て時を得顔に栄ゆ、恐ろし。

「女であるから」此の不思議な同情、公平ならざる寛恕を受けて生息しつつ有る婦人画家の不幸を私は本当に憐むと一所に、此の態度をとられている、当の婦人画家の無自覚、盲目的な態度に対しその仕事に対し、その人自身に対し、根底から厳格な革命を最も熱心に私は要求する。

私の此の熱心な要求も、恐らく私一人の愚痴となるだろう。そしてその人達は尚依然として騒がしい祭御殿の如く高く、高く、塵埃の立つ世界にさしあげらるる事を欲し、なお強い力を加えて模倣の世界に飛びこんでゆく事を勉強するだろう。

その結果その人達はその製造品、安価至極の苦心の作によって富を捕え物質上容易に富み且つ栄え止むよしもがなとなろう。

されど、如何に物質上富有の生活をしても、そは梅毒患者の綺羅を飾るが如く、良心は内に、内にと腐敗しまさり行く事であろう。

嗚呼。気の毒なる良心の貧棒者よ。私は心から、もう一度叫ぶ。何故あなた方は自分でさえ安心の出来ぬ態度、信頼し得ぬ良心をもって画をかいているのに、何故数多い後進の人達を要求するのか。(要求せぬまでも、その指導に応じたか)

今や、個人、社会に生存競争の激しいその時に在って、自分一人さえ本当に好ましい、正しいものにする事のどれだけ困難であるか。日に夜をついで新たに教育さるべき智能、強硬なる自分の踏む道のために、数々の正しき選択、勇気、正しき理解力を求めねばならぬのに、その、いくら有っても足りぬ尊い大切な時間を、出来得るかぎり自分の為めに、人類の為めに、富裕に有利に使用しなければならないのに、そしてそれらの間に苦痛しつつ切磨し得た処のものは、悉く自分の根柢の為めに根本から意義あるものとなってゆくのに?!

それに、この最大重要な主件を捨てて、後進の婦人達の為めに道を開こうとは!! しかも危険な綱渡りをしながら!!

その人達は、門を敲く後進の人達を恰も己の所有による不動産、動産の如く見、たとい相容れぬ器であろうとも、所謂勢力の争いの為めに、その数の為めに羸ち得て、絶えず邪行する間違った教育を施している。

現代女流画家の中、一人をも数ふる事も得ず、私はその人達を駄目だと信じている（しかしこれを書いている最中に駄目でない本当の正しい婦人画家が正しい出発点にたっているかも知れぬが）私は、あえてこんな傲慢な断案を信じ且つ思い、下した理である。

最後に私は願う。聡明で、教育あり、思慮あり、もののよく解る人々が、前述の如な不徳義、無謀な風儀を根抵から破壊しつくして、始てその出発点に企図される事を。その人達こそ誠に生命を愛し、如何に生命の為めに力強く闘うであろう!! そこに、生命が有る、芸術が有る。

私の待ち設けているその人達よ。あなた方にこそ、まこと仕事に対する、理解、やみがたき憧憬、忍耐、想像、発明、良習慣が常に要求されている。

ああ余りに早く舞台に現われた人達よ、あなた方は遂いに、常に吾々の無価値なるものを減削し往く自然淘汰の結果、拒抗するに力もなく、最後の痛ましく悲惨なる終局に落ち往くであろう!!

吾々は、すべてに於て優良で、総てに於て驚く可き程万能でなければならぬ。

そして一層大きなる世界に、一層大なる或る物を見出さねばならぬ。

（一九一六・一二・一二）

附記

ここに云う婦人画家は、「日本画」に於ける人達のみを指すものであって、今の場合私は洋画の人達――洋画家の閨秀婦人――を語ってはいない。

恐らく洋画界の婦人達は、日本画家に於けるより教育あり、思慮ある人達によって結ばれているように思われる。それに、私には洋画界に於ける婦人達をあまり知っていない。

その二つの事が原因して、私はこの一文を日本画の閨秀婦人方へのみ寄するようになった。

かつて洋画界にあった長沼智恵氏如き教育あり思慮ある婦人の、容易に日本画をやっている婦人達に於て見出す事の出来る日を祈って止まぬ次第である。

平塚雷鳥氏の肖像　―らいてう論の序に代えて―

私は一つの画布をもって、ここに一人の女性の肖像を描こうとしている。性格的なものを描くとき天才はしばしば奇異な方法をとった。ルッソオがアポリネエルの肖像を描くときに仕立屋が寸法をとるようにその詩人の肩巾や胸巾をきちんと計って帳面に記入して置いて、正確な数字に空想をしむけて描いたと言うことである。

この肖像はギョーム・アポリネエルに少しも似ていないと言われた。しかし本人に似ていないと言われているアポリネエルの肖像をみて人々は口をそろえて「詩人アポリネエル」を描いたものだと言うことを知っていた。画題には「詩人に霊感を与うるミューズ」と記されているだけであるのに。

私は全く空間である新鮮な画布を眺めているうちにこの話を思い出して愉快になった。似てはいない。しかしまぎれようなく彼である。その人間のもつ本質だけ全部的に摑み出して画布へ浮び出してこさせることが出来たら。それでよいのではないか。

ところで天才に出来ることを凡俗が真似ることは危険がある。ルッソオは一人である。この奇異な方法でやり終えたのはルッソオである。私はやりきれなくなって室をぐるぐる散歩する。

私の描いてみたい女性がマリイ・ロオランサンであったら――と想像する。私の描いてみたい女性がシェリイを愛したレア！　であったら――と私は熱っぽい肩をゆりあげてみる。私の描いてみたい女性がアリョーシャを真紅《まっか》な薔薇に咲かせて一生胸にかざって泣いたナターシャであったら――すばらしいことだ！　私は飛びあがってよろこんだ。

が、これはみな散歩の途中で摘みあげた私の多感性な雑草である。画布は依然として空間である。苦々しい私との凝視。私とはこんなばらばらな空想でむだに空気と太陽を喰って暦の針を動かしてゆく人間である。ところで、私はこれっきり私の想像力に休止符をつけて――描かねばならない一人の女性を熟視しなければならない。というのはこの女性は私が全部的に欠乏を感じている叡智や明哲さを私とは反対に実に多量に総和的にもっている。この女性は、それ故、絵画をもって現すよりも彫刻で表現した方がいいのかも知れない。神経からいってもそうである。末梢的なところがまるでない鉄製の殆んど太い神経が完全なパイプになって彼女のなかを突き抜いている。かぼそい針金の私の神経はかつて以前このパイプにむかって鋭尖をからましたが――

私は自分のあらんかぎりの智慧の力で彼女をねらってゆくなら、私は間なしにゆきづまりを感じよう。私の智慧は私の神経と同じに末梢的でありすぎる。もしも私がこの末梢的な理性と感情に制限なく勝手な方向まで進行させたら綜合的な彼女の像を眼も眉も鼻も手も肩も腰もばらばらにさせてしまいそうに思える。私は彼女の全部を欲しる。だからこの方法もいけない。空間にのびひろがる溜息の白々とした煙幕。

彼女の智慧は深い。蒼海のはてしない広さである。彼女の値うちがここにある。私の大好きな、この希臘《ギリシャ》型のすばらしく立派な気品のある実にまれにしか人間に与えてくれぬ美麗な容貌をもつこの女性を智慧でつつんで描くことは至難なことである。

なぜ、彼女はペルシャ猫をもたないのであろう。なぜ扇の骨の間に美しい馬が後脚で立つために彼女の扇をさらさら開いてはくれないのであろう！

セザンヌは「塊」を画面に描いて見せたではないか。

セザンヌはこの上なく嫌がって俗人共には大禁物な芸術的感能、という言葉を使った。その大禁物な芸術的感能が私に媚びて私はまいった。だが、今は赤面している。私は温なしくなってこう嘯く。「モデルを熟視せよ、そうして正確によく感じよ。然るのち明快と力とをもって表現せよ――」セザンヌの言葉である。

「煙の如き迷想」にさて私の時計はゆれだした。

原始人間は天体を崇拝した。人は天体のしめした方向でなにも思わず暮していた。彼等の運命を支配するものは高いところにあった。力はそこからやってきた。素朴であった吾等の祖先は星辰から生活への新鮮なる形式を受けて徐々に生存を生活へ移してきた。それは原始民族について書かれたものを見るなら直ぐに知ることが出来よう。わけても太陽は炎々とした熱焔をもって彼等を全部抱擁しつくした。太陽の帰来を初めて知った時彼等は頭脳が新鮮に働きはじめたことを気づいて踊りあがった。智慧がその殻を破った。彼等の生活の前に広々とした展望が与えられた。太陽の帰来――それは宗教的なものではない全く別なものを、智識を、認識を直接生活にもたらしたではないか。大きな火焔の運行は吾等の古い祖先の生活に整頓を教えた。

過去は消えた。やさしい、しかし暗愚な過去は消えた。世界に変化がきた。出発！　人間の生活の話は大きな真紅な火焔の真中から走り出した。

かんばしい焔が燃えあがった。東ローマ帝国の豪華が散りしかれた。黄金《きん》いろの王冠はかんばしい、ほのおのなかでめらめらと消えてしまった。そうしてそれまで人間の腕をささえていた基督旧教の世紀的な権威は焔の破片になって空にたち迷った。

自由の太陽は再び吾等に帰来した。何人も真実にふれた。自由の正しさにひざまずいて礼拝した。

あっちへゆけ、歪められた一切のものよ。

文芸復興はしかし意志の戦いであった。剣をもって黄金の冠と黄金の玉座に最後の挨拶を告げた――がそれはまだまだ人の世界を生き生きとさせきれなかった。自我にわれらは眼覚めた——自覚の階段の第一階程に走りのぼりはした。しかし、知識は古典の形式をかなぐり捨てても懐古主義に心をひかれた人間共はたんねんに愛惜の情を唄うのが習性である。「過去の残骸」それはいつもどこにでもつきまとうのがあたりまえなことである。過去に義務をもつ残体——感情と呼ぶはげしい生きもの——が、かんばしい炎のなかに消えはてる過去をしみじみと眺めやった。おそらく彼等は刺殺されて死んでゆくまでそうしていよう。つねに、つねに。

私の好きな好きなジャンジャックルッソオ！　真夏の強い碧空に炎々と輝きつくす太陽！　そこに生命と生命のとりあいがあった。ルッソオは笑止すべき彼等残骸を刺殺した。人生にまことがきた。

クラッシズムの頭上に燦然と偉大な光を与えた。ルッソオは人間を広々とした青い原野に放ちやった。そこに浪漫主義の華が匂った。その華に「世紀の痼疾《こしつ》」が憂鬱な影をつくった。懐疑的思想の噴水もつくられた。「偶像破壊」の庭園もしつらえられた。科学的精神の椅子に腰をかけたものもあった。やがて個人主義の花が咲いた。その花こそ偶像破壊の庭に咲いた、社会主義的思想の夜明までも咲き誇った見事な花である。

偶像破壊以後、人間の義務感が変ってしまった。これは嬉しいことである。弱い理性は負かされた。あらゆる方面で自我の意力を信じ、自我の生活に精神の一切を集注させることが義務の定義である。自我を離れては真理はない。権威だってその通り、極めて自然的な、あくまでも自我的であってこそ権威を生じる。個人主義は人間を本能的に自覚させ自我の解放にむかって激しい波の運動をまきあげた。

月日は流れて人々は時間と共に新生した。

ニイチェとイプセンは、そこで個人主義の両極にたった。東洋と西洋は、ひとしく近代精神の翼下にかけあつまり、人類のために提出されたこの真理の前で太陽の花を摘んだ。そこに佗しくも忘れて置かれたものは吾等の飼いやすい温順な牛馬、犬豚、山羊、羊、鶏という家畜とわれわれ女性であったという事はなんという素晴しい皮肉であったろう。

後世の人間共は嘆息の虹を現代風景のあざやかな空にかけるであろう――幾度もこうつぶやきながら

――


「はんぱな個人主義精神よ。文芸復興、浪漫主義、懐古主義、科学主義、そうして近代個人主義に至るまで女性に太陽を与えなかったという事は人類の恥辱であった。男性の自我発展の歴史に底ぬけの暗愚と迂鈍をつけ加えなければならないことはやっかいである。人間から心臓を抜きとらなかったら――世界はもっと幸福に廻転していいように……」

が、女性は彼等の哀れなる仲間――家畜から解放される時がきた。女性みずから彼等の上に日輪の正しき帰来を感じた。暗黒を追う太陽！　太陽こそ強者であった。情意のすさまじい大火焔であった。真正なものの姿であった。

「女性よ、汝の肖像を描くに常に金色の円天井を撰ぶことを忘れてはならぬ」これこそは私の描こうとする一人の女性の言葉であった。個人主義の豪華が世界一面さきこぼれているのに女性だけのろくさと歩む牝牛に長々とさせて日影につないであったそのときに、

「原始女性は太陽であった！」

かくわれらによびかけて日本の女性のために、いな世界一面の女性のために目映ゆる黄金の大円宮殿をこの国の東の水晶の山の上に営なもうとした一人の若き女性の昔日の面影を想うとき、私は涙なくしては耐えきれないほど胸せまってしまった。

原始人間は太陽を女性と見た。それは正しい見方であった。約束はそのときすでにわれらと手をかたく握りあわせていたのであった。まことに女性こそ太陽であった。

「彼等のどこに自由解放があろう。あの首枷、手枷、足枷はいつ落ちよう。彼等こそ自縄自縛の徒、我みずからの奴隷たる境界に苦しむ憐むべき徒ではあるまいか。

私は無暗と男性を羨み、男性に真似て、彼等の歩んだ同じ道を少しく遅れて歩もうとする女性を見るに忍びない。

女性よ、芥の山を心に築かんよりも空虚に充実することによって自然のいかに全きかを知れ。

然らば私の希う真の自由解放とは何だろう。云うまでもなく潜める天才を偉大なる潜在力を十二分に発

揮させることに外ならぬ。それには発展の妨害となるものの総てをまず取除かねばならぬ。それは外的の圧迫だろうか、はたまた智識の不足だろうか。否それらも全くなくはあるまい。然し主たるものは矢張り我そのもの、天才の所有者、天才の宿れる宮なる我そのものである――」

「我は総ての女性と共に潜める天才を確信したい。只唯可能性に信頼し、女性として此世に生れ来たった我等の幸を心から喜びたい」

「私共をして熱烈なる祈禱と精神集注を不断に継続せしめよ。かくて飽迄も徹底せしめよ。潜める天才を産む日まで、隠れたる太陽の輝く日まで。

其の日私共は全世界を、一切のものを我ものとするのである。其の日私共は唯我独在の王者として我が踵もて自然の心核に自存自立する反省の要なき真正の人となるのである。

そして孤独、寂寥いかに楽しく、豊かなるかを知るであろう。

最早女性は月ではない。

其の日女性は矢張り元始の太陽である。真正の人である。」

彼女を讃めたたえよ！　彼女は女性のためにかくの如く無比な朗朗として目映ゆい賞讃を歴史に与えてくれたではないか。思っていても及ばぬ思いとあきらめていたものを、かくまであきらかに披瀝《ひれき》しつくして生命に更生を与えたではないか。花束を投げよ、讃美せよ、近代女性の光栄は彼女の魂からうまれたことをよろこばねばならぬ。

玲瓏としてしかも優婉な容貌をもつ彼女の肖像をわれらの手で描きあげ、「日出る東の国の水晶の山の上に目映ゆる金色の殿堂」に高くかかげる――これが花束のなかの花束である。

「最早女性は月ではない」

期せずして立ちあがって東西両洋の個人主義思想が婦人問題に於て彼等の手を堅く結び合せその思想に更に新しき一線をひいて底辺をつくり、はじめてここに完全に立体的なものとなし得た。西紀千九百〇七年、この国の明治四十四年前後。かくして女性の太陽はわれら若きものの為に歴史にまたがって見事な夜明の空に暁紅を放って昇天したのであった。

太陽、それは一人の真性な女性であった。

一切の旧きものを敵とし、一切の新しきものの味方であるこの女性の誕生はあのルネッサンスの大運動より、フランス大革命より、個人主義の勝利より、いっそう大きく精神的の大革命を日本に惹起《じゃっき》させ、女性をして過去への破壊をなさしめ、歴史的に意義ある祝福された誕生であった。誰が太陽の光耀をさまたげ得よう？　だが幾百の風俗はその恐るべき勇気をもって太陽に向って石を投げ擲つ野蛮をあえて行った。そんな野蛮がこうして現在あるところより、格別距離のない時代で行われ、衆愚の満足をかち得ることは、おそらく現代の若い女性には解くことの出来ない馬鹿馬鹿しさであろう。しかし彼等の投げる石は直に垂直に落ちて悪い頭脳の浅い皺をうちのばした。今頃となってはこの地上から深く深く掘りさげられた湿泥のなかに無数の砂利となって埋没されていよう。或は多分、それから後急激に進出した若き現代の女性の踵でひしがれて——だが彼等は美しいその殺戮をあくことなく身にうけてよろこんでいるかも知れない。邪魔以外、何物をもわれらに与えなかった彼等の最後にはまだかなりの幸福ではあるまいか。

唯物史観は近代の社会に直接な影響を与え、唯物主義は経済的生活に於て、政治に於て、その他社会の全般にむかって強大な力をもって激流となりわれらの中を奔流する。

生活の標準は真理の価値と共にどしどし進んでゆく。そこに新しい思想は昨日にかわってその芽胎をさかんなる力で培う。未来をつなぎ過去の歴史をつくる思想の発芽、その盛んなる生長の呼吸が間違いなく聞えてくるよろこばしさ。

後《うしろ》をふりむくな、うしろは死である。

正面をみろ、正面へ進め

われは生きている。

私はここで、永遠に通じ永遠に流れるすさまじい火焔をもつ一つの生命を描くことに躊躇を感じないわけではない。しかし私は、そのためらいを一思いに飛び越えよう。そうしない限り、いつまでたっても彼女の肖像を描きあげる勇気に飛躍を与える機会はこないことも知っている。唯描くことである。私の描く彼女の肖像は恐らく彼女に似ないものであるかも知れない。ルッソオがアポリネエルの肖像を描いた時人々が面白がって悪口をとばしたよりもっと沢山の悪評を受けることは勿論のことであろう。しかし友人は——私の尊敬するこの友人はきっと私に日頃と変りのない寛容をみせてくれようと思う。それだけでよい。私はあらんかぎりの熱情を良心を最後までもちつづけて画布とむき合う。業々しい讃詞、真実のものを蹉跌しがちな悪議論、数理的な記録、そんなことは私の資格ではない。ただ深甚なる愛を協力してゆくだけである。私は再び繰りかえそう——「唯描けばよい。モデルを熟視して、正確によく感じて、しかるのち明快と力とをもって表現せよ」と教えたセザンヌを思うて——

私の描こうとする一人の女性、それが平塚雷鳥氏であることは、すでに言うまでもないことであろう。私は、私の仕事に没頭する前、かつてあんなにもほめ、あんなにもたたえて熱情のかぎりをささげてきたこの友人をいまかぎりなく静かな思いでながめやれることをよろこんだ。いまとなってみれば、ただ激しい感謝があるばかりである。日あたりのよい丘の上でこうやってこのよき友をともかくも全部的にながめられるようになったことは私がただ大人に変化したばかりではない。とがめることがあんなにも沢山あった過去であるのに、氏は今日の時まであくまで私に対して寛容であった。私は深く感謝する。ただ私がおそれるのは、この友人を熱愛しつくした私の情熱がもしやとんでもないところに花をさかせ出すようなことをしたなら、私の異様な感情はいやな絵具をなすくるような不行儀をしでかさないだろうか！　そんなことがあったら——と、私はただそれをおそれるものである。

——一九二九年六月——

女人芸術よ、後れたる前衛になるな

長谷川時雨氏は芸術家であった。だから、婦人解放運動の上に於て重要な任務をもつ婦人特殊の言論機関として女人芸術を創刊される時、極めて自由主義的な立場をとられ、インテリゲンチアとプチブル層を対象として発足されたことは至って自然なことだった。長谷川時雨氏はこの機関を広く一般の女性に開放して、どんなに思想的立場を異《ことに》していても婦人のかいたものであったら文芸の方面にしろその他の方面にしろそれぞれの人に充分に自分自身のもっているものを披瀝させてやりたい、自由に書いたものを発表させたい。既成作家はこれを遠慮なく利用するように、まだ力あって世に現われない人達はこの機関を勉強する場所と思ってくれ——そういう方針であったと記憶する。

女人芸術が、明確な階級性をもたず、ブルジョア・デモクラシーぐらいのところで創刊されることに不足を感じた人々でも、婦人特殊の言論機関としての意義と職分とを理解した氏のその態度には敬服し好意を寄せた。自由主義的な立場から出た編集方針だけに、各方面の女流作家を数《すう》に於て驚くべき程多量に集め寄せることに成功したが、それは賑かすぎて六月の公園の花壇の色とりどりの様を思わせた。創刊当時は既成作家のものが多く、新しく紹介された新進の人は少くなかったことは、長谷川氏の永い作家生活から見て――氏を援助する意味で友人が多く集った――無理がないことではあったが、新鮮さのとぼしさ、熱情の不足がひどく眼について、かえって青鞜発刊当時に魅力と意義を感じた。と正直に言う。しかし、評論、時評を見る時、はっきりと、日本に於て、真の婦人問題を最初にもって登場した青鞜のあの時期――あの時の運動がその当時文芸界、思想界を風靡していた個人主義や自然主義の運動に影響や刺激を受けて、両性の平等を目標として、知識の上に、感情の上に自由と独立を――女性を内部から根本的に自覚させ解放しなければならない――というあの第一期の婦人解放運動の時期と非常なへだたりのあることを見た。そこには、めざましい建設期にある輝かしい婦人の姿があった。婦人の真の解放は、プロレタリアートを主動力とするプロレタリア運動と一つになってはじめて所期の成果を獲ることが出来る。この確信のもとで最も進歩した女性はプロレタリアートを強く支持し、反資本主義の旗の翻る下で彼女等は論陣をはった。私はそこに望みをもった。

ところが、二巻の前半期に近づくに従って私は非常に失望しなければならなかった。雑誌の売れるということに無関心らしかった。女人芸術がどうも売ることに熱心になり、妙にあてこみの編輯のやりかたをしだしたのに気がついた。売るために、質の低下を気にしないというように見えたのだ。男性訪問、恋愛座談会の蒸かえし、女人芸術の会合の席上で詩人大井さち子氏が男性何氏にいきなりキスしたとかなんとかでひどく問題になったあの時期である。創刊以来、長谷川氏に好意を寄せて雑誌に関係をもってきた人々の中から、眉をしかめて一時離れていった人があったのもこの頃ではなかったか？

女人芸術の不見識が云々され出した。文芸春秋に売収されそうだの、やれ菊池寛と黙契が出来たの、そんなことが噂にのぼった。今から思うと、女人芸術最初の経営困難時代であったのだ。こうした外部からの非難のうちに後半期も終りに近くなった。そうして、そこに女人芸術にとって、再び最初の意図にまで引きかえさせて、むしろ予期しない新しい方向が用意されていた。勿論計画的にではない。いつかはたどりつかなければならないその処に達したのだ。アナーキズムとマルクス主義の論争がそれだ。これは二巻七月号の八木秋子の藤森成吉氏へ宛てた公開状が因《もと》で、それに対して藤森氏は極めて簡単に、むしろ八木氏を小馬鹿にしてハガキ文の如く短い文章で挨拶をかえした。ことが大きくなった。十一号から、三巻一月号誌上に渉ってアナーキズム（八木、高群、松本氏）対マルクス主義（隅田龍子、中島幸子氏）の駁《ばく》論が続いたことは読者のよく知るところであろう。この論争について私はかれこれ批判めいたことを言う資格を残念ながら有たないが、最後に、封論打切の隅田龍子氏の「再びアナーキズムを駁す」は一大論文だと思って勉強のつもりで熱心に読んだものだが、隅田氏に限らず、この人々の用語が私には大変生硬に感じられて、これだけ大切なことで討論するならば、もう少し楽な言葉を使用して出来るだけ沢山の婦人に理解させる方がいいのではなかろうか、もっと平易な言葉を使って論争出来ないものなのか、それとも論争というものはこんなにかちかちの言葉を使って、出来るだけむつかしいことを言わねば出来ないものなのか——と思った。

ところで、この論争の結果はどうなったか。誌上に現われただけから見ると、アナーキズムが克服された形で終っている。或は、アナーキズムの立場の人はもっと論争を進めてゆく意志があったのを編集部の都合で一時打切った形になっているのかも知れないが。

そこで、私がさきに、女人芸術としては、むしろ予期しない新な方向がそこに用意され芽ぐんでいたと言うのは、この論争が機会となって、それまで女人芸術に表面に内部に活躍していたアナーキズムの立場をとっていた人々が自覚的にか自然消滅的に、急激にではなかったが徐々に誌上からその名を消していってしまったということだ。それと同時に、或はその後、口絵にソヴエートの写真による紹介が連続的にはじまった。女人芸術の構成メンバーから、その論争を境にしてアナーキストが除かれて――自発的であったにしろ――マルクス主義による人々によって女人芸術がかためられそうな機運がそこに強く表われはじめたということが、どうしてだか私に、あの一九二六年後半に於ける文戦の陣容更新のあの画期的な時期を連想させた。勿論文戦が陣容を建て直したことはマルクス主義文戦運動の一機関としての立場を明白に示し得たことなので、女人芸術のその場合は全々そんな意味のものでは最初からなかった、根本のところでも全々意味が違っているにも係らずなにか一部で似よった形をとったように思われる。その後、マルクス主義による文芸及び主張の発表が次々に展開され拡大され、勢力的にいっても強化していったことは事実である。

長谷川氏が進んでそうした方針を採られたのでないことは、主張を明瞭に示すことを方針として禁じられている女人芸術である。予期しない方面の芽生えと私が言うのは、それ程方針として禁じられているのに、掲載されるものが大方マルクス主義的傾向が濃浸透している場合、よく知らないものは誰でも女人芸術は赤くなったと、ついうっかり口をすべらす。そんな噂が長谷川氏の耳にもしばしば這入ったことと思われる。そのたびに、氏はどんなに気をもまれただろうと御気の毒な気もしたものだが、しかし、勢力というものは妙な力をもつもので一たん力が小さくとも集るようなことになりその発達に都合のいい週囲の情勢が加わると勢力に勢力が加わって加速度に発展し拡がってゆくらしい。女人芸術が大方マルクス主義の影響下にある人々によって新しい時代をひらいてゆきそうになったことは一面決して悪いことではなかった。かつて六号紀念で神近氏は言っている。「婦人をして充分に自己を語らしめようとする長谷川氏の意図は、文芸方面に主張の方面に、実に多くの新しい人々を紹介しつつある。私共は実力あって世に現われない人が必ず多数あることを前以って想像していた。しかしこうして今日既成知名の人々に比較して決して遜色のない力を既に有していて、時代はこれらの人々によって、既にとって代るべきところにまでそのテンポを進めて来ていることを知るのである」と。それから一年後に、既に神近氏の言われた、とって代るべきところに進んできている新しい人達は、完全にとって代ってしまった。とって代った人達がどんな傾向の人達か、読者よ時間に隙があったら一応注意して女人芸術を読みかえしてみることもあんまり無駄なことではなかったろうと思う。長谷川氏の自由主義的な立場がかもし出す弱点がここで充分つぐなわれたように思える。長谷川氏がどんなに不明瞭にぼやかしてゆきたく思われても、読者が根本的に明瞭であることをのぞんできていることは号が重なるたびに誌上のあらゆる部分に浸透している。三巻発行前後をみて感じたことは、読者が、組織らしいものを待っている気配であった。なんとかここいらで、長谷川氏が勇気を出されて飛躍され、指導的な立場をとられないものか――と嘆息を交えて私は考えこんだことがあったが――。

新人進出特輯は、女人芸術を更に新鮮にさせた。大田洋子、川瀬美子、辻山春子、松田解子の諸氏が、隅田龍子、中島幸子、長島暢子、戸田、上田の諸氏と名を列べて、精鋭な姿を見せた。三週年紀念号を見た時、私はつぶやくようにひとり言をいった。女人芸術をプロレタリア運動の補助機関として、どうかしてそこまでいってほしいものだ、そこまでゆかなければうそなんだがなあ――と。

女人芸術は何処へ進むか、何処まで進めるか――これはたしかに交叉点だ。

カットにソビエートの旗がひらめいたのはこの直前だった。ソビエートのグラフと、日本の労働争議の写真が段々ふえてゆく。職場通信は拡大された。相互検討は景気はいいがあまりにもインテリゲンチャの智恵遊的なところがある。評論や時評がぐんぐん成長――飛躍的な前進をしているのに、小説や詩からいいものを見出すことは困難なことだった。窪川いね氏がもっと度度かいて下さるといいのに、という気がした。

最後に、四巻一号が出されてから最近までの編輯ぶりをみてみよう。表面的な見方をすれば大体の傾向は戦旗とナップを混ぜたものを更に初歩的に、質的に初歩的にしてあるという感じが残る。メーデー特輯に須田綸子氏が「女芸改題についての一小見」を相互検討欄で発表して、女人芸術の婦人戦旗への合流を提唱し、作家の一部ナップへの加入を提言していられるが、その可否を別としても、最近の女人芸術の傾向を表面的にみた場合須田氏が、かく考えられたことは無理のないことだと思う。

けれど、女人芸術が河合氏が六月号で言われた如く、女人芸術が何処の機関紙にもならず、女人大衆の自由な参加を許して自由に討議し、一定の見解を強制することをせず、自覚的な婦人大衆の思想の反映をみるところとして現在となり、かりに今後もその態度で進んでゆくことがあくまで女人芸術の方針であるなら、止むを得ない、それでもいいと思う。

勿論、私としては、女人芸術それ自身が明確に反資本主義、反帝国資本主義の立場にまで発展して女人芸術そのものが指導的な役割をもつところまでいってほしいが、だからといって、女人芸術をかんたんに中間物との故をもって解消させたり、婦人戦旗に合流させたり、ナップへ持込んで一つになるような極端なことをやらなくてもいいと思う。プロレタリア運動に於て重要な意義と任務とをもつ婦人独自の言論機関のあまりにも不足している現在を考えるとき、女人芸術のもつ任務と責任は、たとえ明確な階級性をしっかりともっていなくてもそれ程過少に評価される筈はない。むしろ機会ある毎にその度毎に女人芸術を積極的に利用してゆく方が正しいのではないか。利用と言うと或は誤解があるかとも思うが、女人芸術を如何に利用するかということは、利用のしかたが正しければ、当然質の変化が生じてくる。女人芸術は中間的なものだ、だから反動的役割をつとめそうだという危惧は笑うべきことだ。女人芸術最近の傾向をよく見ているものには、女人芸術が逆行するかどうか——はっきりわかる筈である。どれもこれも、戦旗やナップのようなものでなくてもいい。意識水準の高い大衆に適したもの、比較的初歩的な——意識水準の低い大衆に適したものも、ブルジョア的、社会ファシスト的なものでないかぎり桃色であっても中間色であるものもあってもかまわないではないか。数に於ても未《ま》だ未《ま》だ闘わねばならない現在の有様ではないか。武器として考えてみても、私は、女人芸術を失《しっ》することは、女人芸術をあまりにも過少に評価することは可成りの損失だと考える。

　こんなことを言うことは、最近長谷川氏にお会いする機会を全くもたなかった私が——氏の考えて居られることを直接何も聞いて居ない私である——氏に対してあまりにも礼を失し、氏にとって甚だ迷惑となることかとも思うが、最近の女人芸術の傾向から推断してみるとき、女人芸術が婦人大衆のためにというところから、婦人大衆自身のものになりかけてゆく形が現われてきている。このことは長谷川氏が婦人大衆の意見——下からの意見の反映を受けて居られることを思わせる。ここから見て、長谷川氏が最新の思想に対してどの程度まで熱意を有たれ、新しい時代をひらくための進歩的な線——大衆的なプロレタリア的な基礎をもって前進しなければならないその線に添って歩いていられるかがうかがわれるのだ。もし私の感じているように、長谷川氏がそこまで前進していられるなら、失礼な言分ながら実に嬉しいことなのだ。何故か？　芸術家としての氏が、しかもブルジョア作家として成長されてきた氏が、ここまで歩みよられたということは氏一人のためにいいことだとよろこぶのではない、氏の仕事である女人芸術の今後進んでゆく方向が、早晩プチ・ブル運動の限界を越えて、明確なプロレタリア階級的基礎に立ったプロレタリアートの組織的な機構の中で陣容を更めることが可能に思われるからだ。

大衆を××的階級闘争の精神から文化的に政治的に教育するための手段と方法か、この言論機関に於て最も効果的に勢力的にはたされることを思うとき、賢明なる長谷川時雨氏は必ずやプロレタリア運動が当面する客観的状勢の変化に従って氏がそれを一つ一つ採りあげ、それに正しい理論的解決を与えながら、女人芸術を通じて婦人大衆を、真に××的階級闘争の精神に於て、文化的に政治的に指導し発展させてゆかれようと思うし、またそこまでゆかれなければならないと強く思うからだ。

女人芸術よ、後れたる前衛になんか決してなるな！


——一九三一・五・一三——

心を打たれた二つの悲惨事　ニュースから問題を拾って

七十七歳の老爺さんが五つになる孫を生活苦と愛情から浄水路に投げて殺した記事を読んで心を打たれない人はなかったでしょう。これも生活の貧しさから売淫して我が子に電車の回数券を買って与えたあわれにも愚かな母親の話も私達に深い反省を与えました。

×　×

境遇のいい老人でも七十七歳といえば相当衰えています。まして貧乏というよりむしろ生活力を失ってしまっている。娘がいなかったら乞食になるか野良犬のようにさ迷うより生命をつなぐみちのない境遇にいた老爺さんが大方一日近く孫の始末に思いあぐんで歩き回り疲れきって夜の八九時浄水路にさしかかってきたその姿が感情的にも私を激しく撃ちました。どんな事情があっても殺すことはよくないと誰もはいいます。それではこの老爺さんはどうしたらその悲惨にもみじめな境遇から脱し孫と安楽に暮してゆくことが出来るでしょうか。

×　×

我子のために売淫して二円の金を握った母親のその刹那の手のふるえを思うと愚かなる母よと顔をきた

なげにしてそむけることが私には出来なかったのです。女性としてことに母として百人が百人苦痛なく必要な金が得られたら誰が女の最後のものを売りましょう。それでも如何に苦しくても売淫したこの母を愚かにして憎むべき恥辱を犯したものとして強い非難のむちだけをあててよいものでしょうか。孫を殺した老爺さんにしてもこの不幸な母にしてもたしかに他に採る方法があったはずです。みめよき娘の貞操と引換に配米したり食券や施療券、質草を代償なしでは公平に扱えない習性的方面委員の手を待つまでもなく、親切丁寧であるはずの万般の社会事業と人民保護の役目を帯びる警察も、うなる程金を持つ慈善団体も、有名な博愛家もあるという点では中々立派な看板をあげているようですから考え直す余地さえ残されていたら或は助ったかも知れませんが。

××

以前私はこんな話を聞いたことがあります。この男はあん摩を渡世とする人ですが、夫婦共かせぎでやっと生きて居れる程度であったために病気にかかった場合も施療券を下げてもらった方が都合がよかったのです。散々手のかかる順序をかけて手に入ったその券をもってさて医院に行ったところが、一度外来患者として通して置きながら施療券を見るなり医者は時間がきてもう自宅にかえったから駄目だと断ったそうです。奥さん、人間施療患者にまで落たらもう最後ですねとその男は自嘲的にいいました。その話を思い合してみるといくら設備の完備があってもその意企がどんな結果になりどんな形で現われているかが問題になるのではないでしょうか。殺したり売淫までするにはあたらないと非難し裁罪出来てもこれらの罪悪が華となってさき出てくる地面を再吟味してみることなくしては到底防ぎきれないこれは問題なのです。

××

ダイナマイトを抱いて我子と心中した工夫、貧困の親を助けたいばかりに盗みをした十一の少年、どれもこれも心得を誤った人々だと言捨てるには余りにも悲惨にすぎる生活状態に置かれている人々のことを感情的でなく問題に社会性を与え考え直してみなければならないと痛切に感じます。

（一九三二・五・一三）

非レビュー的な話題

まだ山の霧でしっとり濡れている秋草を抱えて私は汽車に乗った。私の座席のうしろからひどくいい香水の匂うのに気がついてなにげなくそちらを見ると、二人の令嬢が頬をすりよせ、誰かのブロマイドをカルタのように膝の上でならべ熱心に話していた。彼女達は銀座へ散歩に出かけるような気軽さで、SSKの秋の公演を、それも水の江ターキーだけをみに山のホテルから東京へ向うところだった私は新聞や雑誌でターキーに就て一通りのことだけは知っていたから、令嬢達の話をきいても格別驚きはしなかった。しかし、ターキーがまるで彼女達の恋人であるように扱われさかんなその情熱で夢うつつになっている会話をきいているうちに驚くというよりむしろ彼女達の危険な熱を計ってみたくなった。

◇

ほんの僅かな慰み娯楽さえ与えられる機会のとぼしい無数の乙女達の、暗澹とした青春期をつい、それと比べて考える。求めても求めても求め得られないことの多いこの不幸な時代に、生きることの困難さも知らず、ただ至福を追い「退屈」だけを怖れているような令嬢の早熟な胸に薫る倒錯した恋愛の開花、そうして私も山の霧に濡れ、高原の草の匂いをほのかにただよわせている、凡そ非レビュー的な感情に襲われて悒然《ゆうぜん》となる。その感情が執拗にからみ、無邪気な痴呆さでかえって美しく輝いてみえる若い人々を劇場で眺めてみようという奇妙な計画を私にたてさせた。やっとのことで切符を手に入れた。劇場の内部は沸きかえるような流行と人気、大方の椅子を若い女性で占められている。すでに十分恍惚となった眼ざし、富裕な痩せた少女、燦めく宝石、すべては幸福であった。

◇

さて、照し出された橙色、青、紫、黄、その華麗な電光のなかで私は初めてターキーの演技を見る。歯ぎれのいい芸、人の心を捉えずにはすまさないすさまじい熱情、潑剌、清白、明快、そして微かな憂鬱感、あの芸に対する真剣な態度から、私はむしろ悲愴なものが感じられ、清澄《ちょう》な泉が思われさえした。

◇

ところで、不思議なことが私の隣席で起った。さっきから有頂天になって男の中の男のようなターキーを窒息せんばかりにみつめていた可愛らしいお嬢さんが、いきなり泣きはじめたではないか。そうして友達の手を自分の心臓の上にあてさせて、

「ね、こんなにひどいのよ、ね、どうすればいい」

冗談ではない。私はひどく不安を感じるのだった。現実的に言って観客であるものが幻想的な生活をはじめ、舞台で優美華麗な生活をするターキーに生きる力の充満と現実性を感じるこの奇妙な私の感覚も、一種の錯覚であるのか、それとも時代の敗頽からやってくる混乱であるのかと、ともかく、太陽も傾く時

代にあっては、私達はしばしばこうした奇異な現象に出逢うことは避けがたいのではなかろうか。

宇野千代の印象

私が駅橋《ブリッジ》を降りてくると、プラットホームに、長い袖の着物をきた、髪を短く切って口紅を濃く塗ったすらりとした格好をしたきれいなひとが立っていて、ちらりと私を見て微笑したように思えた。傍へ寄って行くと、そのひとは、持っている日傘をふわりとした手つきでもちかえて横を向いた。見知のないひとだったが、その容子がよすぎて、ちょっと小憎らしい気がした。それに、「私が、どんなにいい女か、見て下さいな。私は美人で、お化粧の上手なお洒落さんなの。そばに寄って私の器量を見て下さいな。」とでも云いたげなところが見え透いて、それがかえって性質の素直さまでのぞかせるひとのよさがあった。舞踏会だの、豪華なサロンだの、競馬を好きな女を見たようで、私は横向きになっているそのひとのそばから少し離れた場所でそのひとの着物や、髪の型や、動作から眼を放さずにいた。そうして、その美しく化粧したひとが自分の方を振向くのを待っていると、ふとしたはずみで顔が合った。そのひとは大きなはりのある優しい眼で怯ずに私を見た。その大きくみはられた眼から、清らかな感動と、ひどく官能的で感覚的な感動をうけた。あでやかで、可愛らしい。眼眸は誇らかで美しい。私の驚嘆はそのひとを判断したい思いでいっぱいになった。と、その豊富な陰影から浮び上った微笑で、「あ、宇野千代に違いない。」と直感した。知ってもいないのに、なぜそう思い込んだのかわからない。

それから一年ほど経った頃だったろうか、昔いっしょに雑誌をやった友人が集って晩飯を食べたことがあった。その友人の一人が本を出した祝賀の意味もこめて催されたように覚えている。会をひとまず閉じて、未だ話し足りない仲間が十四五人残って、ストーブを囲んで饒舌っているところへ吉屋さんが遅刻の詫を云いながら這入ってきた。吉屋さんの後に未だ二人ほど女の人がついていたように見えたが、私はその時、洋画を描いている昔からの友達をつかまえて何か夢中に話し込んでいたので、吉屋さんがきた時も、人の気配で顔を上げ、会釈するとそのまま話を続けていたので、後についていたひとのことはわからなかった。話の切れめに、私の背ろの方で饒舌っている人達の中から、巾のある、弾んだところはないが艶をふくんだちょっと気になる声がする。ふと振向くと、いつか郊外のプラットホームで見た人としぜんに顔が合った。私は、隠しごっこで一番さきに見つけた子供のように、

「宇野さんでしょう?」と呶鳴《どな》るように云うと、

「ええ、宇野さんよ。」そう云ってその人は優しい笑顔で私を見て、「あなたの声はなんという高い声でしょう。宇野さんはびっくりしてよ。」

そうして、「ほほ、」と笑った。

その時の宇野さんは、髪をのばしていた。

きれいにカールされた髪が、少しおでこに見える額に柔かにかかって、鳶色の化粧がよく似合って、ひ

どく派手で、たったいま開いた牡丹の花のように悩ましい美しさだった。物馴れた態度であるように見えて、いつも羞《はじら》いをもっている。それが不思議なくらい私に親近な気を起こさせていく。

「そろそろ帰りませんか。」と誰かが云い出した。私はもうすこし宇野さんと話していたかったから、残り惜しそうに立ちあがったらしい。すると宇野さんは、私の心の中を見たように、「歩いてもう少し話してもいいが、またこの次ぎにしましょうね。」と云って、それから、口紅を塗ったり、お白粉を直しながら、顔は鏡の中にむけたまま、

「これからお友達になりません？」と聞くように云うので、私が、「どうぞ」とよろこんで云うと、「宇野さんは、それはいい人よ、いけないところもあるけど」そんなことを云って笑った。

帰りは、宇野さんと一緒の車に乗合せた。なにから話がそう纏ったのか忘れたが、近いうちにその車に乗合せたものをよんで、宇野さんの手料理を御馳走してもらう約束がいつのまにかついて了っていた。しかし私は、宇野さんとたった今知ったばかりだし、（自分ひとりは不思議なほどいきなり親近な感情を抱いてはいるが）招待すると云われても、恐らくされはしないだろう。ほかの人達は宇野さんと古くから知合らしいが、自分がその人達と同じように、うっかり、行きますとでも云って了って、もし宇野さんが招くことを私だけ忘れていたら、自分があとで、どんなに羞かしい思いや、さみしいめをしなければならぬ。それは耐えきれないことだ、と云う気持だったから黙っていると、「あなたもいらして下さいね。」と宇野さんは念を押すのだ。神経のこまかさというのか、鋭い感じというのか、自分の考えていたことを見透か

されて了って、私はすっかり恐縮して、頬が熱くほてったのを今だに鮮明に思い出せる。
宇野さんとのつき合いはここから始った。

一つ東京に住んでいて、私達は手紙のやりとりをしてきた。「今日の天気は、曇っていて寒い。あなたはこんな日は嫌いだろう。」そんな種類のものが多かったか知れないが、たとえどんなつまらないことでも、宇野さんはそれを手で触れるように、かたちが眼でみえるように書いている。

私は、感情の深さが書く美しい文章を、陶酔に近い感情で読んだ。それは、時にあの人のかく小説や散文を読んでいるような錯覚まで起させた。平易で美しい、熱情を生《な》までは出さない。理窟は隅々を探し廻ってもみつからない。自分は「ウソつきのウノさん」だと云ってみた。「ウノさんは、それはそれはいけない女《ひと》」と云うようなことも書いてあった。ある時の手紙に、あなたが世俗的なよろこびを享楽することが出来たら、もっと人生を苦しまずに見ることも出来るし、世界を眺める眼もそんなに悒鬱でなくなろう。と楽しく暮して行く手段の一つをしらせてくれた。もし私がその忠告に従順であったら、私は宇野さんからもっといい手紙をもらっていたかも知れない。時によると、おや、これはモルナアル風だとか、これはチエホフみたいだ、と思わず眼を見張るようなこともあったが、それは宇野さんの好みであって意地悪く真似たものではない。自覚した模倣だと私は思っている。一人の男と暮しはじめると、本当にその男にとってよい奥さんでいなければ心がゆるさないという考え方や誠実さに似ているようだ。が、そうわかっていても、なんとモルナアル風に着物をきている宇野千代だろう、と可笑しくなる時もあったが、また、その着物がいたって板についていて、不自然な感じをすこしも相手にみせないことに私は驚いた。

或る日、私はそのことを手紙で書き送ってやるとその返事に、

「ウノさんもそう思います。いい小説が書けたと思って得意になっていても、私のモルナアルさん、私のなになにさんだと思うと、いちどにぺしゃんこになります。いつになったら、ウノさんの小説が書けるのか分らないということはかなしいことですね。私は蟬が着物を脱ぐように、好きな作家や、私のしたい生活や、一緒に暮している男のこのみに、それはそれは素直についていって軽々とそれと着換えが出来るのですよ。これが、あのウノチヨだったかしら――。ウノさんもそれが不思議でなりません。それでいてすこしも苦しい思いがつき纏ってはいません。窮屈でもありません、これは普通の人からみていけないことかも知れませんね。ウノさんも早く年をとって、いいお婆さんになって、お洒落でなくなったら、(あんまりみじめでないほどお金があったら)いい小説が書けるようになりましょう。ああ、私はどんなにいい小説が書きたい」か。という手紙をもらった。自分以外のものに苦しめられさえしなければどんな悲惨な生活に陥ても、何処までも小説をかくために生き抜こう、という宇野さんのその強烈な熱情に私はひどく惹かれていった。宇野さんが、がむしゃらに前へ進むばかりだというその態度に夢はいつも伴っていた。

私は、そんな手紙も幾度かもらった。

長い間、私は宇野さんに逢う折りがなかった。手紙のやりとりも遠くなっていた。

或る日、突然旅先から手紙がきた。そこには、東郷青児氏と別れたいようなことがすこし洩されていたが、静かな海を、いい気持で眺めているような感じをもってかいてあったから格別気にもとめなかった。その手紙にこんなこともかかれていた。「水のようにさらりと別れたい。それから、長い間の憧れであった女ひとりの生活がしたい。そんな夢が自分の現実の生活で出来る日のことを毎日考えてそのくせ、そんな生活が長く続かない自分が今から見えていて、心はその楽しい夢でふくれあがっている。」

手紙を見るとすぐに私は北沢の家に電話をかけてみたが、旅先の宿屋の名は聞くことが出来なかった。それから後、もう、帰ってきた頃だろうと思って幾度も電話をかけたが、宇野さんは戻っていなかった。

後で聞いたことだが、消息がわからなかったこの間の宇野さんの苦しみは、宇野さん自身が呆然としたほどひどいものであったという。「どんなに考え直してもこの上夫婦で居れないところに現実でも感情でも来て了っていたのにいよいよ別れると決まった時は、遠い国にそのまま逃げ込んで、娼婦になってもいい、首切役人になってもいいから、焔で吹きまくられるような苦しみでのた打ち廻る自分にその上の苦しみがないように、と若い娘の感情のように顫えていた。恋愛で心を苦しめることを自分は恥じない。なんとも思っていない男のために女があがき苦しむことは自分を卑めるばかりだ――」

宇野さんが小さな貸家を探していることを私は誰かから聞いた。それではいよいよ別れて了ったのかと思ったが、私はそのことで手紙を書く気がなかった。

或る晩、銀座を歩いていると、私の歩いて行く五六間先を見覚えのあるアストラカンの外套で華奢な身を包んだ宇野さんが歩いて行くのが見えた。歩道は人の往来が激しいために私は急いで歩くわけにいかなかったから、

「宇野さん！」と、高い声で呼ぶと、宇野さんは振返ってみて、少しずつ私の方へ戻って来た。

旅から戻ったばかりに一度会ったきりで暫く会わずにいるうちに、宇野さんはめだって肥っている。

「目方あてて見ましょうか？　一貫目からたしかに増えたでしょう」と私がいうと、そんなに肥ったようには思わないが、このままで行けば、今に洋服がきられなくなるだろうと、ちょっと困った風だった。

鏡を買っている宇野さんを見つけた。宇野さんは、これから自分の荷物をとりに北沢へ行く途中だと云った。「夕飯は？」と聞くと、まだだと云う。そこで、浜作まで歩いて行って一緒に御飯をたべることにした。

「すっかりすんだのですか。」と聞くと、

「ええ、みんな片がついたの。いい気持よ。もっと早く別れていたら、あんなに苦しまずにすんだかも知れない」

「こんどこそ独りでいけそう？　あなたにやれそうでないことだが。」と云って私が笑うと、「ウノさんは

だらしがないからだめ。いまはもう凝り凝りだと本当に思っているけど、ウノさんは独りじゃいい小説は書けないと思うの——。あんた、考えてみてくれない？　ウノさんがいい小説を書くのにどっちの方がいいと思う？」

宇野さんから「男」をはなして考えることが私には出来ないから、（これは友情をもっていて云えることで、宇野さんを辱めるものだとは考えない。）

「そんなこと、窮屈に考えずにやった方がよくないかしら。」と云うと、

「そうそう、ほんとにそうねえ。」と素直にうなずいた。

そんな話をして私達は別れた。いくら宇野さんが平気そうにしていても、別れた男のところへ自分ひとりで、それも自分の荷物をとりに行くのは決していい気持でない筈だ。自分には到底出来ないことだ。私はふと、「どんな惨めな思いをしても生きていたいと思う。一度でも死のうなどと思った事はなかった。いやなこともあったが、そんなことはみんな我慢した。」と云う、「女の生活」の「私」という作者にそっくりの女の言葉を思い出し、いまごろ、箪笥の抽出しをあけて、いろいろのものをとり出しているその宇野さんの姿と思いあわせ、沁々、女が小説だけで生きる道の艱難さが強く感じられ、次次にそれを乗り越えて生きていける宇野さんの文学に対する本能的熱情とでも言うものに、はじめてぶつかったように思われた。

それと、こんなことを書いて宇野さんに迷惑をかけるかも知れないが、その晩宇野さんはこういう意味

のことを云ったが、宇野千代を、男を誘惑したり、誘惑に負けたりする色道楽者のように思ってその小説を恰も春画のようだと云って誹謗する人々のために饒舌って了いたい気もあるから言って了うわけだ。「自分のような女は、東郷さんのような男と一緒になっている方が気がどんなに楽かしれない。この男は自分より悪党だと思うとどんなに悪いことをしてもいいと云う気も起るし、それで苦しむこともないが、相手のひとが、士郎（尾崎士郎氏のこと）さんのように人間が本質的に純粋に生れついている人だと、自分の穢ないところばかり眼について苦しくてならぬ。その苦しみに耐えるには、自分がもっと誠実なひとになって行かねばすまないという気持がどんなに自分にとって重圧なものであるか、それを士郎さんはまた感じて苦しむ。すると自分がもっと苦しむようになる。」

宇野さんは、自分をウソつきのウノさんだとか、ウノさんはイケナイ女《ひと》だとかよく云ったり書いたりしている。「私は、自分に都合のわるいことは、片はしから忘れている」ようなこともよく口にするその宇野さんは、その都合のわるいことと顔を合すと、顔をあからめるし消え入る思いで羞かしがる。もしも宇野さんが嘘つきなら、私の方がもっと嘘つきだろうと思うほどだ。私はたとえ宇野さんが嘘をついたとしても、私はその嘘を感じない。かえって正直な人だという印象をもっている位いだが、私がそれを人に話すと、それは可笑しいという顔をした人もあったし、それは私が単純で、あの人を見る眼がないからだ。正直という言葉をそんを風に濫用することは洒落にもならないと云った人もあったが、私が宇野さんに正直さを感じるのは、嘘をついても、人に迷惑をかけても、いくど別の男のひとと暮しても、夫婦でないのに寝ても、拵えごとでない気がして、その宇野さんとは別に、ひどく誠実で、自己反省の強い宇野さんが感じられてならない。恐らくその感じは、自分というものを生かすためにほかのことを思い煩うということの出来ない、よかろうが悪かろうが、一筋に自分の生活に夢中になってどうしてでも生きていこう、生き抜いていこう。自分はすぐに打挫がれるような弱々しいひとではないぞ、というその態度から受けているのだろうと思う。

「ただしく、なおいこと、うそ偽りの無いこと、せいちょく」「正直」という意味を辞書で引くと、こう出ているが、この意味を正しくとって宇野さんにあてはめて考えると、私の使っている正直さは落第もので、云い換えれば、辞書通りの正直さは、宇野さんに不足しているかも知れない。何故なら、宇野さんは嘘もつくし、人が迷惑するようなこともやったらしい。そうして人も、嘘をついて、ついた嘘を忘れないで、時にはついた嘘で苦労したり、気まりわるがったり、悪がっている宇野千代を惨酷にも見落している。

去年の五月、私はちょっと重い病気をして病院にはいっていた時のことだ。その日は朝からあやしげな空模様で、季節にそむいた寒い空気が、窓から気紛れに流れてきたり、そうかと思うと、ねっとりとした不健康な暖気で手足が粘って、息づまるように蒸してくる。病室を飾っている花は、どれもこれも開いて了って、むせぶようなその花々の強い匂いで疲れた神経はいっそう苛立って、奇妙な惑乱で押し流されて了いそうで、私は顳顬《こめかみ》のところをやたらになぐりつけていなければならなかった。これは、なにか、天変地異でも起りそうだと妙に迷信めいた気に捲きこまれ、半ば庭に向いて開かれた窓から、庭園の古い桜の大木の青葉の茂っている梢を透かして薄気味悪い明るさを含む灰墨色の重苦しい空を見ているうちに、午後にはいったばかりだというのに病室の中は、私のかぶっている毛布のカバーの白さだけ残して、ほかのものはみな薄暗い中で一つになった。と、廊下を騒がしく過ぎる足音といっしょにパッと病室に電気がついたとたん、凄じい音をたてて大粒の霰が荒々しく降ってきた。私は、寝台から飛び下りて慌てて窓を閉めた。それから、外の狂人のような天気を忘れるために、枕許の「改造」をとって、宇野さんの「別れも愉し」という小説をもう一度読みかえしているところへ宇野さんが思いがけなく這入ってきた。

「どう？　ごめんなさい。早くきたかったのだけど、出かけようとしちゃ、人につかまって了って――」

そう云い云い、黒い、鍔のびっくりするほど広いパナマの帽子を脱いで、私のベッドの端に腰をおろすと、軽く白粉をはいて、鏡に映る自分の顔を舐めるように見ていたが、可愛いコンパクトの蓋を閉めると、

「病気も、そう苦しむ病気はいやだけれど、ほんのちょっとばかり軽い病気で、入院してひとりで薬の匂いの浸みついている白い部屋でくらしてみるのも悪くないだろうなあ。（これは独りごと）あんたはいかが、血色はすこしはよくなったようね。だけどさみしくない？　こんなところで独りいるのは。飽き飽きするでしょう？　もう本は読んでいいの？」

私が、「別れも愉し」をいま読んでいたところだと云うと、

「あ、ちょっと見せて。いつ出ました？　ウノさんは未だ見ていないの。」

私がそこのところをめくって渡すとしばらく読みふけっていたが、

「ああ」としんから悲しそうな溜息を洩して雑誌を床に擲げ出した。暫く、部屋の中を行ったり来たりしていたが、放り出した「改造」を拾って読んで、肩をすくめた。

「なにが？」と私が聞くと、

「あいつの悪さを思い出したの。五年もあの男と暮してきたウノさんがいやになるなあ。」

「好きだったならそれも仕方がないと思うけど。あなたはあの人を愛していたのでしょう？」

「そうじゃない。そうじゃなかったの。どっかで会った、私に似合った男だと思ったの。それから町を歩きながら話をしたの。それなり一緒になって了った――なんというだらしのないウノさんだろう。」

「そんなこと、私には変で仕方がない。そんな気持は私にはわからない。」と私が云うと、

「なぜこんなにだらしがないかしら。いやだいやだ。でも、これは、みんな、仕事をさせないあの男のせいでもあるの。ああ、何て結構なことでしょう？」

蔑んでいるのか、困っているのか、投げてかかったのか私にはその言葉から解釈は出来なかったが、肚の底から突き上ってきたのでなかったら、私はああまで感動を受けなかったろう。その時の「厭だ」は私のお肚の中までしずみ込んで、感情的にもぴったりときた。

「どうにもならない癖？　そのだらしないという癖は。」

癖だなどと云うと少し大袈裟に云って了ったようで、そう云うことをすぐに云う自分に苦々しさを覚え

て、私が暫くだまると、

「ウノさんの話なんかのきてになるのは、あんまり趣味が悪くてきがきかないと思わない？」

「どうして？　これは宇野千代の生活だと思って聞いているから。」

いつだったか、或る友達と宇野さんの小説のことで話合ったことがある。私は小林秀雄氏の「谷崎潤一郎」を読んで間なしの時だったので、宇野さんと谷崎潤一郎と何か似たところがあると云うと、「文章のうまさだろう」と友達が云うので、それもあるかも知れないが、小林秀雄の書いているように、「谷崎潤一郎にとって恋愛が最も主要な殆んど唯一の題材でありその分析を全く放棄してその陶酔と苦痛との裡に自意識の確立を企図した」というその同じことを宇野千代にそのまま持ってきてもおかしくないと考えられるがと訊くと、それはブルジョア作家の通有性だと頭から軽蔑して置いてから、長々とこんな風なことを饒舌った。

「いかにも男と女の交渉は精緻をつくして描き出されてはいるし、文章のうまいこともわかる。しかし、うまくかけた小説がすぐいい作品とはいえない。今日作家が、文学で苦労する以上、ああした場所で苦しむことは無駄ではないか。通俗小説の読者でも、ほろ酔い気嫌でばかり現実を眺めてはいない。やりきれない社会不安におびえ、生活の混乱をどう整理していこうと頭を抱え込んでいる。そんな人間で充満している中で平気で色恋のことばかり書いている。それ以外に一つでも社会不安が作品に反映している印象を与える小説を書いているだろうか。あんな材料より他に扱う材料をもたないとしたら実にみじめなものだ、自分は進歩的な思想を蔵していない、社会感覚の鈍い作家に好意はもてない。」そこまで云って、急に気がついたように、

「あ、あなたは宇野さんのファンだった」

といって、首をとぼけた格好に縮めて、わざといどみかかってくるような気配の眼つきでニヤリと笑った。

この友達は、ふだんから、自分がそんなに高く評価していない作家を私がやたら感心するといって非難に近い思いで居る。それに今更私が「宇野千代のファンだった?」などいってひょうきんな格好をしてみせても私は決してそれを恐縮したという意味にとれないではないか。

「おまえの好きな作家宇野千代の作品をもしも本気で賞めるというなら賞めてごらん、そうなると、おまえは、文学は面白いだけで沢山だ、小説は人に楽しく読ませるものだという仲間だということになる。」それでもいいかと誘い出してぴしゃと一つやっつけて、私がどんな顔をするか見たかったらしい。或は、これも一応は正しい見方であるかも知れないが、作家がその気質を忘れて、また、無理に歪めてまで気質にそむいた方向をとることに私は同意が出来ない。私は、宇野千代の作品が進歩的な思想や指導精神じみたものに欠けているからといわれて、どんなに時代的な批判がそれに加えられたところで、作者の生活がまざまざと感じられ、作者の感動が気質を殺さずに伝わってくる類い稀れな柔軟さと美をもつ素直な文章

の価値にゆるぎはないと思われる。ああした材料はむしろ古いものかも知れない。それだけに誰もが知っていることがらだ、それだけに、傍目にはそれが平凡なことに感じられてさらさらと、つい読んで了うのだが、どこを、どう取上げてかれこれ云えないほど一見平凡で気楽にかきおろされているところに作者の並大抵の苦労ではかけない力が隠されている。宇野さんの作品が私の心を捉えて放さないこれも大きな原因になつていると思う。

こんなことばかり書くと、宇野千代という作家は、いかに平凡で、そこいらにざらに見受けるあたりまえの女に過ぎない、と思わせて了ったかも知れないが、私としては、ひとりの気だての優しい、穢れたと見えて、実は、なんともいえぬ純粋なものを、心の底にもっていて、自分はそれに気づかずに、或る時は悪者だと思ってみたり、自分は嘘つきだと思って羞かしがっているそんな宇野千代の印象を書いてみたかったのだが、花の形は写すことが出来ても、その花のもつ美しさも、匂いも、色も、ついに描くことが出来なかった技術の拙劣な絵かきと同じで、わずかにカンバスの上にそれらしいものの像を残したに過ぎない。

乳幼児保護法について

今度の議会で論議された「乳幼児保護法」が無事に議会を通過すれば、この雑誌が皆さん方に読まれる四月頃からその具体的施設は実行されるだろうと最近の新聞は報じています。児童が社会の成長要因であるかぎりこの立法化は当然過ぎるほど当然なことなのですが、たまたま今度の支那事変での出生率の減少が見越され、その対策として乳幼児保護の立法化ということが遅ればせながらも前面に押し出されてきたということは大変に嬉しいことです。

児童というものが一家庭内で養育され保護されなければならないという原則は、社会的、経済的な事情から崩壊しつつあることは人口増加の行詰りや、要保護世帯――方面カード級の家族数が東京市内だけで幾十万人あることや、様々な救護施設や保護施設が益々必要とされている社会の現状から容易に見られるところです。

たとえば、最近婦人の内職が家庭内で行われるために子供の家庭教育という点で幾多の弊害を伴うと危惧され問題となっています。内職のために母親は手と時間を奪われる結果、食事は不定になる、料理するひまがないから市場で既製品を買って間に合わす、家で子供が遊ぶと仕事がはかどらないから小遣を持たせて外へ出して了う、そのために子供の生活を観察することも注意を与えることも出来なくなる、いきおい子供は不衛生的な環境に置かれる、といったようなことが挙げられているようです。

ところで、何故母親が内職をしなければならないか、ここに問題をもってきて考えてみるなら、非常によくわかろうと思います。物価の高騰、平和産業の休止或は停滞からくる労賃金低下と失業からくる経済難、夫の出征、戦傷、戦死などからくる生活難、それらの困難がやむを得ず内職にありつかせるのです。生活条件がよければ誰も自分の子を外に出しっぱなしにして置いたり、不潔で栄養のない食物をたべさせたりしない筈です。内職問題を論議すると共に、その母親に代って子供を保護し、養育する施設をどしどしふやすことも考え、実行してほしいものです。母親というより、親達が子供の安全を保證出来なくなった場合、社会がこれに対して責任をもつのは当然なことだと思います。すでに問題を社会の責任というところまでもってくるところに、一家庭内で、親が子供を養育し、保護するという今日迄の原則の崩壊が見られる以上、この原則は社会が代ってうけついだと見てよいと思います。母子保護法の実施など、その意味で更に了解してほしく思います。

今度の乳幼児保護法というのは、新聞記事の限り、病気の乳児を治療し、虚弱な子供は普通の子供にし、普通の子供は更に強い丈夫な子供に育てあげ、真に国家の役に立つようにするのが目的で、社会事業と異り国家に有篤な青年を作り上げるための保護法だといわれています。国家事業である以上、貧富の区別なくすべてこの施設に従って保護を受けなければならないそうです。その方法は、厚生省体力局施設課長の話によると、まず中央官庁と地方官庁に分けて保護施設を設け、東京市では、市の保健課や愛育会等と連絡をとり、地方では、医師、産婆、小児保健所等が各種の婦人団体や処女会等の協力を得て、四月以後出生の乳児のある家庭に、「育児の栞」となるパンフレットを配ったり、乳児を一人残らず健康診断し、それによって処置するというのです。

又都会と地方向きの区別をつけて、よい映画を作って母親の参考にさせたり、育児に関する講演会を開いて、母親を教育するつもりだということです。

ここで問題になることは、総動員して協力を仰ぐ手筈になっている地方処女会の会員や、その他の専門家でない全く素養のない人々に課せられようとしている任務の重大さです。それとパンフレットをもらった母親達の中でいったいどの位その中に強調されている事柄が読みとれたとえ全部の母親が読めたとしてそれを実行出来る生活条件をもつ母親ががあるかということです。かりに理解させるために払われる力は、集めることが出来ても、実施機関の不足や、生活窮乏の条件が、多くの母親に実行の機会を阻ませるということを生じさせないか、私はそれを考えるのです。

たとえば、社会医療施設にしても、無料健康相談所はともかくとして、低費、或は公共負担による場合、いくら必要を感じても動き出せない場合もありましょう。もしも、乳幼児保護施設利用費の全部が、国家の負担であると決められているなら、問題はないのですが、施設課長の話にあるように、健康診断、健康相談の場合、医者とよく相談して、診察料その他の便宜を計って貰うつもりが法文となったら、折角の保護法も或は応急策的なものになる危険を伴うのではないでしょうか。現在の医業がまだ営利主義経営を多分に含んでいることを考えますと、安心は出来ません。

　前に書いた協力を仰いで動員する人々のことも、社会衛生について一般智識から教え込みその上、社会的訓練を多少共受けた人でない以上、無自覚に行動されることは害ばかり多くさせる結果をとろうと思われます。方面委員が、その任務に対する自覚と無思想な人が多いためにどんな弊害をかもし出しているかを考える時、教育せず、訓練の乏しいままに動員する地方処女会その他の協力者を思うと心暗くなるのもやむを得ないのではないでしょうか。理実的事実に具体的な観察を与えることが出来るような人を養成しながら、この国家的施設を文字通り広範囲に適用してほしいと思います。その為には保健婦の養成ということも問題になってきましょう。社会的訓練を経た、自分の任務をはっきり知った保健婦が次々に送り出されてゆくなら、素人の処女会員等を動員せずともすむ筈です。きくところによると現在社会事業的施設に活動している保健局の数は全国で総数六十一名だということです。これでは、姙産婦のある家庭巡回訪問も、乳幼児の健康調査戸別訪問も不可能なわけです。

「乳幼児保護法」が立法化されて、国家施設として様々の医療機関や療養所が設置されることは当然のことですが、その設立機関を生きたものとするのにはそこに働く専門家は勿論のことですが、直接、乳幼児とその母親に接触する任務をもつ人々の仕事に対する責任観念と自覚を待たねばなりません。

　最後に、辛うじて生活を続けている母親達に、全く余裕のない、ただ生きているだけだという程度の生活にいる母親達に、如何に乳幼児を育てるべきか、かくかくの栄養食を与えなければよき発育はのぞめないぞと教えたパンフレットや、映画や、講演は効果がなかろうということです。これは内職のところででにいってきたことと同じ意味で考えて頂きたいのです。生計の維持と、子女の教育はその母達にとって苛酷過ぎる二重負担です。国民健康保険法が実施されて、婦人労働者の場合はその法によって、分娩費、出産手当金というものが、僅少ながら支給されることになっています軍事救護法によって、貧困な傷病兵、下士卒の遺家族である場合、妻は助産の手当として十二円以内を支給され、生活扶助費として一日三十銭以内の支給を受けることになっています。又貧困婦人の場合は、救護法によって、妊婦は十円以内の出産手当金と、分娩前七日、分娩後三週間の救護を受けることになっていますが、これらはすべて無いよりはましだという程度のもので、そのために、与えられた二重の負担が軽くなることはないのです。

(それを考えると、乳幼児保護法より「母性保護」の問題が一足さきに立法化されなければならないことに気づく筈です。母による養育はその子女にとって絶対に必要である以上、その母を保護することはあきらかなことです。)

私は、この乳幼児保護法が、ただ人口国策的見地から取上げられるのでなく、社会の成長要因と切離すことの出来ない相互関連の上で扱われることをのぞみます。そうであれば、保護の手段もおのずから異ったものとなって現われて来ようと思われます。

ビートルズと勲章

燃えさかる火、にえたぎった湯のしまつほどやっかいなものはない。もうすぐ来日するビートルズの熱狂的なファンたちの警備のものものしさをきいたりすると、明治に生れた私は、まったくびっくりする。エレキブームで、外貨をうんと獲得したほうびに、英国の女王エリザベスおんみずから彼らに勲章を授与したという記事をよめばよんだでいまや人間も「商品」であると思いしらされ、じぶんの生れそだって今日まできた歳月を、あらためてかえりみた。たしかに、じぶんも若い一時期、燃えさかる火、わきたった湯のときもあったはずだ。しかし、それは、ビートルズファン的なものではなかった。警視庁創設いらい「安保」「日韓」をのぞく大がかりな警備体制といわれるような大さわぎのもとでしでかしたことは、なにもない。めいめい、自分でしたいことをやったにすぎない。ファンとか、ファン心理などの言葉さえなかったし、もちろん、マスコミの力などうんぬんするものもいなかった。それだけに、人間を商品あつかいするものも、また、人間その者が、市場に直接、価値あるものと思いつく者もいなかったのではなかろうか。

ところが、いまはまったくちがう。業者は、つくった商品をいかに早く消費させるか、いいかえるなら、消費をつくりだす人びとに、私たちはひきずりまわされているのだ。その人びとのために、しまつのつかぬくらい煮えたぎったもの、燃えさかる心理を、さまざまに利用されたら、また利用されているうちに、人間はどうかわり、かわらされていくだろう。ビートルズ熱もあるレコード会社の人のいうように、あと二年もたてば、下火になるだろう。しかし、これにかわる価値ある商品はつぎつぎとつくりだされ、そのつど、ファンたちの血をわきかえすことは、あまりにもはっきりしたことなのだ。

私は、このあけくれ、いやでも眼につくビートルズの宣伝広告や記事をみるたびに、そのそうぞうしい世の中の気配のなかで、人間がこれから、どうかわるだろう、どんな人間がつくられるのだろう、と考えるのも、明治生れのせいらしい。

まいあがったホコリ

室の片すみに、つめるだけつみあげておいた古雑誌を、きのう屑屋さんがとりにきてくれることになっていた。私はそれを玄関わきまではこびだして待っていたが、夕方になっても屑屋さんはあらわれなかった。私は、いちどはこびだしたものを、家の人たちの出入りのじゃまにならぬよう、また汗だくになってほかへうつした。

つみなおしながら、その中の一冊をなにげなくパラパラめくってみていたら、一九六一年十一月に、箱根でおこなわれた日米合同会議を報道したインドの日刊紙の記事があった。せんだっての京都での日米大物の合同会談の内容がうかがい知れぬままになっていたせいもあって、私はその雑誌のホコリをパンパンはたいてよんだ。

「一九六一年十一月二日から同四日までひらかれた箱根会談の席上、ラスク長官は日本の閣僚たちにつぎのことをあきらかにした。それは、日本の池田首相が、前にケネディ大統領にたいして〝国内でどんな反対があろうと、日本政府は南ベトナムに六千人の将兵のほか、装甲車千百台、戦車二十四台、ジェット機二十二機と落下傘兵九百人を派遣する〟と約束している」

これは箱根会議のときの報道の一部にすぎないが、たった一冊の古雑誌から、こんな黒ぐろときたないホコリが舞いあがった。

それにしても、いつのまにアメリカの軍用器材をつくる工場ができていたのだろう。

いつだったか電車の中でとなりにいた会社員ふうの男がつれの男に「朝鮮戦争のときの会社のあのもうかりようはすごかったな」といっていたことまで私に思いださせた。

それにしても、いまの日本の政治、経済が、だれのために、なんのためどうなされているか、かくされていることは、かならずかくしきれなくなるときがくる。かくしおうせなくなったとき、なにがおこるか。私たちは、くらしのあけくれの中でこのことを考えていなければ、くやんでもくやみきれないことになろう。

第Ⅳ部　インタビュー

芽をこぼし飛び散らして

後列左から 不明、富本一枝、平塚曙生《あけみ》（らいてう長女）、陶、不明、陽、憲吉と壮吉、平塚らいてう（髪型から判別）。1930 年代半ば、場所は不明（富本家ではない）。

謂ゆる新しき女との対話　―尾竹紅吉と一青年―

紅吉は愛す可き女だ。天真で、率直で、無邪気で、素朴で、単純で、正気だ。彼女の色は黒く、髪は硬《こわ》く、顔も、鼻も丸く、謂《い》うところの美人ではない。けれども見よ――其の眼と、頬と、唇のあたりには、彼れのそれ等の性質の総《あら》ゆる美点が雲の如くに漂って、接する人々に、一種の親しみを感ぜしめる。新聞の三面記事や、人々の噂に創造された尾竹紅吉と、尾竹紅吉其の人の実体とは全然別個のキャラクタアであることを、親しく紅吉の実体に接した余は断言する。余は、余自身の眼に映じ、余の智識の判断したるところのものを、余自身の存在の確実を信ずると同じく、確実に信ずるものである。余は、其の確信を以て謂ゆる「新しき女」の問題の中心たる紅吉の実体に接したる記録と、それに対する余の判断とを茲《ここ》に公表する。

――時――

十二月十日の午前十時、空晴れて蒼く、北風強し。薄き光りは仄白き道に落ち、風は時々高く砂塵《しゃじん》を巻く。

――場面――

下谷下根岸、尾竹紅吉の書斎。八畳の間《ま》にて。東と北との廻り縁なり。天井低く南に高き窓あり。窓の少しく赤味を帯びたる障子の紙には、日の光り明く照し、窓外《そうがい》は庭を隔てて通りになり、絶えず人々の行き交う下駄の音、靴の音など聞ゆ。室の中には書架、オルガン、デスク、白い絵絹《えぎぬ》を張りたる画架などあり。壁には、スケッチ、西洋近代名家の絵画彫刻の写真版など、無数に掲げ、書架には、「自叙伝」「黎明期の文学」「科学と人生」其他の雑誌。デスクの上には緑色グラスの置時計、其の他。室の空気は稍々《やや》陰気なれど、総べて整頓と調和とを示し落付きあり。

――人物――

青年。痩軀、長身。粗末なる衣服と袴。鉉《つる》の壊れたる鉄縁の近眼鏡の下には、稍々神経質なる鋭き眼光り、短かく刈りたる頭。

紅吉、丈高く、色黒し。体格は逞ましき方。多くは伏目に言葉を交し、時々面を上げて相手をチラと見ることあり。

髪は束髪にして、顔立優しかられど、無邪気にして柔かなる愛嬌を浮ぶ。衣服は稍々地味にして、白き襦袢の襟、白き八ツ口、浅葱色に白の絞りの細き帯。体格の逞ましきと、風采の素朴なると、態度の淡泊率直とは、動《やや》もすれば「女」の「優しみ」、又は「柔らかみ」よりも、「男」の「恬憺《てんたん》」に近し。されど、其の中に自ずから、年若き女性一種の無邪気と愛嬌とありて、可憐なる一個の少婦なることを思わしむ。言語静かにして明晰、喉より出づる声なり。

紅吉の妹。良家に、多くの兄弟の姉として育ちたるを思わしむ。素直にして、才気あり、率直なる親みある少婦。

紅吉の妹。姉は二三日前から耳を痛めて居まして、しかし、直ぐ参りますから何うぞ。

取り次ぎを終りて二階より降りたる彼の女は、十畳ばかりの玄関の畳の上に手をつかえて云う。

青年。突然出まして大変お邪魔いたします。

――大層お寒い風ですな。

青年は外套を脱ぎて玄関に上る。

紅吉《こうきち》の妹は玄関の右手の襖を開き、
火鉢を中に座布団をすすめなどす。

紅吉の妹。さあ。何うぞ此方へ。

青年。失礼します。

間。――青年は座布団の上に座り、室の中など見廻す、隣室にて話声が客を送出す気勢《けはい》などす。

やがて紅吉、北側の障子を開きて入り来る。

紅吉。何うもお待せ申しました。

青年。いや、突然出まして……臥ってお居でのところを、わざわざお気の毒でした。耳が痛むそうですが、如何です。

紅吉。ええ。有難う存じます。三四日前から痛み出して、一晩など眠れませんでした。切たりなどいたしまして……。虫が入ったのが元です。――けど、今朝は起きようと思って居ましたところです。

間。

青年。（やがて口辺に微かなる微笑を浮べ）近頃「新しい女」と云う問題で、方々で大分喧ましゅう御座いますな。其の中でも貴方が問題の中心点じゃありませんか。（間）大坂毎日にも、それから東京日日にも長く書いてありましたね。

紅吉。（之れも微かに唇のあたりに微笑みて）ええ、大分書かれました。

青年。貴方はああ云う記事を承認することが出来ますか。

紅吉。いいえ、全然――私の実際とは余まり違って居ります。初めの中は腹も立ちましたし、弁解もしようと思いましたけれども終いには寧ろ滑稽になりました。余り間違って――と言うよりも私とは全然別のことなので、何んだか芝居を見たり、小説でも読むと同じような気持になって了いました。だから、今では弁解しようなどとは思いません。人々の心が好奇心に燃えて居りますから、縦し、今私が弁解いたしまして、それを一時は承認しましても、それは直ぐに消えて了うでしょう。だから、長い将来を期して、真面目な仕事を以て本当の私と云うものが了解されるのを待つより外ありません。

青年。しかし、ああ言う記事が出ましても、家庭の方は別に貴方の一身に対して干渉されませんですか。

紅吉。初は随分詰問を受けましたけれども、何分事実が違うもんですから、今では何ともありません。

青年。吉原へ行《いっ》たと云うのは事実でしょう。

紅吉。ええ、それは伯父（尾竹竹坡氏）が滅多に見られないところだから、一度見せて遣《や》ろうと云って、平塚（明子）さんと、中野（初《はつ》）さんと、私と三人を連れて行ってくれました。五色の酒とか何んとか云いますけれども、一度鴻の巣へ広告を取に行きましたことがあるだけで、其の次ぎに最う一度催促に行きましたそれだけです。

青年。吉原へ行った時には、どんな感じがいたしました。

紅吉。忘れました、今では別に感じが残って居りません。只未だ外にお客が待って居ると云うようなことを聞いた時に、大変気の毒な気がして、何だか情なくなりました。其感じが未だ残って居ります。

青年。銘酒屋へよくお出掛けになるそうじゃありませんか。

紅吉。いいえ。只、前を通ったことがあるだけです。それも、右を見たり、左を見たりして見物して歩くのではありません。とても見られません。只、真中を通っただけです。私は一体内気な方で、人に笑われたりなどするのは非常に耻《はずか》しいものですから、吉原へ見物に行きましても、人のように格子の傍に寄って見ることは出来ません。ああ云う種類の女ですから、万一どんな慢罵でも平気で浴せかけられるか知ら？　と思うと、とても格子先などへ寄って見る勇気はありません。只、道の真中を歩いて、右や左の明るい中に、赤や青のいろいろな色の動いて居るのがチラチラ眼に入ったり、それ等の女の声を聞くぐらいなものです。

青年。酒は飲まれるのでしょう。

紅吉。私ばかりではない、酒を飲むと云う程飲む人はありません。それは、誰だって宴会の時などに盃の取り遣りぐらいはいたします。

青年。此の間田村とし子さんと、平塚明子さんと、貴方と三人で、カフェー、パウリスタンでお酒を飲まれたそうじゃありませんか。

紅吉。ええ少しばかり。田村さんは御自分では上らないで、私に飲ますのですもの……あの時、三田の方の男の方が途中で入って来たりなどして、騒々しくなったものですから、田村さんは怒って、三人で出て了いました。

青年。貴方は青鞜を退社したんだそうですね。

紅吉。ええ、私が居ますと、私一個のことがいろいろ不真面目に書かれる時に、青鞜と云うものにまで累を及ぼしますものですから、それで退社いたしました。

青年。じゃ、個人間の感情の衝突と云うようなことはありませんのですね。

紅吉。そんなことは些《ちっ》ともありません。退社の理由も明らかにしたいと思いますけれども、斯う云う際ですから人の耳にも入るまいと思って、控えて居ります。

青年。昔から女で酒を飲む人もあれば、吉原へ遊びに行った人もあるのに、何う云うわけで貴方一方が「新しい女」と云う問題の中心になったんでしょう。

紅吉。さっぱり分りません。年が若いからでしょう。何時の間にかこんな風になって了ったんで、今では大きな檻の中に入れられた獣のように、只まごまごして居ます。知らない間に入れられて居たんです。平塚さんは慣れて居らっしゃるから、成るたけ新聞記者などは避ける方が好いと仰言ったんですけれども、最初、国民新聞の方が居らした時には、恰度、玄関でお眼にかかったもんですから、其の儘会って了ったんですが、話してる間は好い方だと思ってました。一体私の性質として、人を疑ったり、気を廻したりすることが出来ない性分だものですから総べての人に少しも警戒や用心をしないのです。皆どなたでも好い人と思えるのです。けれども今では自分のそう云う性質の間違いであったことが分って来て、人は人、自分は自分と云う風に考えて、大分用心をするようになって来ました。以前は人が新聞記者と言えば、何だか別種の人間でもあるように云うのに反対して、新聞記者だって矢張り同じ人だと云うように思って、嫌いでもなければ、用心もせず、会いさえすれば総べての人が好きで、自分と同じように心も許し、用心もしなかったと同じように、新聞記者に対してもそうであったんですが、今では新聞記者と云うものが、何んだか別種の人間のような気がして来ました。

青年。（苦笑）さあ、新聞記者だって矢張り同じ人間ですけれども、仕事に当て嵌るように、自分の心とは違ったこともしなくてはならんのでしょう。（間）それで貴方は、貴女自分を世間の云う「新しい女」と自認して居ますか。

紅吉。いいえ。――世間で云う新しい女と云うものは、よく分りませんけれども、不真面目と云う意味が含まれて居るようですね。私は不真面目と云うことは大嫌いです。私は寧ろ、世間で言われて居るような「新しい女」と云うものが実際にあるならば、「新しい女」を罵倒して遣り度く思います。「新しい」「旧い」と云うことは意味の分らない事ですけれども、旧い新しいの意味が、昔の女と今の女と云うのなれば、私は昔の女が好きで且つそれを尊敬し、自分も昔の多くの優れた女の様になりたいと思って居ます。そして、私自身はどちらかと云うと昔の女で、私の感情なり、行為なりは、道徳や、習慣に多く支配されて居る事を感じます。

富本一枝先生をおたずねして

陶器の静まるお部屋の南向きは、初秋の野趣を、ゆたかにひろげていました。

和服と椅子の、うつりよいお姿で、富本先生は時々、わっはっはと高く笑われました。

編　きょうはどうもお忙しいところ上りまして……、女ばかりの雑誌「青踏」が発刊されて今年は五十年になります。その草分けとして先生は大変ご活躍なされ、又現在は草の実会員でいらっしゃることに私たちは誇りをもっている訳ですが、その半世紀の生きた女性史として、その頃の時代を背景とした女の生き方などさぐり、今後の私たち草の実がより成長する為にもいろいろお話しを伺いたくてまいりました。

青踏創刊のころ

先生　そんなにむずかしいことでなくてお話し合いしましょうか。「青踏」創刊ころの方と先日朝日ジャーナルの座談会で逢ったのですが、逢って見ると誰も案外おばあちゃんになっていないんですね。これはどういうものか、明治の得みたいですね、こんな話しから始めてしまって（笑）

編　いいえ、明治の方がいつまでもお若いっていうこと、もう少し話して下さい。

先生　気がまえというか、気もちといいますか、やはり私たちの父や母の時代、明治維新をへて、いろいろの脱皮や困難の中を、のりこえたたかってきた息吹き、その中で生れ育ってきたせいでしょうか。

編　青春時代に解放運動の息吹きを持っていられるから若いのではないかしら。

先生　青踏社が婦人解放運動のためにあつまったように思われていますが、平塚さんが青踏を出されたころは、解放運動というより、個人の自由とか解放といった考えが、個人主義の立場で文芸運動の形をとっての発足だったのではないでしょうか。ハッキリした体系をふんまえた上でのことではなかったにしても。そのころの若い人達は、社会とか政治問題より自己解放という気持でした。女子教育などということが、まだまだ特別な響を持っていた程、女にとっては未解放といっていい時代で、たとえ女が勉強に志しても学校も少なく、女には教育はいらないものと考えていた人が沢山いた時代でしたし、結婚の年令一つみても、規則みたいに決っていて、十七、八才になればもう売れ残りとみられていた時代でしょ、しぜん女学校へ出すより、お茶やお花を身につけさせるという母親が大部分でしたから、私など女学校を出た時、東京へ進学ということで、ひどく友達から羨ましがられました。

編　先生のお父様は画家でいらっしゃいましたね。

先生　ええ、叔父たちもみんな日本画家でしたから、その点かなり自由でした。男の兄弟が死んで私が長女でしたが、長女というのは長男に替ってまた偉いんですね。家というものの仕組みが家の跡を継がせるということが大問題で、その必要から投資も惜しまぬというところがあったのではないでしょうか。それだから、平塚さんはお父様がドイツへいらしたりして、普通の家庭とちがっていたと思いますが、それでも女子大に入ることは、お父さまが余り賛成なさらなかったようにきいていました。でもお母さまが家政科ならということで、納得してもらって入られたらしいんです。家政科なんて向くような人ではなかったんですが、その後成美女学校（津田の前身）に行き、そこで生田長江、馬場孤蝶、森田草平などによる「閨秀文学会」で文芸の研究をやったり、禅寺へ行って禅の研究をしたり、かなり自由にふるまって来た方ですが、そこには婦人解放などという考えはそう意識してのことではなかったと思われるのです。青踏がふり返ってみて、日本の女性史のなかで婦人解放運動の口火を切ったように言われていますが、それは今日過ぎた流れを見た時の話で、たしかにそうであったかもしれませんが、最初の出発は、さっきお話したように、社会問題とか政治の問題にかかわりないもので、青踏創刊号にある平塚さんの言葉のように、「女流文学の発達をはかり、それぞれの天賦の個性を発揮させ、他日女流の天才を生む」ことを目的としたものでした。

まだまだ当時は女が何かしようと思えば目立つし、親の賛成、不賛成が巾をきかしていたきゅうくつな時代にさからっても、書いていこうという人達が、青踏の発刊をどんなに喜んだか分りません。

女子文壇に投書したりなどして紛らしていた人もかなりいたのですから。はじめて青踏を見た時、「原始女性は太陽であった」というあの平塚さんの名文句にびっくりしてしまって、これはスゴイと思ったんですね。

あの頃、解放運動とか婦人運動というものは、社会主義者や無政府主義の人達によって熱心によびかけられていました。景山英子さんなどよりもっと前にありましたが、青踏はハッキリと個人主義的なものだったと思います。自然集まるものも個人主義的な考えをもっていて、世の中がどうなっていようが、社会がどうなっていようが、そういうことは恐らく考えの中にそんなになかったと思うのですが。

編　その二つの流れの中の、個人的な解放にしても青踏の場合は、それの目標を文学というものにおきかえられたのと違いますか。

先生　そうともいえましょうね。青鞜に集まった人達は、それぞれ文学によって女自身を解放して、自分の中にひそんでいる天才をと意気ごんだものです。

自分なんかも、これはひとつ、なかにある天才を大いに発揮させようとして入ったものなんです。(笑)でもこれは出来ないじまいでしたが……。でも、若い人たちがみんなそういう気持でいることは確かです。家の中で親に叱られ、いろんなことがあって、これではいけない、自分はこうしたいとウツウツしていたものにとっても、青踏が出たことは確かに大きな魅力だったと思います。いまおっしゃったように、どこまでも文芸運動として出発したのではないかと思います。それさえ大変なことで、女の子が文芸運動をしたり、雑誌を出したりなどもっての他で、そういうことからいえば勇気のあった、今では想像もつかぬほど大きな仕事だったと言えるかもしれません。

編　そういう同じ婦人の集まりでも、戦後は私たちもそうですが、自然発生的にできましたけれども、その当時に青踏一つでございましたでしょうか。

先生　女の雑誌というものは、女子文壇とか、他もまだあったのかもしれませんが、青踏のようなものはなかったのです。青鞜が文芸運動から婦人問題に心を向けはじめたのは翌年頃からでしたか、イプセンの「人形の家」の合評をやったり、翻訳ものをのせたり、エンマゴールドマンのものなどドンドン翻訳してのる様になってから平塚さんの最初の考えはかなり変ってきています。私たちもそれを読んだり考えたりしているうちに次の問題に移ってゆくというようなそんな時、伊藤野枝さんが現われました。伊藤さんはご承知のように、生活的にもいろいろ苦労が多く、思想的にもそれまでの青踏の人たちと違っていました。大杉栄さんと知りあってから伊藤さん自身もまた成長しました。平塚さんが伊藤さんに編集をまかせてから、伊藤さんの考えがかなり編集の巾を拡げたといえるほど、そのころから社会問題と強く結びつくようになったのではないでしょうか。

編 朝日ジャーナルの記事で先生もなにか編集後記かなにかお書きになったとありますが、雑誌の編集にもおたずさわりになって？

先生 ええ、しばらくでしたが、お手伝いしましたが思えばのんきなものでしたね。そうですね。論文なんか見ていましても、その時分は今度はこういうテーマでという格別のこともなく、自由自在だったようです。もう一つは今のようではなく、たとえ作家として名の出ている人でも、長谷川時雨さんや与謝野晶子さんは別にしても、一家をなしている方たちがほかにもいたんですけれど殆んどの人が書く場所、発表する場所がほんとに少なかったものですから、まして、かけ出しのものや志望程度では、甚だ見込薄といったところだったので、青踏によって発表しようという人たちがワッと集まってきたわけです。平塚さんがびっくりされたぐらいに。

世間の批判を受けて

私はよく若いお友達にいうんですけれど、その時代というものを知らずに、いろいろの問題にふれることはよくないし、問題が話せるわけがないんです。今そんなことと思うようなことが、その時は非常な大まじめであって、みんなが話にならないようないやな思いや目にあった暗い時代だったんですね。青鞜の頃は。

編　青踏に対して新聞などいろいろ批判していたと聞いたのですがからかったりそんなことはありませんでしたか。それとも青踏の人たちは余り感じないでいらしたのですか。

先生　青踏には、どこにでもあることですが、保守系の婦人たちがかなり反対だったようでした。男の人たちは半ばどちらかといえば興味本位で見ていたのでしょうか。

新聞などではかなりデカデカと「新しき女」としてとりあげていました。あの噂高い吉原登楼事件にしても、五色の酒のことにしても、興味が先に立って書かれましてね、大変なものでした。今でいえば、只の見学だったのに（笑）

それにしても、その次見学なんてなかったのですから、いくら見学といっても、吉原は男の行くところで、女なんか足踏みするなんて非常識極まるといわれ、まるでおいらんをあげて大尽遊びでもしたような騒ぎで、何とも大問題となり、それがキッカケで世の非難が一度にふりかかったというわけです。

編　まだティーンエイジャーでしたでしょ？

先生　私は数え年でたしか十八か九でしたかしら。

編　結婚しないで？

先生　結婚どころか、人生しあわせの絶頂みたい得意の時代でした（大笑）

編　男装でいらっしゃいまして？

先生　とんでもない！　それも間違えて伝えられています。久留米絣の着物を着て、セルの袴をはいていたので、目立ったのです。平塚さんも、ほかにも袴をはいていていた人がいたのですが、とりわけ背丈が大きい私が目についたというのでしょうね。ともかくその私たちが吉原へ出かけたということが新聞にでますとね、まっ先に親類から母へ対して小言がきました。お前の躾が悪いからだとか、親類の名折れだとか顔よごしであるとか、なんとも散々に言われたり、近所の人は近所の人で垣根ごしにのぞきに来たりしましてね。私は案外気が小さいのでこれはえらいことになったと、すっかりしょげてフトンをかぶって寝ていたんです。そこへ平塚さんが多分私が新聞記事にしょげているだろうとわざわざ尋ねてこられたのです。案の定寝こんでいるでしょう。そこで平塚さんは枕元に座って「新聞の記事くらいでそんなにしょげてどうするか。新聞記事で信用できるのは、天皇皇后の行幸啓の時間とか宮中の式次第くらいで、その他のものは信じるに足らない」という様なことを言われたのです。平塚さんはやはり偉いなあと思いました。

その時の騒ぎをキッカケに、青踏社の中に、あいつは目ざわりだ、とんだことをしてくれたので、青踏があらぬことを言いたてられ、世の非難を受けるようになった。平塚さんが甘いからいけないとか何とかいいだし、私を退社させなければ自分たちがやるとさえいいだす人まで現われてきました。平塚さんはそれでも私へかかる非難をみんな受けていらっしゃいました。何に対しても、自分の信念に些《いささ》かの信念のゆるぎのないあの人に感じ入ったのです。私よく考えるんですけれど、あの時代にあれだけ自分というものを大切に強く生きていたことは、全く大したものだなあということを思うばかりです。このことは年が経つにしたがって、歴史の時間を逆に見ていくときいつも考えることなんです。

編　平塚さんは今でもキバツな言葉をはかれますか。

先生　キバツというのは、あの、原始女性は太陽であった式の？　歌人の木俣修さんがある人にさ さげた歌に

　　乗り越えて来しくるしみも淡あはと宣らすのみ
　　しづけき笑ひたたへて

　というのを見たとき、私は平塚さんのことをとっさに思ったのです。今の平塚さんは本当にこの歌のとおりです。いっそう美しくなられて——。人間、年を重ねるということは、生きるしるしということは、あれでなければならないとお会いするたびに思います。先日会ったとき、このごろ原稿を書くときよく字を忘れているなどとおっしゃいましたが、私たちがよく人の名前を忘れるのと同じでこれは仕方ないことで、前向きの姿には少しも変りはないようですね

編　人の伝記というものを考える場合、或いは読む場合、先生のお話を伺いたいのですけれど。

先生　子どものよみもののことで時々本屋さんに行って見ます。そこでいわゆる伝記ものとか偉人伝というものを手にとってみますとよくもまあこんなに同じ人間をあきもせず出版しているものだとおどろくのですが。これはこっちの邪推ですけれど、依頼する側も側だが、書く人が本気になって取組んでいると思えないことによく出合うのです。前に出ていた本を資料というように利用して、よろしく脚色しておくといったものが多いので失望させられます。子どもの読物だからいっそう心をこめる人間の尊さというものを考えさせなければならないのに、どの本も新らしい人物を探ろうとせず、十年一日の如く式で全く掘り下げていないことは残念でなりません。いつでしたか、どこかの新聞の投書で読んだことですが、野口英世の伝記のことで、伝記もののあり方を再検討すべきだということ、日本の偉人伝は間違ったことでも

正当化し神秘化する傾向が昔も今も変らないと書いてありましたが、私もいつもそれと同じことを考えていました。それにしても伝記という問題はむつかしいですね。その人が、何も人の為に一生懸命によい仕事をしようと考えた人でなくて、自分の研究を、また自分のやりたいことを充分にやり通しやり抜いて、そこではじめて、その研究が大勢の人たちの力となりしあわせな道をつくることになるのではないのでしょうか。人の為っていうことは、いつもあとからではないかと私は思っているのですが。（一同うなずく）

そんなことから考えても、新らしい伝記を子どもたちに与え読ませるということは、これからの大事な仕事であり、是非してほしいことだと思うのです。古い本など見ましても、人間として良い生き方をしているなあと思うような人が沢山ございますね。手分けしてそういう人達の事を、草の実のお母さんたちが一緒になって子どもたちのためにして下さったら、どんなにいいでしょう。

子どもに伝記物を読ませるということは、お前たちもこの人のように立派なものになれと歴史に名をとどめるようなことをしろということだけではないと思います。人生、きれいごとばかりではありませんものね。自分の喜びは人の喜びであり、人の喜びは己れの喜びであるという無償の行為っていいますか、これが大事なことであって、そういう意味での伝記もの、読むものの心を打つようなものの、人間のしでかしてきた悪いことを子どもにしらせ、正しい判断を与える力となるようなことがらも書いてもらいたいのです。

婦人運動家と女ごころ

編　前に、平塚さんのベーベルの婦人論をよみましたが、芯から社会運動をおやりになって、婦人解放を叫んだ方のように思っていました。名前もらいちょうでしょう。平塚さんにしても神近さんにしても、当り前の女のように男性に対して女ごころを持っていらっしゃらないかと思いました。

先生　そうでしょうか。女が女であることは自然のことです。女であるかぎり女ごころももっているのは当り前ではないでしょうか。哲学の本を親む人が、たとえば探偵小説を読んでおかしいということはないし、解放運動家が西鶴ものを愛読しても悪いということはいえないので、エンマゴールドマンのものに平塚さんが心酔し、それを翻訳しているから、女ごころを持たないと思えるでしょうか。自分が実際やれるかということと、読んで打たれることと、この場合問題は別だと思います。

　婦人運動ということを、私は不勉強でよく分らないのですけれど日露戦争が終って、一時好景気があり、そのあと不況時代がありましたね。帝国主義の時代に入ったばかりの経済不況は大きな行き詰りを色々の面で見せはじめましたね。そして中小企業があえぎ、大資本が国の政策で守られるような仕組の中で、世の中は悪くなっていくばかりでした。そこに前近代的な日本の苦悩がみられ、働く人の側と資本家の対立や矛盾がさけがたくなってきている時期が、平塚さんなどが女子大に入ろうとしていた頃と思うんです。

　このころ、労働者自身のなかに問題をもち初めてきて、婦人労働者のストライキも自然発生的なものだったかもしれませんが、見られます。勿論それ以前に片山潜などが社会主義について書いているのをあとになって私など読んだような次第ですが、いかに自然発生的なものであっても、ほってはおけない段階にあったので、幸徳事件があのような形で裁かれるといった大事件などがあったのではありませんか。やがてどうしても芽生えずにはおれないものが、外には現われなくても、草の実ではないんですけれども、アッチコッチにその芽をこぼし飛び散らしていったのだと思うのです。

一方戦争によって新しくできた中産階級や文学者の中からの発言を時の政治家が無視できなくなってきた。そうした色々の条件が社会運動とか、婦人運動を徐々にしろ押し進める強い力になってきていましたね。ですからこの土壌は常にその芽のためによく培かわれていたのであって、平塚さんたちが、イプセンを、ベーベルの婦人論を、エンマゴールドマンのものを、よみあさり心打たれたのはごく自然の経過だったのです。それが個人の確立とか解放だけでは達成しない数々のことを、平塚さんに開眼させたことになったのではないかと私は思うのですけれど。

編　幸徳事件のときは、青踏はあったんでしょうか。

女が考えるということ

先生　幸徳事件といいますか、あの「大逆事件」の宣告はたしか青踏創刊の年の一月だったでしょう。私は「うちに潜める天才云々」に魅せられたようになっていた頃で、世の中がどうなっているのか赤旗事件や大逆事件についても知らないといっていいほどだったんですから、全くお恥かしい話です。

今はいろんな事を考え知るのにはとても幸せな時代ですね。新聞といいラジオといいテレビといい、こうして皆さんと一緒に話すというこんな機会さえ、夢にも考えられなかったのですから。

とにかくアンパンがまだ珍らしい時代だったんで、女学校卒業頃アンパンを買うのがクラスでも幾人といった調子でしたね（笑）

編　先生がどんなにハイカラだったたか、朝日ジャーナルの写真で拝見して思いました。（一同ほんとに）昔の偉かった女性はどうしてこうドウドウとして才色兼備だったんでしょうね。

先生　あの写真は青踏の頃のものではありません。子ども一人くらい生れてからのものでどこから探し出されたか……。しかし、平塚さんはこれこそ本当に才色兼備、何とも美しい人でした。

編　伊藤さん、神近さんもきれいですね。

先生　伊藤さんはきれいというより、眼がおそろしく魅力的だったんですよ。きかん気の熱っぽい目で。神近さんには家の父が絵かきだったせいか、参っていたようでしたよ。あの人は日本人ばなれした何ともいえないきれいさだと。

私たちは意気地がないか

編　その頃はいろんな圧迫とか、世間の目とか封建性のなかで、天才をひき出そうとし、婦人の解放をとなえて、女の人が非常に苦しい経験をしてきたと思いますが、私たち戦後の場合は、憲法が女の地位を認めてくれているし、社会もそうありたいという空気のなかで、力はないのですけれども背のびする形で一人一人はいると思うんです。その頃の人にくらべると、私達はいくじがないなあと思います。

先生　そんなことはありません。しあわせですよ。

編　その頃の人達はそんな雑音はカラカイ半分として受け流す強さがあったのじゃないでしょうか。

先生　さあ、どうでしょう？　雑音にやられる人の方が多かったのじゃないでしょうか。なにしろ、私たちが一番こわいものが、両親でした。そして世間の雑音は直接私達をなぐらずに、両親にまずかぶせるんです。新聞とか雑誌にたたかれることも快よいことではありませんでしたよ。

編 私たちは警戦法反対した位いでもやせちゃうんですけれど、先生方のお集りになったときは文学の方面とか、或るすぐれた人達のより合いだったように思うのです。私達の場合は声をやっと上げはじめたという人達の集りなものですから、意気地が無いという、自信がないということが影響していると思うんですけれど。

先生 あの頃の人達は、平塚さんなんかもみんな親がかりだったんです。だから生活の苦労なんか身に沁みているなんていう人はいなかったのです。金のことなど考えたりせずに、好き勝手に書きたい人は書いていました。楽だったともいえましょう。それが「新しい女」と名札をつけられてつぎつぎに面白半分の非難が出はじめるとそれにつれて地方の読者がはなれていったのです。青踏の人々も文学の世界にこもって、ただ書きたいことを書いているかぎり、書くことそのことにその時は非難はなかったけれど、そのワクからはみだして、社会との関連をいささかでも匂わしたものは、風紀ビン乱道徳上よろしからず式で発禁になったのです。目を覚ましさえしなければよかったのですから。個人個人ではどのように思っていたかしらないけれど、一しょになって考えて、一しょになって抗議しようなんて誰も思っていなかったのです。第一、参政権は男の人でさえ一部の人だけが持っている時代でしたからね。

編 草の実は主婦が多いので、子どもがいたり、生活に関連してきますから、私たちの娘や息子の時代になればそう意気地がないことはないと思うけれど。いまの若い人には何といわれてもかまわないという人が多いですね。

先生 そうですね、それは服装ひとつ見てもそう思いますね。

編　主婦だって意気地はとてもある人もあると思うのです。私が意気地がないといったのは、先生方のようにもっともっと不動の姿勢といいますか、信念というものが培かわれる地盤といいますか、それを持っている青踏の方達と違って、なにも社会的な問題でなくても考えるということをやっと手さぐりで始めた人達の集りが草の実だと、だから先生方の時代の方にくらべてスタートラインにおいて勉強が足りなかったというその点が、置きかえれば意気地がないと云う言葉になったのです。

一同　そうですね。

母のこと

編　さっきは親類の方から、お母さまに対して非難があったとお聞きしましたが、お母さまは先生に対してどの様な態度をとられましたかしら。

先生　私の家ははじめに申しましたように絵かきでしたから、一般の家庭よりか子どもたちのしつけとか扱われ方は、そう窮屈でなかったと思います。といっても父は絶対の権力者で、母はそれに従い家を守る役目だけの存在だということに変りありません。私は父のあとをつぐべき者で、男のない私の家では、長女である私が、妹たちより優位にいました。

それだけにまた自由にふるまうことが出来ました。しかし、母は女の子というものはと行儀作法をやかましくいい、良い女ではあったけれど、しつけというものについては箸の上げ下しから、やかましくせねばならないという考えのしみついていた母でした。そんな風の母だったのですが、青踏のことでは何ともいいませんでした。いろんな噂を聞いた時は、「おまえが女らしくないからだよ」といったりしましたが、或る意味では子どもを信じていてくれたのではないかと思います。仕様のない奴とあきらめていたのかも知れませんね。
　私のことで父方の親類などから呼びつけられたあと、涙をこらえて戻ってきた母を見ますと、何とも母にすまなくなりました。

編　娘のする事を信頼しきっていて、おわびするのは世間態だけでいらしたのでしょうね。

先生　そうでしたね。その世間態のことで面白いことがあるんですよ。結婚する時なんか私はそんなに大げさなことになるとは夢にも知らず呑気にかまえていたところ、お嫁さんは、島田を結い振袖を着なければいけないといいわたされました。いまも昔もこのしきたりには変りがないようですが。ところが私は母のいう通りになりました。というのは、私は好奇心が人より強いらしくお嫁さん姿ってどんなものかしらという気持があったんじゃないかと思います。（一同大笑）でも、私の中には親の言うことを聞かなければならないという碇がやっぱりつちかわれていたことと、もう一つはお母さんに随分心配かけて来たのだから、ということは他人の非難を母がいつも身一つに受けていてくれたということをいつも思っていたものですからせめてこれくらいのことで親孝行が出来るならという気持が多分にあったと思います。
　それでも裾をひく振袖を着て身動きの出来なかったときの悲しかったこと、島田のために夜もおちおち眠れなかったときの憐なまでコッケイな自分を忘れることはできません。その私を見るための人垣の盛大なのにはビックリしました（大笑）

編　いかに先生が有名だったかということですね。

先生　ということは、あの男おんなみたいな格好をしていた奴が、どういうなりふりで出てくるだろうと面白半分だけですよ。翌日の新聞なんかも大変でした（大笑）

それだけに母がどんなに苦にしていたかよくわかります。母は笑いながら「お前は津々浦々まで名前がよく知れているね。石川五エ門と同じだ」とよく言っていました。私は何一つ母の手伝いをしたことがないんですけれども、今になってみると、一寸したおかずを作る時でも、それがみんな母の味なんです。こんなにも母の味っていうものが、浸みついているっていうことはこわいものだと思いますね。

正しい流れに期待しよう

編　その頃女はかくあるべきだと言われていて黙ってそれに従っていた様ですが、私たちの中にもまだそれがあります。しかし今の若い人達は違いますね。

先生　それはね、終戦後アメリカの指令で日本の教育法が変りましてね。教科書にやたらに墨を塗ったあの時代、昭和二十三年頃でしたかしら、子どものよみもののことで、あちこちの小学校を見に行った時にね、日本の子どもが全く新しいところにおかれているという気がしました。子ども会議というのがあって、子どもたちに自由に意見を述べさせ、対論させていました。先生といえば、子どもたちをどう扱い、どう教えたらいいのか、お気の毒なほど当惑していた時代でしたけれど、先生が子どもの御機嫌をとるように、そうだそうだといっているのを見て考えさせられましたね。先生にしてみれば、それまでの皇国の使命とか超国家主義的な教育のやり方から墨をぬりつぶした教科書となり、どう子どもたちに民主的なことを教えるか見当がつかなかったので無理もないことだったでしょうが。そのすき間といいますか私はそのときに、子どもが新しく育ったような気がするんです。解放された空気を吸って民主教育の下ごしらえが、できたということもいえますね。その役割りを果したのが社会科というそれまでになかった教課科目で、子どもたちはそこからさらに伸びてきた訳ですね。そしてお母さんたちの考えも少しずつ変ってきたと思うんです。これは戦争によって得たプラスの面で、若し日本が戦争に勝っていたらお母さんたちは私の母、或いは私のなかにまだまだ残っている古いものが、いっそう逆戻りしていたかも知れません。そうしたことかららいうと、好むと好まざるに拘らず日本の婦人はしあわせへの途をつかんだといえますね。戦争が済んで良かったと、ホッとしたこととと、たとえ底の浅いものにしろ民主主義と呼ばれる時代は私たちにとって良かったと思います。いま、逆コースといわれていますが、流れは前へ前へと正しく流れていると私は思っています。

平塚さんのお嬢さんが、近江のある養護施設で働いておられますが、教え子の一人のかいた詩をある雑誌で紹介しておられるのを見ましたが、その細かいことは忘れましたが、「きれいな流れに、横ちょの石垣から汚い水がダーッと流れてきた。せっかくきれいな水の流れているところへ汚い水が流れてきたので、そこら辺が大変汚い水になった。困ったなあ、と僕は思っていたところが、やがてその汚くそそぎ込まれた水が流れのなかでいつかきれいになって流れていった」という詩なんですが、その詩を読んだときに、ハッと思ったんですよ。私たちはとかく汚い水が流れてくると顔をしかめますが、それでは誰でもと一緒になってなんでもできないと思いました。流れは大きくなるにつれ、どんな汚いものが入ってきても、流れの中で必ずやがてきれいにして一しょに流れていくものだとあらためてそのとき思ったのです。

母親大会で感じたこと

このあいだ朝日ジャーナルの座談会のとき、山川さんがお母さんたちがみんな成長してきて、立派になってきているということは解るが、しかし母親大会にしろ、その他のことについても毎年同じ事をくりかえしているというようなことをおっしゃったんですが、それはそういうこともないではないが、それにしてもそこには今までにないお母さんの姿が見られ、それも一ど、二ど、三どと見ているうちに、同じことをやっているようでも決して同じことではないばかりか、前よりか育っていると私には思えるとそのときもいったのです。デモがたとえ無駄であっても、また、どんなに解散させられても、そのためにそうすることがこれからさき止むかと言えば、何か訴えなければならないと切端つまった時がくれば、つねにこういうふうになるだろうと思いますし、こういうことを繰り返えしているうちに、お母さんたちが自然に自分の中に育ってくるのじゃないかと思います。今の若いお母さん達はいろんな意味で気持のなかにも無駄が少くなっていると思うんです。秤にかければたしかに我々の時代より減っているんじゃありませんか。

家に対する考え方、夫への考え方、子どもについての考え方、姑への考え方が、戦争を境にして随分変ってきていると思うんです。変りたくても変えきれなかったものが戦後せきを切った訳ですからこれからも一層大事にして行かなければならないと思うことですがこの頃足を痛めて歩くのが苦痛であんまり出かけないようにしていましたが、この間の母親大会だけは、小児マヒの問題もあってちょっとの間傍聴しました。新聞や人の話からでなく、じかに今日のお母さんたちを見てこようと思った訳です。あの広い体育館は私が行ったときは座る場所もないくらいギッシリとお母さんたちでいっぱい。その日はとても暑くお母さんたちの使う扇がまるで、大海に立ち騒ぐ波に見えました。小児マヒのことからかなり沢山のお母さんたちが全国から集ってこられたのではないでしょうか。そのことがいままでに見られないほどこの集りを盛り上がらせたようにも思われました。

私はお母さんたちのあいだにいることがその熱気のようなものに圧倒されそうで泌々《しみじみ》、時代の異なったことを考えさせられました。運営委員の人は組合の人でしたが、報告を聞いても実にあざやかでしっかりしたもので、そのときに感じたことは、生ワクチンをどうしてのませようかと大会にはじめて参加した若いお母さんが沢山なのに、かたい言葉や理解されにくい言葉で、それは自分達の間でなんでもなく使っている言葉であっても、相手かまわず無神経に使われていたことがひどく気になりました。あれはもっとお母さん達みんなの立場に立ってみんなに解ってもらうような、いい方をして欲しいものだと思ったことです。そんなことはともかくとして、本当にお母さん達を頼もしく見てもどりました。

これからの草の実を考える

編　今先生が母親大会に対しお感じになりましたた最初の部分の例えば舌をかむような妙な言葉使いが多いということは、私たちの草の実会の場合は、原稿の上にも、総会などの発言の場合にも心配はないんですけれど、やっと関心をもち出したいと云いましょうか、目ざめかけたといいますか、そういう一番大切な人達、その人たちをどのようにつなぐか或いはつなげたものを雑誌の上でどういうふうにしていく事がお互いの為に一番いい事かと、雑誌をつくる上になやむ事なんですが、

先生　どうも不勉強で読んだり読まなかったりで……先月号の中に矢張り自分で得心がいくまで考え、そして納得してから動いたことを書いた方がありましたが、どんなことでも自分で納得するまでは動き出さないという考え方はいいと思ったのです。それは頑固ではなくて人が白といえば本当に白だろうかと決めかねているのに白ということは困ったものです。不たしかなままに考えをきめることは一番危いことではないでしょうか。それと自分に解っていることでも相手のことをよく解ってあげること、ひとり合点、ひとり呑みこみは禁物です。それでいて子どもと話しをするときは三つの子ども五つの子ども、小学校の子ども、中学一年の子どもとそれぞれにわかってもらえるような話し方をするのです。

これはあなた方に申し上げることではなくて、自分にいいきかせているのですから、そのつもりでいらしてください。そうはいってもなかなかその通りにいかない場合が多い訳ですが、ずっと以前にパールバックら黒人歌手ロブソン夫人の対話を鶴見さんが訳されたものを読みましたと、これはみんなにも解って欲しいと思うことを人に言うとき、やさしい言葉を使えば良いとだけ思うことは間違いである。やさしい言葉使いでしかも事の本質が適確につかめる言葉ということをロブソン夫人がいっているんです。

編　結局もっともっと勉強しなくてはということなんですね。

先生　私なんかいつもそう思いつづけというところです。例えば東西ドイツのことにしろソ連が核爆発実験を又やったということについても、正直

のところ私はこうだからこうだといいきれないのです。どこの国もああいうことをしてはいけないということには変りない訳ですね。そしてそれは避けることを願っている大事なことなんですけれど、新聞もラジオの解説でも納得のいくまでにはまだいかないんです。ところがイギリスの記者がドイツの問題を書いているものを読むと、あの問題は結局ドイツ人の事を考えてのことじゃなくて、よその力の何かの為にああいうことになって、本の表題のとおり（ドイツの悲劇）だと指摘しているということから、そして両方の力の集め方の比例とか書いたものをよんだりしますと、やっぱりもっと本当のことが知りたくなり、中々解りにくいのです。わかりにくい時は卑怯かも知れませんがだまっています。

難かしい問題はこれからもっともっとでてくると思います。

お母さんたちにも、子どもたちにも希望を持ちながら、それを乗り越えていかなければならない困難がつづいています。そのために出来るだけ生活の無駄をはぶいて考える時間とか、話し合う時間をつくって、それこそ平和な世の中をつくるために、子どもを守るために自分をしあわせにする為にそこへ時間をかけていくようにしたいものだと思います。草の実のこともグループの方同志充分話し合い、そこで問題を解決していただきたい。くどいようですが本をよむことに馴染み薄い主婦やお母さんたち、考えるひまを持たないお母さんたちのために、そのお母さんたちがなにより関心を持つ問題をとり上げていかなければ、草の実はいつまでもひろがらないし、切角の草の実の人達を遠のかせることになるかも知れません。そのためにも、みんながどんなことに関心をもっていられるかという事を知らない限り、草の実はのびないと思うんですよ。草の実って温室の花じゃありませんから、はじけばよく飛んでどこにでもすくすく育つ為に、機関誌「草の実」もいい仕事をしていただけたら有難いと思うのですから。

解説

富本一枝（撮影：富本憲吉）。
1915年から16年ごろ、安堵村にて。

祖母のこと

海藤隆吉

富本一枝は私の祖母である。祖母は私が十八歳の時に亡くなった。それから半世紀以上が経ち、いつの間にか私が親族の中でいちばんの年長になってしまった。

生活を共にし、祖母に育てられたという時期もある私には祖母の記憶がたくさん残っているが、富本一枝という人が何を考えていたか、どんな思想を持っていたかなどについては多かれ少なかれ想像の部分が入り込んできてしまう。孫として祖母を語るならば、想像で語る部分をできるだけ排除して事実を書かねばと思う。

富本家の食事がどんなものであったかについて思い出してみよう。

私が覚えている昭和二十年代後半から祖母が亡くなった昭和四十一年まで十数年間の富本家の食卓は、特別豊かだったこともないし貧しかったこともなくごく普通のものだったと思うが、現在の感覚で普通と思うのだからその時代の家庭の食事としては平均より少し豊かなものであったというところかもしれない。

祖母の食生活に地方色は全くなかった。納豆よりもお茶漬けの方がやや多いという程度、ごくわずか座標が西によっている感じであろうか。

特徴と言えるのは祖母は牛肉も豚肉も口にしなかったということだ。鶏肉も食べているのを見た記憶がないし、かなりの偏食であったことに違いはないが、子供たち孫たちに食の偏りがないのは育て方と自分の好みとは別ということだったのかと思う。


魚でも鰻、どじょう、穴子は食べず、マグロの刺身も食べるのを見た記憶がないから赤身の魚も食べなかったと思う。食べていたのは平目、鰈などの白身魚、キスやカマスもよく食べていた。鯛の塩焼き、平貝の刺身、焼いた帆立貝、鰤の照り焼き、天ぷらは大好きで新宿三越の近くにあった「つな八」に連れて行ってくれた。目の前で揚げるカウンター席で好きなものを注文する。車海老、銀宝、ハゼ、芝海老のかき揚げ、野菜の精進揚などをよく食べていた。家でのおかず天ぷらでは魚介のない野菜だけの時もあり「今夜は精進揚ですよ」と教えてくれた祖母の声を思い出す。サツマイモ、ごぼうと人参のささがき、小さな玉ねぎ、かぼちゃ、あとは何があったのだろう。子供の記憶には残りにくい精進揚であった。

天ぷらだけでなく洋風のいわゆるフライもよく作っていた。海老、帆立貝、鯵、平目の切り身、そういえばコロッケも食べた記憶があるが何が入っていたのかまでは覚えていない。

塩鮭、鰺、ムシガレイ、カマス、えぼ鯛などの干物も朝食だけでなく食卓にのぼった。自分では食べない牛肉も家族のためには料理してくれていた。特に料理らしいものではなく薄切りの牛肉をソテーしたりすき焼きを作ったりという程度だったが、肉屋も御用聞きに来ていたから比較的多く食卓にのぼっていたように覚えている。天ぷらの時であったか「この小さいのは芝海老、これが車海老」と教えてくれた。カニは甘酢を添えて斜めに切ったものを食べていた記憶がある。「おばあちゃまは海老やカニがお好きなのよ」と母は言っていた。

カレーライスも小麦粉のつなぎを入れないカレースープのようなものを作ってくれた。自分が食べるときは帆立貝の缶詰を入れたシーフードカレーだったし、ポークで作るカレーライスも作ってもらった。それを祖父作の土焼きのお皿で食べるのだから贅沢といえば贅沢だ。その土焼きのお皿について美術の学芸員に「このお皿で何を食べていましたか?」と尋ねられ「カレーライスを食べることが多かった」と記憶を語ったことがあるが、そのあとの展示でその七寸の土焼きの皿のキャプションが「カレー皿」と記されたことがあり、迂闊なことは言えないなとの感を持った。事実富本家でカレーを食べるお皿であったのだから間違いとは言えない。しかし正確にはカレーライスだけでなく焼き魚や果物もそのお皿を使っていたのだから「土焼き七寸皿」ということだ。

祖母が肉を全く食べないのは一緒に暮らしている子供にとっては理解できないことだった。「おばあちゃまはどうしてお肉を食べないの？　宗教的なことでもあるの？」と馬鹿な質問をしたのは私が十歳くらいの時だったと思うが、そのときは大笑いされ「いや、ただ食べたくないだけなのですよ」と言われ「生まれてから一度もお肉を食べたことはない」とのことだったが、私の母の記憶でも大正時代奈良に住んでいた頃からお肉を食べるのを見たことはなかったという。

お正月のおせち料理は手間のかかったものだったが、お雑煮は実にシンプルなものだった。四角い切り餅を焼いてお椀に入れ、鰹節と昆布でとった出汁にかまぼことみつばがほんの少し、そして焼き海苔だけというどこか洗練されている感のあるお正月らしいものだった。祖母は富山県で生まれ大阪で育ち実家は新潟、奈良出身の富本憲吉と結婚し法隆寺の近くに十年余り住んだという人だったのに、なぜかお雑煮は東京風なのである。

おせち料理のなかで「お煮しめ」はとても美味しかった。里芋、たけのこ、うど、しいたけ、人参、蒟蒻、がんもどき、高野豆腐など定番の材料を調理したその味は六十年以上経った現在でも記憶がよみがえるほどだ。特別に覚えているのは慈姑《くわい》だ。絶妙のバランスでアク抜きがされていてエグ味がかすかに感じられるものが大きな陶鉢に綺麗に並べられていた。子供ながらに「おいしいね」と感想を言った記憶がある。「別々のお鍋で一種類ずつ煮しめるのですよ」と祖母は言っていたが、その時に「一つのお鍋で全部の材料をごった煮にするのとは違い時間も手間もかかる」とも聞いた。お煮しめにはさやいんげんが添えられていたし、白ゴマをまぶした叩き牛蒡もあった。手間のかかるお料理を、忙しい時もあっただろうによくぞ作っていたものだと思ってしまう。

細い竹串に並んだ鬼殻焼き、かまぼこ、伊達巻などは買ったものだった。コハダの粟漬けは毎年のおせちの中にはなかったように思う。思うに売っている粟漬けの黄色が嫌だったのかもしれない。祖母は食紅などで色をつけたものを食卓にのせなかったし、売っているたくあん漬けの黄色は「オーラミン」という合成色素で身体に悪いと語っていた。紅生姜なども合成色素を使っていないものをと気にしていたようだ。無農薬無着色の食品を好む日本人の第一世代という感じがする。

なますは独特の「柿なます」をたくさん作っていた。この柿なますは多分京都のもので、親しい友人であった中江百合さんのレシピだと思う。話はそれるが中江さんとはとても仲の良い友人であった。全く仕事関係のつながりのない友人で家族ぐるみのとても親しい間柄だった。素封家であった中江家はその頃の若い芸術家の支援をし作品を買い、自宅で作品展示会をしたりというパトロンであったのだが、祖父母が奈良県安堵村で暮らし中江家が京都で暮らしていた大正時代初期からの親しい交友というから、芸術家としての富本憲吉との関係よりも、富本一枝と中江百合という友人関係が最初にあったのだと思う。一足先に成城学園に家を建てた中江家の近くに富本家も家を建て引っ越してきたというほどの親しさは最近にまで繋がるものである。ちなみにピアニストであった私の母・富本陶にピアノの手ほどきをしたのは中江百合さんであったという。中江百合さんとさん付けで書くのはなんとも落ち着かない。家ではいつも「中江のおばさん」と言っていた。中江家では祖母のことを「富本のおばさん」と言っていたから、当時の成城周辺ではそう呼び合っていたのだと思う。

さて「柿なます」に戻るが、干し柿をみりんで柔らかく戻し、薄揚げを裏返して豆腐の部分を削ぎとり、人参大根に塩をして絞り、干し椎茸を煮たものを白胡麻を擦ってそれらを混ぜ合わせるという手間のかかるもので、現在の我が家でも正月に欠かせぬものになっているが、他の家では食べたことのない独特のものだ。

数の子は塩にしてあるものではなく、干し数の子を何日も前から戻していた。あとは何があっただろう。身欠きニシンの入った昆布巻きはあった。鰆か鰤かの焼き魚があったようだが記憶は定かでない。黒豆と栗きんとんももちろんあったが、子供時代の私はあまり好きではなかったので、どんなものであったか記憶にないのは今となっては残念だ。年齢が上がるにつれ、きんとんも煮豆も好きになってきているのに……。

現在であるならその正月のおせち料理を必ずや誰かが写真を撮ると思うが、昭和三十年代には食卓に並ぶ料理の写真を撮るという風習はなかったようだ。アサヒグラフに「わが家の夕めし」が初登場したのが昭和四十二年というが、夕食の写真を撮る風習がなかったからこそ「わが家の夕めし」が人気を博したのだろうと思う。祖母は昭和四十一年に亡くなりここに書いている食事は昭和三十年代のことなのだ。

我が家の食卓に残っている祖母の味はいくつかあるが、その中でもよく作るものに鯛茶漬けがある。鯛のお刺身をゴマだれに漬け込み白髪ネギとわさびでお茶漬けにするのだ。鰻屋の竹葉亭で似たものを出していたが、竹葉亭のものは細切りにした鯛の刺身で作ってあり、祖母のものはそぎ切りにした鯛の刺身を一時間ほど漬けたものであった。味は竹葉亭よりは薄いがしっかりとしたものである。これを温かいご飯に載せて熱い煎茶をかけるのだが、出汁をかけるものとは一味違った家庭の味という感じが強くなる。

卵かけご飯もよく食べた。「おしたじをかけすぎないようにね」祖母は醤油のことをおしたじと言っていた。近くの家が養鶏をして卵の販売をしていたから、それこそ生みたてのまだ暖かい卵が容易に手に入ったのだ。少しだけ砂糖を入れたそれほど甘くない卵焼きに大根おろしを添えたものも定番のおかずであった。炊き込み飯もよく食卓に上った。筍ごはんは庭のタケノコを祖母もシャベルを持って掘ったものを茹で、ちょうど新芽が出た山椒の葉を取ってきてパンと手のひらで叩いたものを添えた。「タケノコは掘りたてが一番美味しいから中江さんは竹林の横に井戸を掘ってすぐに茹でる」と祖母から聞いたことがある。松茸ご飯は鶏肉など入れないで松茸だけが入っている。そのほかグリンピースのたくさん入った豆ご飯。色々なものが入ったいわゆるかやく飯は作らなかったし、炒めご飯チャーハンの類も覚えていない。

現代で定番になっている中華系のおかずもなかった。餃子、焼売、春巻き、酢豚……キムチなどの韓国系のおかずもなかった。こうして思い出してみると菜食主義の食事にも似ているように思えてくる。そういえば、ほうれん草や菜の花のお浸しもよく食卓に上り「ほうれん草の赤いところには栄養があるのだから残さないで食べなさい」と言われたことがあった。

朝食にパンを食べることは週に二回ほどだっただろうか？　トーストにバター、イチゴのジャムかオレンジママレード、半熟卵かフライドエッグぐらいで、ミート類は食べなかった。牛乳で煮込んだようなオートミールも私は嫌いだったが、朝食の食卓で食べている人もいた。縦型で真ん中にヒーターがありその両側に食パンを立てかける古いトースターがいつの頃か焼きあがると飛び出すトースターに変わりなんだか嬉しかったことを覚えている。パンの時は紅茶を淹れていたからイギリスに留学した祖父の経験が反映しているのだろう。

細かく覚えているのは和食の朝食で、炊きたてのご飯に煮干しとかつお節で出汁をとったお味噌汁。味噌汁の具材は豆腐とネギ、薄揚げと大根の千六本、茄子やキャベツということもあったし、卵を割り入れてということもあった。しじみ、アサリも現在よりもよく食べたし蛤の潮汁なども特別のご馳走という感じはなく普段の食卓に上ることは多かった。そしてアジの開きの干物。佃煮類はその頃は現在よりもポピュラーなものであったように思うが、きゃらぶき、塩昆布、あみ、小さな松茸、葉唐辛子などなど、そうだ海苔の佃煮というものもあった。そして今ではあまり見かけなくなった鯛でんぶなどいろいろなものが常備菜としてあった。食卓にはガラスの醤油入れと味の素の小瓶がいつもあった。胡瓜や茄子のぬか漬けの上に味の素の結晶がキラキラと光っていたのだから、まさに昭和の食卓ということだ。合成色素と味の素は違うジャンルのものだということである。

手の込んだ家庭料理を石油コンロ二台で作っていたのだから大変だったと思う。その後一九五八年ごろにプロパンガスコンロになったが、小田急線と京王線のちょうど中間にあった富本家に水道がひかれたのはその少し後になる。それまでは井戸水を電動揚水ポンプで井戸小屋の上のタンクに汲みあげて配管した自家水道であったから、戦争前の一九三〇年代の生活様式がそのまま一九六〇年ごろまで残っていたということだ。

住み込みの家事手伝いはいつもいたが、祖母は書斎にこもって仕事をしている時間も多く、実際の台所仕事は長男の嫁である裕子叔母に委ねる部分が多かったのではないかと思う。お正月の用意をする祖母の姿が記憶に鮮明だということは、原稿などで忙しい時には台所に立つことはなかったのだろうと改めて思ってしまう。

甘いものは虎屋の羊羹、日暮里の羽二重団子、金沢の長生殿などの名の通ったお菓子から、デパートで売っているような石衣、朝鮮飴、かりんとうなどの駄菓子まで、たくさんのものが食堂の棚に置いてあった。果物は新宿に出れば高野、渋谷なら西村、そこまで足を伸ばさぬときは成城学園の駅前にあった石井などでよく買っていた。甘いもの以上に果物を好んだようで、倉敷の知人から送られてくる白桃やマスカットオブアレキサンドリアなどは宝石のように大切にしていた。

しかし実際の宝石には余り興味がなかったようで、祖父の陶器の帯留や奥村博史さんの作った指輪を時々身につけるぐらいだった。着物のことになると当時十代の男の孫であった私には知らぬことばかりになりうまく説明できないのが残念だ。帯も帯締めも帯留も半襟も白足袋も気に入ったものしか身につけなかったのだからおしゃれな人だったのだろう。身長の高い人であったが外出の時に草履を履くことはなく、いつでも別珍の鼻緒の桐の下駄であった。

いままでに育てられた家庭での食事について書こうとは思ったことはなかったが、思い出していくと結構いろいろなことを覚えているものだと書いていて面白かった。普段の食事を思い出すことが祖母や他の家族の人間像に関わるものとも思えないが、芥川龍之介が梅原龍三郎の絵を見たときに「何を食べたらこんな絵が描けるのだろう」と言ったというのだから、まあ無駄にはならないかと思う次第である。

（かいどう・りゅうきち／富本一枝・憲吉の孫）

解説　今日の芸術家としての尾竹紅吉／富本一枝

足立　元

はじめに

彼女は主に三つの名前で文章や絵を発表した。最初は筆名の「尾竹紅吉」（最初べにきちと読ませたが、後にこうきちと呼ばれるようにもなる）、次いで『青鞜』を辞めて結婚前までの「尾竹一枝」、そして結婚してから没するまでの「富本一枝」。

複数の名前を生きた彼女を、この解説では「一枝」と呼ぶことにする（わたしの心の中では敬称をつけて「一枝さん」と呼んでいる）。というのも、若き日に用いた筆名「紅吉」ではなく、「尾竹」や「富本」のイエに必ずしも付随するものでもない、「一枝」そのひとを考えてみたいからだ。

本書に収録した文章を少しでも読んでいただければわかるように、一枝は流れるような名文を書ける一級の文筆家だった。何より真摯な思想家であり、自らの苦難によって得た経験を次世代に伝えようとする、切実な言葉を持っていた。

彼女は一八九三（明治二六）年に富山県で日本画家の家に生まれた。若き日に絵画を辞めたにしても、ずっと絵画の素養が彼女の基盤にあった。また、本当は歌手になりたかったというほど、若き日から音楽を愛好し続けた。つまり彼女は絵画的なイメージと音楽的なメロディに導かれながら、言葉の領域に遊んでいたといえる。

ところで一般に「尾竹紅吉」の名前は、日本初の女性運動誌『青鞜』に対する、あるいは当時の「新しい女」に対する、社会のバッシングに関連して記憶されている。

若い女性が一人でバーに入って珍しい酒を飲んだとされる「五色の酒」事件。『青鞜』を主宰した平塚らいてうとの間に束の間芽生えた同性の恋。そして性を売る女性の実態を知るために『青鞜』の仲間たちと吉原の遊郭を見学したこと。それらのことについて恥ずべきは、一枝ではなく、新しい時代を考えることもなく彼女を問題視した人々のはずだ。だが、今日と同じように、メディアは炎上し、大衆による残酷な個人攻撃となった。

その結果、一九一二年のうち、彼女はわずか九ヶ月ほど『青鞜』に属していただけで、すぐに退社してしまう。といっても、それは十九歳の出来事である。彼女はその後一九六六年に七十三歳で没するまで、『青鞜』時代よりはるかに実り豊かな執筆活動をおこなった。だから、一枝を「『青鞜』の女」と紹介することは、根本的に誤っている。


一九一四年、二十一歳の彼女は、本名の尾竹一枝として、絵を売った金をもとに意欲的な月刊の文芸誌『番紅花《サフラン》』を立ち上げた。だが、六号を発行して終わる。同年のうちにイギリス帰りの美術家・富本憲吉と結婚し、その妻・富本一枝となった。

結婚した彼女は、憲吉の実家である、奈良の法隆寺近くの安堵村に十一年住む。その地で二女を産み、それから一九二六年に一家で東京に移り、一男を産み、家事育児をしながら文章を書き続けた。

夫の富本憲吉は、一枝と出会った頃に、まったくの素人から陶芸を始め、後に人間国宝にまで登り詰めた。たしかに彼の人生は、数多の困難を乗り越えて成功した物語である。とはいえ、憲吉についての短い紹介において、一枝は、元『青鞜』で、文筆も行う「妻」としてばかり紹介されてしまう。

たしかに結婚後の一枝は、プロの作家としては寡作だった。彼女は何者かといえば、中流以上の階級に属する家庭の主婦だったともいえる。彼女の著名な友人たち、たとえば伊藤野枝ほどドラマチックな生涯だったわけではない。山川菊栄ほど理知的な評論を書いたわけではない。神近市子ほど政治的な活動に打ち込んだわけではない。宇野千代のように激しい恋愛体験を小説にしたわけではない。

それでも、一枝は物書きの芸術家として、同時代の人々の中でも輝ける存在だった。芸術家といっても、爆発して奇怪なことをするのとは違う。彼女は、観察者の眼を持って、自身の内面、身辺と社会を見据えていた。さらに、画家のドローイングのように、ものごとや人間の隠れた本質を、鮮やかに探りあてていた。

なにより、一枝が向き合い、苦しんだものごとは、同時代の人々に比べても時代を先駆けていた。そのことが、彼女を過去よりも現在に近い存在として引き寄せる。女性と男性に分けられない性の悩み、メディアの炎上に焼かれる悔しさ、田舎で創造的に暮らすこと、家庭労働のために十分に自分の仕事ができない葛藤、自分を差し置いて仲間に手を差し伸べること、そして戦争への流れを止めることができなかったこと……。それらの物事や思いは、現在に続くこと、あるいは今まさに問われていることではないか。

彼女は人生で起きた偶然と必然に、言葉を与えた。その作品は、十分にドラマチックであり、理知的・政治的であった。さらに本質的なことを言えば、絵画的であり、（無宗教的に）信仰的でもあった。

主な先行研究と本書の構成

百年以上前の、一枝が若き日に受けた大衆による攻撃は、今もこの世の中を漂っている。たしかに「新しい女」であるという攻撃の理由は、すでに古くなっている。しかし、こうした攻撃の発生そのものは今日のインターネットの中でも繰り返されるし、攻撃の原因である女性差別も根本的にはあまり変わっていない。加えて、彼女の若き日に起きた同性の恋は、良くも悪くも、人々の想像を掻き立て続けている。

一枝について通俗的な認識の誤りをただし、資料に基づいて考察する研究が、これまでなかったわけではない。主な研究を簡単に紹介したい。

最初の研究として、高井陽・折井美耶子『薊の花』がある。これは、一枝の長女・陽と長男・壮吉が残した母についての短い回想と、歴史研究者の折井による初めて一枝について書かれた評伝からなる。この書が上梓された頃は「尾竹紅吉」は知られていても、「富本一枝」についてまだほとんど誰も関心を持っていなかった。その時期に、一般に平塚らいてうから始まる女性運動史を書き換える存在として、彼女の存在を論じた意義は大きい。

次に、渡辺澄子『青鞜の女・尾竹紅吉伝』は、折井の成果を取り込んで新たな調査を加え、文学史と濃厚なフェミニズムの議論でまとめた評伝である。特に一枝と森鷗外との関わりを具体的に示したことなど、文学史ならではの成果だ。彼女が染色家の志村ふくみに大きな影響を与えたことなど、美術史に関わる指摘もある。

本書では、一枝の主な作品を紹介することを目的としており、彼女の生涯について物語ることはしない。もし彼女の人生を辿るのであれば、比較的ニュートラルな研究として折井の書を、情熱的な読み物として渡辺の書を、今は勧めたい。

もうひとつ、インターネット上に、中山修一「研究余録――富本一枝の人間像」などがある。これらは、先の二書よりさらに膨大な文献調査を行なった点で今後の研究に資する。ただ、断片的な文献の傍証を集め、一枝のセクシュアリティにまつわる俗説をふくらませたところもある。

一枝について論じる者たちは、とりわけ性にまつわる私的な領域では、過剰なまでに、怒ったり、想像をたくましくしたりしてしまいがちだ。だが、彼女が受けた性差別について怒るのは当然として、彼女の恋愛や人間関係について、謎は謎のままでいいのではないか。本当のところは彼女にしか分からないのだから。むしろ彼女が世に問うた作品をきちんと評価するべきではないか。

彼女の著作は、古い時代の文章としては比較的読みやすい。研究の中にある引用や要約といった形でしか接しないのは、あまりにもったいない。そして、彼女の言葉と存在に魅せられたら、あなたも狂うかもしれない。

*

本書の構成は、ジャンルごとに一枝の著作を分類し、時系列に並べている（第Ⅰ部 創作、第Ⅱ部 随筆、第Ⅲ部 評論、第Ⅳ部 インタビュー）。

手に取ってもらえる書物にするために、本書では彼女の著作の中からごく僅かな数に絞り込んだ。このような取捨選択は、誰がやっても異論や批判が出るものだし、苦渋の思いで削ったものも多い。

絞り込むための目標や基準は、巻頭で述べたように、一枝を今日の芸術家としてよみがえらせることであった。一体どうして彼女を今日の芸術家と呼べるのか、そのことはあとでも述べていきたい。

また、これまで一枝については、『青鞜』の「尾竹紅吉」のときの著作ばかりが言及されてきたきらいがある。たしかに「尾竹紅吉」として発表した著作のすべてに歴史的な意味はある。だが、本書は敢えて「富本一枝」となってからの著作を、多くの割合で選んだ。彼女がかつての「尾竹紅吉」から脱却し、乗り越えた境地に至った時期の著作こそ、今読まれる価値が多分にあると考えたからだ。凡例で記したように、本書中とくに執筆者名のない文章は全て「富本一枝」名義で発表したものである。

さて、一枝の作品のジャンル分けを試みると、彼女の詩・随筆・小説・評論は、分かち難く、深くつながっていることがわかる。それは、私的なことと社会的なことの間に明確な境界がなく、むしろ両者を連続するものとして捉えているからだろう。残された絵は少ないが、もちろん絵もそれらの文章とつながっている。また、ときに詩・随筆・フィクションが一編の中でまじりあっているために、ジャンルの分類が困難な作品もある。それゆえ本書の分類は、あくまで便宜的なものであることを断っておく。

一枝はしばしば文学のジャンルの壁をすり抜けていて、この文章は何と呼ぶべきなのかと考えさせる。彼女は随筆家や評論家と称したこともあるが、実際のところ何を書く者かという分類にはおさまらない存在だった。

もっと多くの一枝の文章を読みたくなった方のために、本書では出版時点でわかる限りの著作目録を掲載した。国会図書館デジタルコレクションのような技術発展もあり、本書編集の過程では過去の研究で掬い上げていなかった、重要な著作も新しく出てきた。今後も出てくるだろう。

調査では、活字として出版されることのない、一枝が墨と筆で和紙に書いた手紙などを見る機会もあった。それもまた重要な資料だが、今後の研究に譲りたい。彼女が書いた文字は、凜として美しく、書としても鑑賞に値する。将来的には、一枝の手稿を含めてさらに多くの著作が紹介され、再評価や研究が進むはずだ。

第Ⅰ部　創作　私は太陽《ひかり》をみてゐる

本書の第Ⅰ部では一枝の創作物である詩・小説・童話の中から、比較的わかりやすいものを選んだ。彼女の文章の創作は、十九歳のとき『青鞜』で、詩と日記と随筆が混然とした文章を発表するところから始まる。

若い頃の彼女には、絵画的な、つまり色彩や形といった視覚的な印象に訴える詩や随筆が多い。それは彼女が画家一族の家に生まれ、二十歳までは画家としても活動していたことと切り離して理解できないだろう。

二十代の終わりから三十代にかけて、彼女は「小説」形式にも取り組んだ。本書には収録しなかったが、短編小説「鮒」では島崎藤村の推薦を受けた。とはいえ、一般的な小説の形式にはなじめなかったようだ。

四十代ではフィクションをほとんど書かなくなって、評論が中心となる。だが、戦後五十八歳になって、雑誌『暮しの手帖』（当初は『美しい暮しの手帖』）を主な媒体に、童話を精力的に発表し始める。

よく知られているように、『青鞜』は、日本近代における女性運動の始まりとなった。『暮しの手帖』は、戦争への反省から市民の視点で権力や企業と対峙した。この二つの雑誌は、時代を隔てているが、ともに大きな変革を象徴している。つまり、この二つの雑誌に執筆した一枝は、歴史をまたいで二つの変革をつなぐ存在でもあったのだ。

息の動き

紅吉『青鞜』第二巻第八号、一九一二年八月

浅草から帰へつて（らいてうに）

紅吉『青鞜』第二巻第八号、一九一二年八月

紅吉が『青鞜』に発表した詩の中から、平塚ら

いてうへの想いを記したであろう二篇。一九一二年の七月には「五色の酒」「吉原登楼」事件が新聞で報道され、「新しい女」へのバッシングがあり、紅吉は茅ヶ崎の南湖院という病院に入院する。

「息の動き」では、柔らかで官能的なイメージから始まり、破壊的なイメージ、そして鮮やかで神聖な謎めいたイメージが重ねられる。まさに言葉による色彩の詩だ。

「浅草から帰へつて（らいてうに）」は、表題に想い人の名前を挙げてはいるが、二人の関係を直接描いたものではない。詩の語り手は「おいら」という豪快な男性である。だが、間接的・暗示的にこのときの二人の、少なくとも紅吉から見た関係を、描いているのかもしれない。

断章五つ　尾竹紅吉『黒耀』第一年第二号、一九一二年十二月

直接に失恋の悲しみを詠じた悲痛な詩。平塚らいてうに新しい恋人・のちに夫となる奥村博（のちに博史）が現れたことと、紅吉へのバッシングが止まないことから、紅吉は一九一二年十月に青鞜社を退社した。その頃モンスタア社の文芸誌『黒耀』の同人となる。

失恋した紅吉は手首を切って自殺未遂を図ったといわれる。散り散りになる心を詩にすることで客体化し、自分を救っているのかもしれない。もっとも、この頃、奈良に富本憲吉を訪ねたりもしているので、実際は新しい出会いもあった。

私の命　尾竹一枝『番紅花』第一号、一九一四年三月

一枝の詩の中で、最も真っ直ぐに前向きなメッセージを訴える作品であろう。一九一四年、二十一歳になった彼女は「紅吉」ではなく「一枝」として著作を発表するようになる。この二つ続きの詩では、てらいなく、どんなときも太陽《ひかり》のもと

で生き、運命を開拓することを力強く宣言した。

　この詩は、『番紅花』一号に掲載されたものだが、それに先立つ三ヶ月ほど前に、ほぼ同内容の「太陽と命――この夜頃の感想」として発表された。旧作を推敲し、タイトルを変えて、自身が作る雑誌の創刊号に改めて掲載したところにも、この詩にこめた意気込みをうかがえる。

草と小鳥と魚と神様　尾竹一枝『番紅花』第四号、一九一四年六月

　一枝の独特な自然への畏敬と信仰心を記した随筆あるいは物語。人間は大きな自然の中に包まれているという意識を、彼女は抱き続けた。それは、彼女の後年の童話創作にもつながる。

　ところでこの随筆には日付がついていて、彼女は実際にこの日付に旅をしていたようだ。『番紅花』六号の「編輯室より」には、この間の旅に大和に富本さんを訪ねたとあるので、この文章は奈良での心境を描いたものかもしれない。

貧しき隣人　富本一枝『婦人公論』第八年第三号、一九二三年三月

　被差別部落の老婆と「私」の交流を描いた短編小説。「私」には一枝が投影されているだろう。物語では、草履を売りに来る「お篠婆」に対して「私」が自身の善意の下にある、自分でも意識していなかった差別意識に気づき、葛藤する心理が細やかに描かれる。

　前年の一九二二年三月には全国水平社が組織されていて、その運動の中心人物である西光万吉の生家・西光寺は、一枝たちの暮らす安堵村からそう遠くないところにあった。一枝は、奈良の雄大で美しい自然にとどまらず、そこに暮らす人間の生々しい問題にも関心を寄せていた。

神さまが腹をたてた話

富本一枝『暮しの手帖』第四十九号、一九五九年五月

一枝の没後、『暮しの手帖』編集長の花森安治は、彼女が同誌に書き続けた童話を編んで『お母さんが読んで聞かせるお話 A・B』を刊行した。

同書のあとがきで、花森は、自分より年長の一枝の可愛らしさを回想し、彼女が童話を絵割りで考えていたことを証言している。彼女は随筆や評論も視覚的イメージから考えていたのかもしれない。

一枝の童話は、世界各地の民話を素材として翻案したものと、特定の地域を舞台としない創作の比重が大きそうなものとがある。また、例えばよく知られた「猿蟹合戦」でも、鹿児島県の甑島に伝わるバージョンを基に翻案していたりするように、素材から意表をつくセンスがあった。『暮しの手帖』が参照していたアメリカの主婦向け雑誌『グッドハウスキーピング』に掲載された物語を翻案した童話もあるように、英語の本や雑誌も読んで、童話の素材を集めていたようだ。

「神様が腹をたてた話」は、世界創造神話のような壮大なスケールの童話である。彼女の文学的想像力は、決して身近な小さなところに留まるのではなく、むしろ広大な時空間を越えるものであったことが伝わる。底本は『お母さんが読んで聞かせるお話A』(暮しの手帖社、一九七二年)とした。

第II部 随筆 私は——やっぱり女です

第II部では、一枝の文章のなかでも、自身のこと・思い出について書いた散文を、随筆としてまとめた。彼女の随筆には、まさに胸を打つような名文もあり、軽妙で笑いを誘う小話もある。先に

述べたように、詩を含む変わった随筆もある。身辺のことを書きながら、フィクションも混じっているかもしれない。彼女の文学的な才覚は、自由闊達な随筆のなかで最も多く発揮されている。

それらは、激しくも、幸せでも、哀しくもあった人生を、今日に報告するものだ。一枝が『青鞜』に参加していた間に書かれた文章は、その熱狂をありありと伝えてくれる。そして歳をとってから『青鞜』を振り返る文章には、当時語られなかった歴史のディティールが記され、未熟だった自分に対する悔しさも滲ませる。

随筆としては、一枝が自分に厳しく言い聞かせる言葉もある。それは、今日の読者をも奮い立たせるだろう。彼女の抱えた困難は、今もそう変わらない社会的な問題であるからだ。それゆえに、彼女の随筆は、社会を論じる評論にも直接つながっていく。詩と随筆だけでなく、随筆と評論もまた、明確に切り分けられるわけではない。

一枝が自身の家族のことを書いた文章も、ここに含めた。幼い子供を育てているときの、喜びと葛藤もまた、まさに個人的なことであると同時に社会的なことでもある。彼女は老いてから、父のこと、母のことを思い出して書くようになる。それは、家族愛を示すばかりでなく、風変わりな自分をつくったルーツを探るものであり、昭和から明治を懐かしむ味わいもある。

告白　　尾竹一枝『女子文壇』第八年第三号、一九一二年三月

若い女性向けの文芸誌『女子文壇』に投稿された文章。雑誌の発行月には、すでに『青鞜』に入社していたが、名前は本名で、住所は大阪となっているので、前年末に一時帰郷していたときに投稿したのかもしれない。

「自分のことを異性――男――だと思っている

人が多い」という書き出しに、当時の女学生同士によくあった恋愛関係を思わせる。今日、それを大げさに特別なこととして扱うよりも、むしろ当たり前で普通のこととして捉えられる。

シェイクスピア『ハムレット』の一節にある、〝Frailty, thy name is woman.〟は、坪内逍遥による翻訳を経て、舞台では「弱きものよ、女とは汝の名なり」ということばで上演された。すると、すぐに「強きものよ、女とは〜」とひっくり返した言葉が流行した。

或る夜と、或る朝

紅吉『青鞜』第二巻第六号、一九一二年六月

『青鞜』の出来事を綴る日記風の随筆。貰った手紙の引用、男女の友人たちとの交流、主に毒づいたり、まれに喜んだりする日々が綴られる。尾竹紅吉は威勢よく「レストランの女でも情婦にしたい」と書き、タバコを吸い、ウィスキーやビールをたしなむ。そのようなくだりからは、「新しい女」として、翌月あたりから世間を騒がせるのも当然かもしれない、と思わせる。

だが、テクストと現実を混同することは、注意して避けたい。当時の一枚はむしろ控えめな性格だったとも伝えられる。書かれた事柄が心中のある断面を示すものだとしても、あくまでこれはテクスト上で演出された紅吉像である。それを踏まえた上で、明治末の「新しい女」たちが抱いた欲望と焦燥感、生活の瑣末な出来事を味わいたい。

南湖便り

紅吉『青鞜』第二巻第九号、一九一二年九月

尾竹紅吉が結核の療養所で書いた随筆。「五色の酒」「吉原登楼」事件で世間を賑わせた彼女は、胸を病んで、茅ヶ崎の南湖院に入院した。「東洋一のサナトリウム」を誇るこの場所には、らいて

うの姉平塚孝、青鞜社の保持研《やすもちよし》、紅吉、奥村博が入院した。らいてうはここで奥村と出会い、紅吉を捨てることになるが、そのことはまだこの文章が書かれたときには起きていないようだ。

日焼けするほど海岸で遊んだこと、生田長江と青鞜の仲間たちと一緒に写真を撮ったことなどが記される。その写真に自分が「不良少年」のように写ったと書くが、『青鞜』同号に掲載された写真を見ると、たしかに浅黒くボーイッシュで、どこか不安そうな表情の少女が写っている。

群集のなかに交ってから

紅吉『青鞜』第二巻第十一号、一九一二年十一月

紅吉が青鞜社を退社することを宣言する文章。ここでは、自らを世間知らず、馬鹿者、理解力のない子どもであったと責め、「さようなら」と締めくくる。だが、この悲痛なテクストもまた、現実そのものではなかったと考えられる。

紅吉が辞めると宣言した『青鞜』の号に伊藤野枝の最初の文章が掲載されたのだが、その号の編集の席に、紅吉が歌いながらやってきたときのことを、野枝は鮮明に覚えていた。

その出来事について、野枝は四年後の『大阪毎日新聞』で書いている（伊藤野枝「雑音」森まゆみ編『伊藤野枝集』岩波書店、二〇一九年）。紅吉は野枝の詩「東の渚」のカットを、野枝の出身の南国を想って書いたのだという。つまり掲載された「東の渚」は、野枝と紅吉の合作だ。

紅吉はその後も一九一三年の『青鞜』の表紙絵を手掛けていたので、実際はこの雑誌と縁が切れたわけではなかった。

編輯室にて

をだけ・かづゑ『番紅花』第一号、一九一四年三月

二十一歳の一枝は、絵を売って得た大金をもと

に文芸誌『番紅花』を創刊した。それは、彼女が二年前に属していた『青鞜』よりも分厚く、表紙や挿絵も豪華で、内容もずっと充実したものだった。一度は社会によって夢を諦めさせられた彼女は、自らの力でその夢を取り戻した。

だが、編集長となった一枝は、忙殺されてしまう。個人展覧会の開催をやめた。それでも、森鷗外や武者小路実篤の原稿をとってきて、大出版社の雑誌に負けない構成となった。自分で作った雑誌が六号で終わったにしても、このあとがきは青春の懸命さを伝えてくれる。

私達の生活

富本一枝『女性日本人』第一巻第二号、一九二〇年十月

田園生活における幸福と思索を綴る文章。このとき長女・陽は六歳、一九一七年十一月に誕生した次女・陶《とう》は、もうすぐ三歳。一枝は自分がすでに幸福であることを否定しないが、さらに、純粋に、真の幸福に引き上げるための努力を続けると力を込める。

家父長制の残る時代、村の周囲の人々からは「過激派の生活」と言われるほどに、富本家は平等で先進的だった。家では自分たちで焼いた花器に、自分たちで育てた花々を思い思いに生けていた。その暮らしぶりは、今日ではＤＩＹや暮らしのアナキズムといえる。この文章は旧約聖書の詩篇（一二六章六節）で締めくくられる。二〇一七年の新改訳（新日本聖書刊行会）でその部分はこう書かれる。「種入れを抱え　泣きながら出て行く者は　束を抱え　喜び叫びながら帰って来る」。

子供を讃美する

富本一枝『婦人之友』第十五巻第五号、一九二一年五月

なぜ子どもがいいのかを思弁的に、実感をこめて論じる文章。子どもの絵について考えるくだり

は、秀逸なアウトサイダー・アート論としても読める。文章の最後は、娘二人がそれぞれ即興で作って歌った歌を紹介する。一枝は育児の中で、自由と美の根源的なところに触れていた。

富本家では、一九二二年から二三年にかけて、家庭内雑誌『小さき泉』（全五号）を制作した。そこには、子どもたちの絵や文、憲吉の絵、一枝や家庭教師の文章などが掲載された。子どもたちと一緒に芸術家夫妻が雑誌を作ったのである。最高に贅沢な教育だ。

さらに、一枝と憲吉夫妻は、二人の娘を村の小学校に通わせず、自分たちの家で教育した。一枝はそれを「最も責任ある大きな仕事」と呼ぶ。

生活と教育を、本当に良いものにすること。安堵村時代の彼女にとって、それが芸術であり創造だった。たとえこのときそれが十分に上手くいかなかったとしても、彼女の試みは、今日のさまざまな育児の新しい挑戦を創造的なものとして照らす。

安堵村日記

富本一枝『婦人之友』第十五巻第六号、一九二一年六月

田園暮らしのドキュメンタリーといえる文章。豊かな自然の描写、生活や交友のこと、思索や祈りが綴られる。言葉が小川のように流れる文体で、読み手を清らかな生活の場面に引き込むだろう。

あきらめの底から

富本一枝『婦人公論』第八年第七号、一九二三年七月

愛に傷つき、より深い愛を得たことについて思索する短い文章。抽象的ながら、若い人に語りかけるような言葉で、鋭い箴言に満ちている。

東京に住む

富本一枝『婦人之友』第二十一巻第一号、一九二七年一月

富本一家が東京に引っ越すことにした顚末を記した随筆。一枝はこの文章を執筆中、第三子の出産間近だった。そのことも、この文章に反映されているかもしれない。

長女は女学校に入る年齢になり、次女は学齢期に達しようとしていた。娘たちを、新しく開校する成城学園女学校に進学させることにして、一九二六年十月に一家は東京に戻ることになった。最初は新宿戸塚に仮寓し、その間の翌二七年一月に長男・壮吉が誕生した。四月に千歳村（現在の世田谷区上祖師谷）に建てた新居に移った。今では住宅街だが、当時は田畑が広がり人家はまばらだった。家からは夕陽がよく見え、近くには小川が流れる。近所には、平塚らいてうなど昔の仲間が住んだことも、彼女にとっては心強かっただろう。

痛恨の民

富本一枝『婦人公論』第二十年第二号、一九三五年二月

一枝の自伝として、最も詳細に、生い立ちから『青鞜』の頃までを語っている。タイトルこそネガティブで分かりにくいかもしれないが、極めて魅力的な時代・集団についての記憶を鮮明に描いていて、史料的な価値も高い。二十二年前の青春真っ最中に書かれた「或る夜と、或る朝」と比べても面白いだろう。殺された伊藤野枝と自殺した松井須磨子を悼む言葉は、簡潔だが重い。

明日の若木　—娘から孫へ—

富本一枝『婦人公論』第二十三年第九号、一九三八年九月

初孫の喜びと娘の教育について綴った随筆。この随筆を発表したとき、一枝は四十五歳。その一年二ヶ月前に、長女・陽は、岱助を出産した。陽は、文化学院を卒業、同学院の卒業生を中心

に作っていた同人誌に小説を発表していたとき、一九三五年に二十歳で駆け落ちのようにして同人誌仲間と結婚した（その頃のことを野口冨士男は小説「他人の春」に書いている。陽は後に離婚し、戦後、平凡社に校正係で勤め、五四年に同僚の高井春彦と再婚した）。一枝は、陽の出産に立ち会い、母娘の相剋や家庭教育の反省を思い出しながらも、未来に希望を託す。

石鹼の誘惑　富本一枝『新風土』第二巻第二号、一九三九年二月

日常的なことがらを官能的な色彩で優雅にとらえた珠玉の随筆。一九三九年という軍国主義の物騒がしくなっていた時に、ただ石鹼への執着をこと細かく描く。彼女はドイツ、フランス、イギリス、スペインの石鹼を好んでいた。敵も味方も関係ない。

この文章が掲載された『新風土』は、島崎藤村の息子の翁助が編集していた随筆雑誌で、毎月読者から随筆原稿を公募していた。偶々であるが、この文章と同じ号には、高村光太郎「智恵子の切り抜き絵」が作品図版とともに掲載された。前年亡くなった妻智恵子とその切り絵について初めて綴った文章である。このとき不意にかつての仲間の遺作に巡り合った彼女の悲しみは、言葉に残されてはいない。

春未だ遠く　富本一枝『美しい暮しの手帖』第十九号、一九五三年三月

母の思い出と味噌汁について綴った随筆。雑誌が作家たちに食事について書かせた特集の一つとして発表された。昆布だしのとりかた、味噌のすりかた、味噌汁に入れる具などについて、細やかに愛情を込めて、言葉をつくす。明治時代のなにげない日常の炊事仕事が、微細な解像度をもって、匂い立つように現れてくる。

愛者　父の信仰と母の信仰

富本一枝『大法輪』第二十五巻第九号、一九五八年九月

六十五歳になった一枝は母と父のことを思い出そうとする。母ウタは富山藩の武士の娘で厳格な家庭に育った。それに比べると父の尾竹越堂は自由奔放な人だった。父は、新潟に生まれ、日本画家として世に出ようとした途中の富山で結婚し、一枝が生まれた。

一枝は父のことを「有名画家ではなかった」と厳しい。だが、美術史が絵画や画壇の研究から離れて生活や社会にも目を向けるようになってきた今日、越堂・竹坡・国観の尾竹三兄弟に対する評価は、これから高まるだろう。

一枝の父母の墓は、東京・谷中墓地にあって、今も参拝できる。相合傘に夫妻の戒名が記され、「相々傘　イエスも釈迦も　笑わせる」という句が記されている。父フランシスコ・オタケが残した最後のシャレだろうか。

一つの原型

富本一枝『高村光太郎と智恵子』草野心平編、筑摩書房、一九五九年四月

戦後、六十歳を過ぎてから『青鞜』創刊時の表紙絵を書いた長沼智恵子との出会いを回想した文章。智恵子は、一枝の七歳年上だった。智恵子は一枝に手厳しい批判を手紙に書いたが、一枝は智恵子を尊敬していたようだ。

このとき一枝が智恵子に見せた絵は、《尼蓮禅河》（一九一三年、現存せず）だと思われる。彼女の宗教的なものへの関心は、仏教もキリスト教もありで、それらを超えたところにあるとうかがわせる。

第Ⅲ部　評論　新しい女は瞬間である

第Ⅲ部は、他者や社会について書いた散文を評論としてまとめた。一枝の評論には、感性、知性、そして行動の稀有な一致が認められる。文学や政治といった、言葉だけの世界に生きていた者には見えない領域を、彼女は見ていた。ものすごい勉強家であったことは間違いないし、英語の本も相当に読んでいただろうが、高い教養をひけらかすような性格でもなかった。

一枝は行動の人として、共産主義運動にも挺身した。一九三一年には、当時非合法だった共産党の指導的人物・蔵原惟人を一ヶ月間自宅に匿った。一九三三年に彼女は、共産党への資金提供の疑いで検挙された。長女の陽も続けて検挙された。

だが、彼女が書いたものを読んでも、共産主義を心から奉じていたようには思えない。むしろ、彼女は貧困、戦争、全体主義を止めたいと願い、このときそのための唯一の選択肢だった共産主義運動に協力したのだろう。

ところで、戦前に『朝日新聞』や『読売新聞』にも寄稿していた彼女は、戦後にそれらのマスメディアとほとんど縁を断ってしまう。戦後になって彼女は、『暮しの手帖』や座談会の出席を除いて、マスメディアにほぼ執筆しなかった。

そこには、彼女の若い友人で、戦後直後に亡くなった童話作家の村山籌子（村山知義の妻）の影響も考えられる。晩年の籌子は、戦争中に戦争に協力した新聞には書かないと言っていた。一枝は、籌子の遺志を受け継いで、大新聞に書かず、童話の創作を始めたのかもしれない。

一枝が『新婦人しんぶん』などで戦後の反戦と平和を論じた評論には、言葉に重い実感がこもっている。いつでも日本が再び戦争をおこなう国に戻れること、あれやこれやの理屈をこねて人々が再び戦争に同意するであろうこと。歳を重ねた彼女は、そのような人間の愚かさを見通すようになっていた。

さらに、視覚の力を知っている彼女は、しばしば実際に足を運んで人間や物事を観察している。『青鞜』のときの吉原登楼事件もその点から理解できる。最近流行りのスターがいれば、若い人に混じって、その公演を観る。戦後の保育園が変わり始めていると聞けば、地方にも取材旅行に出かける。歳をとって足を悪くしてからも、小児麻痺についてのワクチンの話し合いとなれば、出かけて人々の熱気に触れようとする。

彼女は好奇心を忘れない行動の人であり続けた。

新しい女は瞬間である

尾竹紅吉『時事評論』第八巻第二号、一九一三年一月

『青鞜』を辞めたばかりの二十歳の尾竹紅吉が、「新しい女」について考察した文章。画家の立場から「新しい女」を論じた点で、日本初のフェミニズム・アート宣言といえる。

紅吉は、自らに貼られた「新しい女」というレッテルを、次のように再定義する。「新しい女」の派手な見た目は、能動的な生命の表れであり、その奇抜な振る舞いは、自由な批判精神からなされるものだ。「新しい女」の人格（精神）は、物事の「公理」を追求した結果として必然的に生まれるものである。そして、「新しい女」の一見破壊的に見える有様は、一枚の絵を描くようなものである。芸術家が描く線や色彩が、部分として見れば人々の期待に背くとしても、一定の距離をとって見れば、その全体が調和して見えるように。

紅吉は、そのような芸術家が持つ「内観」こそが、「新しい女」の当然の「公理」だと考えた。絵画とフェミニズムを、ここまで深いレベルで結びつけた考察は、今なお古びていない。

現代婦人画家の群に寄す

富本一枝『美術』第一巻第四号、一九一七年二月

同時代の日本画家の女性たちへの諫言と彼女たちをとりまく男性社会の問題を論じた文章。一枝はすでに画家をやめていた。それでも、「閨秀画家」とも呼ばれた「女流画家」たちが、お嬢さんのひま遊びのような絵を描いていて、何の思想を持たないで外見だけ可愛らしくふるまっていることに、彼女は怒っていた。

平塚雷鳥氏の肖像　—らいてう論の序に代えて—

富本一枝『女人芸術』第二巻第八号、一九二九年八月

芸術論に平塚らいてうと女性問題を重ねて書いた評論。一枝は、生涯に何度も平塚らいてうのことを書いた。らいてうへの尊敬の念は一貫しつつ、どの文章でも違う角度から人物像を彫琢している。

この文章では、らいてうの姿が人類史の輝かしい達成として描かれている。もちろんそれは誇張された、実物のらいてうを超越した存在だ。とはいえ、それは、少なくとも一枝にとって、あるいは女性を中心とする歴史観にとって、一つの真実の姿である。一枝は絵筆を執らなかったが、まさに言葉で壮大な絵を描く画家だった。

女人芸術よ、後れたる前衛になるな

富本一枝『女人芸術』第四巻第七号、一九三一年七月

前衛すなわち共産主義への共鳴を示した評論。

『女人芸術』（一九二三年、一九二三‐三二年）は、小説家の長谷川時雨が女性作家の地位向上を目的として創刊した文芸誌である。この雑誌の中で一九二九年からアナキストと共産主義者の論争が起きていた。

戦前の日本において、社会革命には二つの選択肢があった。アナキズムという、あくまで個人主義や自発的な自由を大事にする立場に立つか。共産主義という、組織や団結の力に頼んで芸術を政治に従属させる立場に立つか。

そもそも一枝は、安堵村に移る前は大杉栄や伊藤野枝と近い立場にいて、「新しい女」を論じる上でも「個人主義」を訴えていた。彼女の資質はアナキストといっていい。とはいえ、一九二三年の大杉と伊藤の死以降、アナキズム側に有力な思想家がいなくなったこともあり、一九二〇年代後半には共産主義側の圧倒的優勢となっていた。

彼女は東京に戻ってから、もはや有力なアナキズム勢力が存在しない中で、共産主義に合流せざるをえなかったのだろう。このときの彼女は、極めて情熱に突き動かされていたようである。ただ、今日から見てどれほど共産主義が間違っていたとしても、当時の状況をふまえて読めば、この文章が彼女の理性と誠実さを損なうものではないことが、わかるはずだ。彼女が目指していたのは、あくまで「婦人の真の解放」であり、貧困や戦争の廃絶であった。

心を打たれた二つの悲惨事　ニュースから問題を拾って

富本一枝『東京朝日新聞』一九三三年五月十五日

非レビュー的な話題

富本一枝『読売新聞』一九三五年九月五日

戦前の新聞コラムから、わかりやすいものを採録した。一九三三年八月に起きた一枝と陽の検挙は、『朝日新聞』や『読売新聞』で、顔写真つきで報じられた。だが、その出来事の前から一枝は『朝日新聞』に寄稿していたし、その後も寄稿をしばらく続けていた。つまり検挙は、彼女の家庭に影響を与えたが、文筆家としてのキャリアには箔を付けたようだ。

「家庭／女性のために批判　心を打たれた二つの悲惨事　ニュースから問題を拾って」では、今で言えば社外オンブズマン（パブリック・エディター）のようにニュース評を行っている。日々のニュースの中で注意しなければいけないことを取り上げて、立ち止まって考えるというシリーズだ。ここで評論家としての彼女は、社会的な正義や倫理観をもつ一人の人間として、深刻な問題の裏側にある構造を想像している。その態度は、芸術家としての彼女の意識とは別のもの、ではなかったはずだ。

「［女の立場から］非レビュー的な話題」では、四十二歳の一枝が、若い女性のあいだで人気の男装の麗人「ターキー」こと水の江瀧子の公演を見にいく顚末を記す。戦時下の若いスターに憧れる若い観客を見て、彼女は『青鞜』時代に松井須磨子に魅了された自分を思い出して比べていただろう。

宇野千代の印象

富本一枝『中央公論』第五十一巻第二号、一九三六年二月

小説家の宇野千代について書いた文章。宇野は幾度も離婚を経て、何人もの有名な文士や画家と浮き名を流していた。三児の母で離婚をしなかった一枝とは正反対の人生であったが、互いに通じ合うものを持っていたようだ。

この文章では、そのような二人が知り合い、仲良くなっていく過程が生き生きと描かれる。宇野が男性たちの束縛から自由に生きることに付随す

る苦しみを、彼女は哀切とユーモアをこめて綴る。そして、宇野の生き方と作品を全力で擁護する。

もちろん彼女自身がかつて世間から激しい中傷を受けた経験ゆえの共感もあっただろう。しかし、ただ共感するだけではなく、ともに励まし合って、言葉の世界で立ち上がっていたところに、連帯する芸術家たちの先駆けも見出せる。

また、宇野の作品を谷崎潤一郎になぞらえて考えるくだりは、彼女が決して教条的な共産主義者ではなかったことを示している。彼女は自由を愛していた。

乳幼児保護法について

富本一枝『愛育』第五巻第四号、一九三九年四月

戦時下に書かれた政府の政策についての評論。この文章で言及された「乳幼児保護法」は、一九三九年春に議論されたものの実際には成立しなかった。それは、その前年の国家総動員法にもとづいて構想された政策案の一つであって、この文章の前半だけを読めば一枝もまたこの全体主義の風潮に乗っていたように読めるかもしれない。

だが、彼女の視線は、狂信的な時代にあって、あくまで女性と子どもの幸福に向けられていた。その姿勢は、狂信的な時代であろうが、民主的な時代であろうが、変わらなかった。

彼女はこの三九年を境に文章を発表しなくなる。他のほとんど全ての文筆家たちが翼賛的なことを書いていた中で、彼女は文筆活動をやめた。それは、頑迷な（それもまた狂信的な）非転向の革命家と同じではない。理性的で誠実すぎる彼女にとって、まともな言葉が通じない社会の中で書いて発表することの意味がなくなったのではないだろうか。

ビートルズと勲章

富本一枝『新婦人しんぶん』一九六六年六月三十日

まいあがったホコリ

富本一枝『新婦人しんぶん』一九六六年八月二十五日

戦後のコラムから興味深いものを採録した。一九六二年に新日本婦人の会が結成されたとき、一枝は「日本の女の歴史が一ページめくれた」という言葉を残したと伝えられる。

画家の丸木俊、いわさきちひろもこの団体の創立に関わっていた。もしかしたら彼女たちはそこで交流していたかもしれないが、具体的な交友はわからない。

「ビートルズと勲章」は、亡くなる三ヶ月ほど前のコラムである。「たしかに、じぶんも若い一時期、燃えさかる火、わきたった湯のときもあったはずだ」という彼女は、それでもビートルズのファンに戸惑う。このとき彼女が憂いた、人間を商品あつかいすることや消費文明の不毛さは、今さらにリアリティを増している。

「まいあがったホコリ」は、一枝が人生の最後に発表した文章である。「いまの日本の政治、経済が、だれのために、なんのためどうなされているか、かくされていることは、かならずかくしきれなくなるときがくる。かくしおうせなくなったとき、なにがおこるか。」彼女の最後の文章は、政治的な内容であった。だが、これは聖書のルカによる福音書（一二章二節）を踏まえた表現だろう。「おおわれているもので現されないものはなく、隠されているもので知られずにすむものはありません」。そして、隠されたものを暴き、いずれ到来するものを予見するという点で、これは見るという芸術的な態度でもあった。

第Ⅳ部　インタビュー　芽をこぼし飛び散らして

最後の第Ⅳ部には二篇のインタビューを収録した。厳密にいえばインタビューは一枝の著作ではないし、聞き手や編集によって歪められるところもある。とはいえ、彼女の話し言葉をつうじて、人柄を知る手掛かりにもなる。

ここでは、一九一三年の十九歳のときの語りと一九六一年の六十八歳のときの語りを、比べてほしい。時代のへだたりゆえに日本語の硬さもちがうし、聞き手の一枝に対する態度も異なる。それでも、二つの対話をとおして、一枝と日本における女性運動の成熟を体感できるはずだ。あるいは、若き日の困難にどれほど苦しんでも、年老いたときに朗らかに笑うことができる。そのような希望も見出せる。

謂ゆる新しき女との対話　―尾竹紅吉と一青年―

『新潮』第十八巻第一号、一九一三年一月

尾竹紅吉が『青鞜』を辞めたあとのインタビュー。場所は、紅吉と妹の福美らが住む、尾竹竹坡の家の書斎。紅吉の生活ぶりも伝わってくる。「一青年」は多分に緊張と好感をもった視点であり、新聞で騒がれた紅吉と実像が違うことを冒頭から力説する。紅吉の受け答えは、なかなか慣れた様子で、「酒は飲まれるのでしょう」といった無粋な質問に対して上品にあしらう。彼女は、「新しい女」という自分に貼られたレッテルについて、それを否定してみせたりもする。

富本一枝先生をおたずねして

『草の実』第八巻第八号、一九六一年十月

晩年近くのまとまったインタビュー。誌名のとおりマスメディアではなく女性運動団体が行った。

冒頭から「わっはっは」と笑う一枝の姿が描かれ、記事には笑顔の写真が載る。

青鞜社が創刊当初は婦人解放運動というより個人主義的な思想に基づいていたことなど、当時の貴重な証言が語られる。また、伊藤野枝の眼の印象、神近市子の美しさに叔父の竹坡が参っていたこと、「新しい女」の結婚式に野次馬が参集した思い出なども、笑って話している。

これも十分に重要なインタビューだが、こうも考えさせられる。当時のジャーナリスト・研究者たちは、晩年の彼女にもっと昔の話と今の人へのメッセージを聞くべきだった（あるいは今日のわたしたちは、彼女のような人物を無視してはいないか）。

おわりに

最後に、尾竹紅吉／富本一枝の作品が持つ今日的な意味について、述べていきたい。

一枝の次女でピアニストの富本陶は一九四三年に読売新聞社の海藤日出男と結婚した。この二人のあいだの長男・海藤隆吉は、晩年をともに過ごした彼女の魅力について、次のように記したことがある（海藤隆吉「尾竹一枝とその家族」『とやま文学』三十六号、二〇一八年三月）。

祖母・一枝は激情と理性の整理がつかぬ矛盾に満ちた人だった。（中略）イデオロギーと信仰とに折り合いをつけることができなかったのだ。穏やかな風貌の中に光る眼光、饗応癖というほどのホスピタリティー、浪費とも思える経済観念の欠如、プライドの高さ、芸術至上主義、共産主義への共感、天賦のものとも言える文才、これらが整理されずに散りばめられた人生、つまりは魅力的な人、素敵な人だったということである。

一枝の魅力について、これ以上言葉をつけ加えることはない。激情と理性の矛盾は、そのどちらもが極めて大きかったことを意味するだろう。さまざまな要素がバラバラちりばめられた人生は、ひとつのアイデンティティにおさまることのない生き方だったといえる。

そのような魅力をふまえた一方で、彼女の中にある今日的な特質を三つ、あらためて考えてみたい。

ひとつは、見せかけの偉大さを目指さなかったことだ。彼女は、戦後にかつて戦争協力をした新聞に書かなかったように、自分の思想の筋を貫いた。彼女は、内気な性格のせいもあったかもしれないが、学び続け、執筆し続けたにもかかわらず、有名になったり偉くなったりしようとはしなかった。

今日、無数の匿名の個人による関心や怒りが津波のように押し寄せる。もし、成熟した一枝がこの世界にいたら、ネットワークから距離をとって、創作の場を守るにちがいない。そのような反時代的な態度のみが、オリジナルを生み出す創造につながる。社会の要請や流行の刺激に敢えてアクションしないことは、今まさに多くの人が必要とする姿勢だ。

二つ目の特質は、女性として芸術と政治に向き合っていたことである。「新しい女は瞬間である」（一九一三年）にみたように、彼女は日本におけるフェミニズム芸術の始まりに立っていた。日本近代に、女性運動家は何人もいたが、芸術、とくに美術に理解のあった者は極めて少ない。一方、女性の芸術家は近代になって多く現れはじめたが、女性と美術の問題を主体的に論じて言葉で発表した者はほとんどいない。

その意味で、一枝は日本におけるフェミニズム芸術家の母とみなせよう。さらに、彼女が言葉で描いた政治―芸術は、今日の表現や評論にとっても、重要な参照点としてのアクチュアリティを持っている。

三つ目の特質は、創造できないことに向き合ったことである。彼女の代表的な詩といってもいい「私の命」に、このような一節がある。「私の仕事ができてゐてもゐなくても／私の心はいつでもおとなしく太陽《ひかり》をみてゐる。」その後、家庭の主婦として、文筆家となってから十分に創造的な仕事ができなかったけれども、その葛藤を抱えながら、光を見ていた。

それは、敗北や弱さを肯定する開き直りとはちがう。創造ではなく、むしろ創造の逆である破壊や解体。あるいは創造の不在である沈黙。このような、創造とは反対のベクトルにある、破壊・解体や沈黙を、切り捨てずに拾い上げ、光あるところに置いたことにこそ、一枝の芸術家としての真骨頂を認められるのではないか。

彼女の存在と言葉は、努力し続けつつ無名であることを引き受ける、九十九・九パーセントの芸術家たちにとって力となるだろう。さらに、思い通りに人生や社会を創造できないことは、芸術家だけでなく、今日の多くの人が向き合う課題だ。一枝の作品を集めた本書を、そのような苦しみを引き受ける人に届けたい。

主な参考文献

村山籌子著・村山知義編『ありし日の妻の手紙』櫻井書店、一九四七年十月
平塚らいてう『わたくしの歩いた道』新評論社、一九五五年三月
平塚らいてう『元始、女性は太陽であった―平塚らいてう自伝』全四巻、大月書店、一九七一年〜七三年
尾竹親『尾竹竹坡伝　その反骨と挫折』東京出版センター、一九六八年一月
高井陽・折井美耶子『薊の花　富本一枝小伝』ドメス出版、一九八五年六月
辻井喬『終りなき祝祭』新潮社（小説）、一九九六年六月
米田佐代子・池田恵美子編『『青鞜』を学ぶ人のために』世界思想社、一九九九年十二月
「特集　新しい女・尾竹紅吉」『彷書月刊』一八五号、二〇〇一年一月
渡邊澄子『青鞜の女・尾竹紅吉伝』不二出版、二〇〇一年三月
らいてう研究会編『『青鞜』人物事典―110人の群像―』大修館書店、二〇〇一年五月
飯田祐子編『『青鞜』という場―文学・ジェンダー・〈新しい女〉』森話社、二〇〇二年四月
『生誕120年　富本憲吉展』京都国立近代美術館・朝日新聞社編（図録）、二〇〇六年一月
『富山市陶芸館開館30周年記念特別展　富本憲吉と一枝―暮らしに役立つ美しいもの―』富山市陶芸館（図録）、二〇一一年九月
「特集　女性作家として生きた二人―小寺菊子・尾竹紅吉―」『とやま文学』三十六号、二〇一八年三月
中山修一「研究余録―富本一枝の人間像」『中山修一著作集』（ウェブサイト）、二〇一八年九月
飯田祐子・中谷いずみ・笹尾佳代編著『女性と闘争　雑誌「女人芸術」と一九三〇年前後の文化生産』青弓社、二〇一九年五月
伊藤野枝著・森まゆみ編『伊藤野枝集』岩波書店、二〇一九年九月
「特集　富本憲吉―人と仕事」『民藝』八二九号、二〇二二年一月
鈴木裕子『忘れられた思想家・山川菊栄―フェミニズムと戦時下の抵抗』梨の木舎、二〇二二年三月
『未来からきたフェミニスト　北村兼子と山川菊栄』花束書房、二〇二三年五月

ま」『暮しの手帖』64、7月「妖精のお城」『暮しの手帖』65、9月「いんちきうらない」『暮しの手帖』66、「或る夕方」『婦人界展望』97、10月「おとな」『新婦人しんぶん』(10月25日) 12月「ひげのはえた花嫁」『暮しの手帖』67

1963(昭和38)年　70歳

6月8日、憲吉、死去。安堵村に埋葬。

2月「太陽が一度に10もかがやいた話」『暮しの手帖』68、5月「お魚も鹿もどこかへ行ってしまった」『暮しの手帖』69、7月「アリと蚊をたすけた天女の子」『暮しの手帖』70、9月「すずめのくれたひょうたんのたね」『暮しの手帖』71、12月「粉屋のハンスとねこのお城」『暮しの手帖』72

1964(昭和39)年　71歳

2月「おじいさんをだました赤ギツネ」『暮しの手帖』73、5月「牧場をあらす二ひきのオオカミ」『暮しの手帖』74、7月「小箱におしこめられたびんぼう神」『暮しの手帖』75、9月「森の妖精といじわるばあさん」『暮しの手帖』76、10月「平塚さんと海賊」『新婦人しんぶん』(10月1日)、11月「装幀(★無署名)」『秋袷』、12月「南の島の物語」『暮しの手帖』77

1965(昭和40)年　72歳

2月「森の妖精にもらったバラの花」『暮しの手帖』78、5月「ひかりさんと春風くん」『暮しの手帖』79、7月「遠い国のみえる銀の皿」『暮しの手帖』80、「夏をすずしく」『新婦人しんぶん』(7月29日)

1966(昭和41)年　73歳

9月22日、肝臓ガンのため死去。安堵村に埋葬。

3月「今と昔」『新婦人しんぶん』(3月3日)、【紅】「米軍の迷案」『婦人民主新聞』(3月13日)、4月「すずめの女房」『新婦人しんぶん』(4月28日)、5月「〔わたしの思うこと いいたいこと〕日本だけの問題ではない」『子どものしあわせ』120、【紅】「戦争とはいわずに」『婦人民主新聞』(5月8日)、6月「今日を悔いなく」『子どものしあわせ』121、「ビートルズと勲章」『新婦人しんぶん』(6月30日)、7月【紅】「危ない街角」『婦人民主新聞』(7月17日)、8月「まいあがったホコリ」『新婦人しんぶん』(8月25日)

1972(昭和47)年　没後6年

11月『お母さんが読んで聞かせるお話A・B』暮しの手帖社

お話」『仏教童話全集』第九巻、5月「おさるのかおはなぜあかい」『暮しの手帖』39、「クマラジューのねがい――お経を中国のことばに書きかえたひと」『仏教童話全集』第三巻、7月「雨を降らせた傘屋さん」『暮しの手帖』40、「行基さま」『仏教童話全集』第七巻、「悪魔の植物」『子どもに聞かせたいとっておきの話』第一集、9月「おさるがくれた大判小判」『暮しの手帖』41

1958（昭和33）年　65歳

2月「金の子犬と銀の子犬」『暮しの手帖』43、3月「青鞜前後の私」『講座女性V 女性の歴史』、5月「わら一束で米千俵」『暮しの手帖』44、7月「鹿からもらったお嫁さん」『暮しの手帖』45、9月「二ひきの狐　からかさ狐、狐のうそ手紙」『暮しの手帖』46、「愛者――父の信仰と母の信仰」『大法輪』、11月「〔創刊五〇〇号記念特集 近代人物女性史〕平塚らいてう　自我の確立を叫びつづけた人」『婦人公論』43（12）、12月「ペッピ君とピッペ」『暮しの手帖』47

1959（昭和34）年　66歳

2月「青いカラス」『暮しの手帖』48、「教師のなかの「夢」―明日の教師」『よい教師になるために』、4月「一つの原型」『高村光太郎と智恵子』、5月「神さまが腹を立てた話」『暮しの手帖』49、7月「1枚の銀貨」『暮しの手帖』50、9月「笛吹きトム」『暮しの手帖』51、12月「消えたガチョウ」『暮しの手帖』52

1960（昭和35）年　67歳

2月「ツルにもらった袋」『暮しの手帖』53、5月「銀のかご」『暮しの手帖』54、7月「タヌキのかたきうち」『暮しの手帖』55、9月「かしこいはた織り」『暮しの手帖』56、12月「虹の御殿」『暮しの手帖』57

1961（昭和36）年　68歳

11月、憲吉、文化勲章を受章。

2月「魔法のまんじゅう」『暮しの手帖』58、3月「句集「凡老」を読みて」『風花』126、5月「スズメの家」『暮しの手帖』59、7月「かぶと虫先生」『暮しの手帖』60、9月「ずるいうさぎ」『暮しの手帖』61、「“青鞜”発刊五十周年」『婦人界展望』、「〔座談会〕婦人運動・今と昔」『朝日ジャーナル』3（36）（130）、10月「富本一枝先生をおたずねして」『草の実』8（8）、11月「天狗のくれた金の茶釜」『母の友』98、12月「大きい男とちっちゃな妖精」『暮しの手帖』62

1962（昭和37）年　69歳

10月、新日本婦人の会結成に参加。同会中央委員（64年ごろまで）。

2月「竜王国へいったおじいさん」『暮しの手帖』63、5月「飛行機にのってきた子ぐ

た教育――おもかげ――」『教育』3（5）

1950（昭和25）年　57歳

山の木書店、経営難のため行き詰まる。

1951（昭和26）年　58歳

3月「すべてを明日のために」『図書』18、6月「奥さんと鶏」『美しい暮しの手帖』12

1952（昭和27）年　59歳

壮吉、東京大学文学部卒業、大映東京撮影所に入所。

7月「村の保育所」『美しい暮しの手帖』16、12月「おくびょうなうさぎ」『美しい暮しの手帖』18

1953（昭和28）年　60歳

3月「亀さんに口をひっかかれた犬のお話」「春未だ遠く」『美しい暮しの手帖』19、6月「不思議なお菓子」『美しい暮しの手帖』20、9月「魔法の指輪」『美しい暮しの手帖』21、12月「靴作りとこびと」『美しい暮しの手帖』22

1954（昭和29）年　61歳

3月「いなくなった三びきのこねこ」『暮しの手帖』23、6月「こびとのおひっこし」『暮しの手帖』24、9月「狐のいたずら」『暮しの手帖』25、12月「黒だい三びき大明神」『暮しの手帖』26、「笠をかぶったお地蔵さん」『暮しの手帖』27

1955（昭和30）年　62歳

2月「玉ねぎと子うさぎ」『暮しの手帖』28、5月「村一ばんのおばかさん」『暮しの手帖』29、9月「花のお城」『暮しの手帖』31、12月「ふしぎなたね」『暮しの手帖』32

1956（昭和31）年　63歳

2月「きつねの建築師」『暮しの手帖』33、「「青鞜社」のころ（座談会）」『世界』122、3月「「青鞜社」のころ（座談会）（二）」『世界』123、5月「鼻なしのダツタ」『暮しの手帖』34、「その日まで」『保育の友』4（5）、7月「魔法の棒」『暮しの手帖』35、「牛雲おしょうさま」『仏教童話全集』第八巻、「大切な一票」『平和ふじん新聞』（7月8日）、9月「ふたつのおはなし」『暮しの手帖』36、12月「兎と象とお月さま」『暮しの手帖』37、「山伏と親鸞さま」『仏教童話全集』第六巻

1957（昭和32）年　64歳

2月「王さまになった粉ひきのハンス」『暮しの手帖』38、「一本の草――呂志真の

1937（昭和12） 44歳

3月「親の態度に就て」『新女苑』1（3）、「白い花」『女性展望』11（3）、4月「原節子の印象」『婦人公論』22（4）、「職業婦人の演劇」『婦人文芸』4（4）、「女芸人」『雑記帳』2（4）、5月「私の顔」『婦人公論』22（5）、「女性の社会時評座談会」『女性展望』11（5）、12月「鏡」『新女苑』1（12）

1938（昭和13） 45歳

9月「明日の若木―娘から孫へ―」『婦人公論』23（9）、11月「春と化粧」『新装きもの随筆』、「猫児（夢）」『文体』1（1）、12月「少年の日記」『文体』1（2）

1939（昭和14） 46歳

1月「〔今まで誰にも話さなかった話〕探偵になりそこねた話」『婦人公論』24（1）、2月「石鹼の誘惑」『新風土』2（2）、3月「新聞社会面から拾ふ　母と子の問題――映画法と少年工」『愛育』5（3）、4月「乳幼児保護法について」『愛育』5（4）、5月「絵本は改善されたか」『愛育』5（5）

1943（昭和18） 50歳

10月、陶、海藤日出男と結婚。仲人は野島康三夫妻。

1945（昭和20）年 52歳

5月、憲吉、高山に疎開。

7月、大谷藤子の縁故で秩父に疎開、敗戦で帰京。

1946（昭和21）年 53歳

6月、憲吉、祖師谷の窯を閉め、安堵村へ。そのまま別居へ。

1947（昭和22）年 54歳

5月、中村汀女が創刊した『風花』の編集に携わる。

5月「後記」『風花』1（1）、7月「後記」『風花』1（2）、8月「後記」『風花』1（3）

1948（昭和23）年 55歳

陽とともに児童図書出版、山の木書店創立。

2月「後記」『風花』6、5月「後記」『風花』7、7月「後記」『風花』8、9月「後記」『風花』9

1949（昭和24）年 56歳

2月「風花編集室」『風花』11、4月「風花編集室」『風花』12、6月「私の受けてき

1932（昭和7）年　39歳

1月「母として目覚めなければならない時相　座談会」『女人芸術』5（1）

1933（昭和8）年　40歳

8月、共産党関係団体に資金援助したことで検挙。続けて陽も検挙。

3月「新女性読本」『東京朝日新聞』（3月25日）、5月「転落の資格　毒煙と三井と三菱と」「心を打たれた二つの悲惨事」「胆のすわり　犯罪にも明朗性」「生活苦諸相　生きるための罪々」『東京朝日新聞』（5月8日・15日・22日・29日）、6月「男爵夫人　馬鹿さを持つ女性」『東京朝日新聞』（6月5日）、「〔座談会〕女性宗教談」『読売新聞』（6月25日・27日・28日・29日・30日・7月1日）

1934（昭和9）年　41歳

1月「〔おたより〕新鹿澤温泉」『婦人文芸』1（4）、10月「番組に反映する非常時の姿」「芸妓の歌謡曲　遂に失敗」『東京朝日新聞』（10月22日・23日）、12月「『父親の鼻』の弁解」『婦人文芸』1（6）

1935（昭和10）年　42歳

陽、駆け落ち、結婚。

2月「〔青春懺悔〕痛恨の民」『婦人公論』20（2）、5月「家を嫌ふ娘を語る座談會」『婦人公論』20（5）、8月「旅日記」『婦人文芸』2（8）、8月「新鹿澤日記」『政界往来』6（9）、9月「誌友通信」『婦人文芸』2（9）、「非レビュー的な話題」「歴史の歯車」「喧嘩の考察」「妙な負債」『読売新聞』（9月5日・12日・19日・26日）、10月「日本の地図」「富めるめん鶏」「空間の物質」「精霊」『読売新聞』（10月3日・10日・17日・25日）、11月「福田時子さん」『婦人文芸』2（11）、「狼と小羊」「花束のない花嫁」「一本のナイフ」「媒酌夫人の日記」「風の力」『読売新聞』（11月1日・8日・16日・23日・30日）、12月「タンスマン作『トリプテイーク』」『婦人文芸』2（12）、「罠」「明朗な段階」「子供の読物」『読売新聞』（12月7日・21日・28日）

1936（昭和11）　43歳

1月「深尾須磨子著「丹波の牧歌」」『婦人文芸』3（1）、「稗と糠の飯」「靴下の穴」「生ける屍」『読売新聞』（1月6日・13日・28日）、2月「稗と糠の飯」『米之友』8（2）、「宇野千代の印象」『中央公論』51（2）、「〔仲町貞子の作品と印象〕手紙」『麺麭』5（2）、3月「独楽」『政界往来』7（3）、5月「女心」『スタア』4（11）、11月「時事批判座談会」『婦人文芸』3（10）、12月「美しき富士 アーノルド・フアンク博士に」『婦人文芸』3（11）

1925（大正14）年　32歳

4月「〔人物評論　新時代婦人の最先駆者たる平塚雷鳥女史〕あの頃の話」『婦人公論』10（4）、8月「或る日と或る日」『文化の基礎』5（8）、9月「歪んだ額」『婦人之友』19（9）

1926（大正15）年　33歳

10月、一家で東京に移住。新宿戸塚に仮寓。

8月「私の希ふことは」『全人』1、10月「鮒」『週刊朝日』10（15）、「父上に」福山秀賢編『明治大正女流名家書簡選集』

1927（昭和2）年　34歳

1月、長男壮吉誕生。

4月、新居（富本憲吉・笹川慎一設計）での生活はじまる。

1月「東京に住む」『婦人之友』21（1）、4月「ある日の日記」『婦人之友』21（4）、6月「スケッチ」『婦人之友』21（6）、7月「羽仁もと子論」『婦人之友』21（7）、8月「〔男女交際について〕問題に就ての考察二三」『婦人之友』21（8）

1928（昭和3）年　35歳

9月「七月抄」『女人芸術』1（3）

1929（昭和4）年　36歳

2月「冬　爐辺（口絵）」『婦人之友』23（2）、6月「〔新型ハウス・ドレスの作り方〕洋服の布地は自由に選びたい」『婦人公論』14（6）、「女人芸術一年間批判会」『女人芸術』2（6）、7月「子供の芸術心の観方と扱ひ方」『婦人之友』23（7）、「口絵（富本一枝近影）」「夜明けに吸はれた煙草――一九二九年の夢」『女人芸術』2（7）、8月「平塚雷鳥氏の肖像――らいてう論の序に代えて」『女人芸術』2（8）

1930（昭和5）年　37歳

1月「日記の抜書」『婦人運動』8（1）、4月「獅子と鼠」『婦選』4（4）、「鼠色の廃館―長崎風景の一つ―」『女人芸術』3（4）、「光永寺門前―長崎風景の一つ―」『火の鳥』2（4）、9月「米を量る」『火の鳥』3（9）、11月「〔台所礼讃〕共同炊事に就いて」『婦人公論』15（11）、「私が結社権を獲たら……」『婦選』4（10）

1931（昭和6）年　38歳

春、日本共産党員の蔵原惟人を一カ月かくまう。

4月「哀れな男」『火の鳥』5（4）、7月「女人芸術よ、後れたる前衛になるな」『女人芸術』4（7）

1919（大正8）年　26歳

12月「海の沙」『解放』1（7）

1920（大正9）年　27歳

新婦人協会に参加。

10月「私達の生活」『女性日本人』1（2）、11月「句四章」『女性同盟』2

1921（大正10）年　28歳

4月、陽の教育のために奈良女子高等師範学校に通いはじめる。

1月「自分にきかす言葉」『女性同盟』4、「子供と私」『婦人之友』15（1）、2月「地にすめるもの」『女性日本人』2（2）、3月「心にきく」『女性同盟』6、「父と母に」『婦人之友』15（3）、4月「伊藤白蓮氏に」『婦人公論』6（4）、「小さき種」『女性日本人』2（4）、5月「子供を讃美する」『婦人之友』15（5）、6月「安堵村日記」『婦人之友』15（6）、10月「秋日断片」『婦人之友』15（10）、「神戸伊三郎著『母の指導する子供の理科』」、12月「〔女流諸家の感想〕（三）人を撃つ石」『婦人之友』15（12）

1922（大正11）年　29歳

10月、家庭雑誌『小さき泉』創刊（23年2月、第5号で終刊）。

4月「草の芽生」『女性日本人』3（4）、5月「微かに」『白孔雀』1（3）、8月「散録」『女性』2（2）、10月「はしがき」「跋」『小さき泉』、「秋日夜光――A氏に宛た手紙」『文化生活』2（10）、11月「（裏絵）」「尊い発見」『小さき泉』、「母親の手紙（第1回）」『女性』2（5）、12月「（表紙絵）」「偶感」『小さき泉』、「母親の手紙（第2回）」『女性』2（6）

1923（大正12）年　30歳

1月「偽の塊」『小さき泉』、3月「貧しき隣人――この一編を山本顧弥太氏御家族に捧ぐ」『婦人公論』8（3）、4月「夢想家A」『婦人之友』17（4）、7月「〔生の歓びを感ずる時〕あきらめの底から」『婦人公論』8（7）、8月「陰ある記憶」『婦人之友』17（8）、「初夏雑稿」『女性日本人』4（8）、9月「祈するもの」『文化生活の基礎』3（9）

1924（大正13）年　31歳

3月「母の言葉」『婦人之友』18（3）、5月「塵」『婦人と労働』2（2）、6月「太陽が万人のものである如く」『婦人之友』18（6）、7月「生の歓びを感ずる時　あきらめの底から」『婦人公論』8（7）、「肩の凝らぬ話」『文化生活の基礎』4（7）、8月「私たちの小さな学校に就て　母親の欲ふ教育」『婦人公論』18（8）

【OB】「城跡の旅」「文字摺の晩鐘」「赤土と八月の夕陽」「豚と美少年と兎」「秋田物語（一）〜（九）」『東京日日新聞』（9月6日・7日・9日・10日・16日・17日・18日・20日・21日・22日・23日・29日・30日）、10月【OB】「表紙」『青鞜』3（10）、【OB】「NAMAKEMONO」『新公論』28（10）、【OK】「〔東西南北〕尾竹一枝氏より」『新真婦人』6、【OB】「写真　問題の尾竹紅吉嬢」『新小説』18（10）、【OB】「秋田物語（十）」『東京日日新聞』（10月1日）、11月【OB】「表紙」『青鞜』3（11）

1914（大正3）年　21歳

3月、『番紅花』創刊（8月、第6号で終刊）。

10月、憲吉と結婚。能登和倉温泉に新婚旅行。下谷区茅町で生活。

1月【OK】「太陽と命――この夜頃の感想」「朝の祈り」『多都美』8（1）、2月【OK】「荒木郁著『火の娘』装幀」、3月【OK】「夜の葡萄樹の蔭に／あはれかなし／悲しきうたひ手」「自分の生活」「私の命／朝の礼拝」【S・Y／K・O】「海外消息」【をだけ・かづゑ】「編輯室にて」『番紅花』1、4月【OK】「春の小曲――春がきた／牧場の春」「雑感」【リツスラー】「海外消息」「編輯室にて」『番紅花』2、5月【OK】「Cの競争者」「晩の祭物と無智な契約」【リツスラー】「海外消息」「編輯室にて」『番紅花』3、6月【OK】「夢をゆくわが船の／海からに／海の旅人／雨／夜の瞳／白薊の花／暮調／露台の草花／銀色の花／五月の雨／旅の別れ」「草と小鳥と魚と神様」【カヅヱ】「編輯室より」『番紅花』4、7月【OK】「いたづらな雨」『番紅花』5、8月【OK】「俳優の青い鳥／薄暮の時／紅し紅し／眠れよ旅人」『番紅花』6、10月【OB】「挿絵」『二十世紀』1（3）

1915（大正4）年　22歳

3月、奈良、安堵村に転居。富本家で生活。

8月、長女陽誕生。

1月「冬三章」『反響』2（1）、9月「短歌」『反響』1（1）（復刊）

1916（大正5）年　23歳

1月「雑記帳より」『科学と文芸』2（1）、4月「雑記帳より」『科学と文芸』2（4）、5月「雑記帳より」『科学と文芸』2（5）、6月「雑記帳より」『科学と文芸』2（6）

1917（大正6）年　24歳

6月、東京で「富本憲吉夫妻陶器展」（18年6月も開催）。

11月、次女陶誕生。

1月「結婚する前と結婚してから」『婦人公論』2（1）、2月「現代婦人画家の群に寄す」『美術』1（4）、4月「何故、正直な方法で勝つ事が困難か」『美術』1（6）

とされる。

肺疾患の診断で、茅ヶ崎の南湖院に入院(9月、退院)。

10月、文展で《弾琴》落選。青鞜社を退社。

この頃、生田長江の家に寄寓。

3月【OB】「『最終の霊の梵鐘に』」『青鞜』2(3)、4月【OB】「表紙絵 太陽と壺」『青鞜』2(4)、5月【OB】「赤い扉の家より」『青鞜』2(5)、6月【B】「或る夜と、或る朝」「マグダに就て」【OB】「紅吉の夢」『青鞜』2(6)、7月【B】「帝国劇場の六月女優劇を見る。」「「あねさま」と「うちわ絵」の展覧会」「歌集悲しき玩具」『青鞜』2(7)、8月【B】「夏の日と昼顔/病室の夜/息の動き/浅草から帰へつて(らいてうに)/銘酒屋通りの夜」「南湖だより」『青鞜』2(8)、9月【B】「その小唄」「南湖便り」『青鞜』2(9)、10月【B】「お夢さまの小函」「帰へってから」「編輯室より」『青鞜』2(10)、【OB】「紅吉の手紙」『黒耀』1(1)、11月【B】「冷たき魔物」「群集のなかに交ってから」「編輯室より」『青鞜』2(11)、【OB】「東京観36・37紅吉より記者へ(上・下)」『東京日日新聞』(11月1日・2日)、12月【OB】「断章五つ」『黒耀』1(3)

1913(大正2)年　20歳

3月、第13回巽画会展に屏風絵《枇杷の実》出品。

7月、第1回八華会に尾竹九轡の名で《尼連禅河》出品。

1月【OB】「謂ゆる新しき女との対話――尾竹紅吉と一青年」『新潮』18(1)、【OB】「〔婦人問題の研究〕新しい女は瞬間である」『時事評論』8(2)、【OB】「表紙絵　アダムとイブ」『青鞜』3(1)、【OB】「〔閨秀十五名家一人一題〕芸娼妓の群に対して」『中央公論』28(1)、【OB】「Qui fallere possit amantem ?/断章/軟かき吐息もて/かへり行く/かの男ゐなかりせば」『劇と詩』28、【OB】「〈一人一優〉山川浦路」『趣味』7(1)、【OB】「匿されたるわが心/ある日の夕/Zabon no mi」「稚き頃の扉」『黒耀』2(1)、2月【OB】「愛の看守」『黒耀』2(2)、【OB】「表紙」『青鞜』3(2)、【OB】「妾の処女時代」『サンデー』228、3月【OB】「胡桃の恋と玉葱の愛」『時事評論』8(4)、【B】「坂本紅蓮洞様」『黒耀』2(3)、【OB】「表紙」『青鞜』3(3)、4月【OB】「表紙」『青鞜』3(4)、5月【OB】「表紙」『青鞜』3(5)、【OB】「寵人の缸」『劇と詩』32、【無署名】「平塚らいてう著『円窓より』装幀」、6月【OB】「表紙」『青鞜』3(6)、7月【OB】「表紙」『青鞜』3(7)、【OB】「〔人物評論・平塚明子論〕自叙伝を読んで平塚さんに至る」『中央公論』28(9)、【OB】「紅烙の塔」『劇と詩』34、【OK】「〔談話室〕迷信かも知れぬ」『新真婦人』3、8月【OB】「表紙」『青鞜』3(8)、【OB】「信濃路(一)～(四)」「新潟から」「柳と水の町」「信濃川の岸」「盆踊の樽叩き」「ネヅリと美人」「新潟美人(上・下)」「おゝ佐渡ケ島」「左様なら新潟」『東京日日新聞』(8月1日・2日・9日・10日・18日・19日・20日・22日・23日・24日・25日・26日・31日)、9月【OB】「表紙」『青鞜』3(9)、

年譜・著作目録

【OK】尾竹一枝、【OB】尾竹紅吉、【B】紅吉、【表記なし】富本一枝

1893（明治26）年　0歳

4月20日、富山市越前町で、日本画家尾竹越堂（本名熊太郎、国一とも称する）、ウタの長女として生まれる。

1899（明治32）年　6歳

4月、東京、下谷区立根岸小学校入学。祖父母のもとから通学。

1901（明治34）年　8歳

4月、大阪市南区笠屋町に父母とともに転居。

1903（明治36）年　10歳

4月、大阪市東区第一高等小学校入学。

1906（明治39）年　13歳

4月、大阪府立島之内高等女学校（のち、夕陽丘高等女学校と改称）入学。

1908（明治41）年　15歳

▍8月【OK】「美代ちゃんの日記」『葉月』

1910（明治43）年　17歳

3月、夕陽丘高等女学校卒業。

春、東京の尾竹竹坡宅に寄寓。

7月、女子美術学校日本画選科入学、11月に中退。

1911（明治44）年　18歳

秋、『青鞜』に入会希望を発信。

1912（明治45）年　19歳

1月、青鞜社に入社。「紅吉」を名乗る。この頃、雅号に「九轡」使用か。

4月、第12回巽画会展初出品作、屏風絵《陶器》三等賞受賞。

6月、バー「鴻の巣」で五色の酒に感動。

竹坡のお膳立てで、平塚らいてう、紅吉、中野初子が吉原大文字楼で花魁・栄山と会食。

7月、「五色の酒」「吉原登楼」事件によって新聞雑誌で「新しい女」の中心人物

図版提供：海藤隆吉氏

・本書は、原則として初出を底本としました。
・明らかに誤植と思われる箇所の訂正・語句の統一を行い、底本から判読できなかった文字は「□」で表記しました。
・詩は新漢字旧仮名表記に、その他は新漢字新仮名表記としました。
・各作品とも、難漢字にふりがなを加えました。
・本文中、今日では差別表現になりかねない表記がありますが、作品が書かれた時代背景、文学性などを考慮し、底本のままといたしました。

【編者】

足立　元（あだち・げん）

1977年東京都生まれ。日本近現代の美術史・視覚社会史を研究。東京藝術大学美術学部芸術学科卒業、同大学大学院美術研究科博士後期課程修了。現在、二松學舍大学文学部国文学科准教授。著書に『アナキズム美術史　日本の前衛芸術と社会思想』（平凡社、2023年〔『前衛の遺伝子　アナキズムから戦後美術へ』（ブリュッケ、2012年）の増補新版〕)、『裏切られた美術　表現者たちの転向と挫折 1910-1960』（ブリュッケ、2019年)。

新しい女は瞬間である　尾竹紅吉／富本一枝著作集

2023年9月1日　初版発行

編　者　足立 元

発行所　株式会社 **皓星社**
発行者　晴山生菜
〒101-0051 東京都千代田区神田神保町 3-10
宝栄ビル6階
電話：03-6272-9330　FAX：03-6272-9921
URL http://www.libro-koseisha.co.jp/
E-mail：book-order@libro-koseisha.co.jp

装画　及川真雪
装幀　藤巻亮一
印刷・製本　精文堂印刷株式会社

ISBN978-4-7744-0795-1 C0095